趙季
葉言材　輯校
劉暢

日本漢詩話集成

十二

中華書局

齊東野語

森如雲

《如雲詩話》一卷，森如雲撰，據日本中津市歷史民俗資料館藏明治三十七年（一九〇四）抄本校。

齊東野語自序

予性嗜文學，然淺學寡聞，未有所造詣，每有疑義，必質於師友以解迷焉。今茲明治庚子之秋，閒居不堪無聊，法律學研磧之餘暇，執筆追想往事存胸臆者，隨獲隨録，爲一小册子，題曰《齊東野語》。蓋書中所言支離滅裂，難解者縱横散在，如齊東野人之言，故爾云耳。如雲學人識於煙溪書屋岩溪裳川先生，字晋，以詩鳴於東都，精曲，故人以爲一字師；松本紀山，字正純，號問月，能詩，有氣慨。屢贈蕪稿乞正于二先生。維時明治二十七年，日清兩國搆兵，而清兵皆怯懦不知義，貽笑于萬世之下，唯左將軍與丁提督，一死以雪羞。左氏於平壤，丁氏於威海衛，可謂義烈。夫士殉國難一死，豈容易乎？予尤感二子之高義，蓋意氣相投耳，詩曰：「威海灣頭空化煙，英雄心事又堪憐。好將一死存臣節，使足芳名千載傳。」裳川先生曰：「能寫汝昌。」紀山先生曰：「得此好句，當汝昌欣笑于地下。」評語過實，不敢受，聊爲不忘師恩記之耳。

三雲春塘，號素軒，業醫學於村上姑南，與家君友善，善詩文書畫，訂交多年。嗣子健一郎，號峽雨，同窗之友也，在學思館積螢雪之功，學業大進，夙以先輩所推尊者也。明治丙申之秋，春塘以病歿于家，訃至魂欲消，賦一詩哭曰：「哀歌何忍賦招魂，一別音容隔九原。耶馬溪山千古月，依然猶照枕流軒。」

户早春村，字亨，稱養澤，業醫學；恒藤醒窗，能詩書，風流之士也，與家嚴意氣相投。嘗過清談，偶及深瀨谷之景勝，予示舊詩曰：「萬壑風煙好，秋寒黄葉村。一橋横絶壁，人躡白雲痕。」翁曰：「『村』『痕』二字未妙，宜改『聲』『行』二字。」夫村、痕寫静，聲、行寫動，今二字點削，則全篇活動，學者不審察焉可乎？翁又云：「竹田君高士，而淡窗先生之畏友也。其詩神韻縹緲，不易得之才也。」有詩曰：「濯足深潭踞小綸，寄言河伯且休嗔。終朝亂蹋雲千片，不使雙跟著世塵。」贈詩曰：「真卿筆力見天真，太白詩才驚鬼神。夫子今時須自愛，文壇盟主更何人。」

一日，訪耶馬散人於馬溪宫園村，散人姓延谷，字彬，遊咸宜園，後從恒藤精齋學。家世業醫，嘗遊東都，與山田新川誇馬溪與妙義何優劣，詩戰半歲不决，頗驚騷壇。或擬以青萍逸人，亦好才子也，快談終宵，賦詩曰：「來宿清泉白石村，一痕山月照柴門。葉聲走地秋幽寂，幾把詩篇仔細論。」

加納石華、甲斐虎山，南豐臼杵人也。石華通稱彦松，又號雨篷漁人；虎山稱駒藏：在學思館同窗苦學多年，頗蒙熏陶。二子嘗學帆足杏雨，善畫。石華性温順，交情甘似蜜；虎山性倜儻，淡如水：共不易得之人物也。石華一日訪余，臨别不覺泫然。

峰中九山，字義妙，性好學，善詩書，與余刎頸之友也。口不食葷葅，目不見邪色，耳不聽淫聲，尊行自奉，極儉素，清風可欽慕。予一日不見君，則不意甚安，曳笻屢訪焉。交膝清談及曉，唱酬不絶，賦詩而贈：「富貴百年短，人間一夢空。羡君閑日月，洗竹卧清風。」君贈詩答曰：「紛紛過眼總塵氛，獨有如雲心似雲。最羡閑居無俗事，書窗盡日樂斯文。」嘗與君興扇城吟社唱斯文，大聲不入俚耳，中途廢絶。後同人相謀，再興焉，前後列席於吟筵者：户春村、村松瀨、村我石、鈴香雪、三龍洲、樺芳洲、加豐山、陳清節、松癡仙、未榛堂、奥紫洋、田香石、峰九山、長櫻雨、鬼柳緑、赤寒軒、森如雲。

予與九山一日訪松崗癡仙稱善了，號問狂，又三鄰於三一書屋，適癡仙會三友，身卧清風，耳洗松濤，心澄幽香，優游自適焉。聞余等來，欣然出迎共賦。九山子朗吟曰：「古刹蕭然寄一身，胸襟瀟灑絶疾塵。歲寒真耐契三友，松竹梅中好主人。」如雲子苦吟曰：「疎梅修竹半庭幽，盤屈木公尤好儔。一主人兼三益友，鷗盟相結極風流。」癡仙笑曰：「虎溪三笑猶如此乎？」性澹泊而不拘泥於物，能與世推移而不戾，亦緇林之人傑也哉。

櫻山居士卜居於馬溪，居士風丰閒雅，接人不設城府，性清廉，善詩文書畫。予交游茲有年，曾訪居士於西條寺，欣然出迎，口吟曰：「有客跫然叩竹關，相迎一笑共怡顔。愧吾無物謝來意，自在吟供水與山。」則和曰：「雙鞋不妨訪柴關，已掬清流洗俗顔。美酒香鱸我何用，煩君且見白雲山。」閒談不知時移，偶探奚囊獲一詩，示曰：「路沿溪流暑氣空，涼生處處洞門風。一彎古月三更後，懸在危峰欲墜中。」居士評云：「馬溪風景宛然如畫。」近頃有反古文庫創設之舉，既集者萬餘卷，可謂篤學之士，贈詩曰：「猶看物外有因緣，獨喜先生守節堅。夙爲斯文期隆盛，讀書萬卷慕前賢。」

庚子之夏，予飄然出家門，行賞風光，登羅漢寺，過指月庵，夕臨絶壁，隔塵界三千里，滿室寂然矣。唯看寳鴨加沉香，煙縷縷而遠連白雲。庭有古梅，孤鶴鳴蒼穹，忽疑孤山處士之寓乎？然無所謂洞庭湖者何乎？佇立而窺，有人枕《南華經》而眠。嗚呼！誰乎先吾早買此青山，可勝羨也哉。洸乎望蒼空，忽清風穿窗竹來驚蝶夢，其人刮目而一笑出迎，此則櫻山居士也。清談終宵，一宿而去。

《齊東野語》終

淳軒詩話

大田淳軒

《淳軒詩話》一卷，大田淳軒（一八六四—一九四〇）撰。據昭和十四年（一九三九）三陽堂印刷所排印本校。

按：大田淳軒（おおた じゅんけん OTA JUNKEN），明治—大正—昭和時代初期漢學者。名才次郎，字子德，號淳軒。江户末期明治初期漢學者大田晴齋之次子，大田晴軒之孫，大田錦城之曾孫。自幼受其父教育，通曉四書五經。任東京府立第一中學校講師。關東大地震時藏書盡失。元治元年六月十日生，昭和十五年四月三十日歿，享年七十七歲。

其著作有：《淳軒詩話》、《舊聞小録》、《史記列傳講義》、《新撰漢文問答》（編）、《日本兒童遊戲集》（編）等。

序

談不奇人不聞，事不奇人不傳，甚矣哉人之好奇也。余之著此書也，談傳其實，事明其義，如是而已，未初有求奇之意也。世有誚此書者，必將曰「鹵莽滅裂也」，又將曰「矮子看戲也」。余欲任其誚，而不敢爲拒。然若誚之，爲不能求一奇談一奇事於此書，豈得不辨之乎？有友謂余曰：「子非詩人也，而作詩話，不太奇乎？」余笑曰：「然。然如子之所言，余之奇耳，非前之所謂奇也。姑措之於傳不傳之外。」淳軒主人識。

淳軒詩話

淳軒太田才子德著

清使何如璋之來也，沈文熒、盧子銘、黄遵憲、張斯桂、廖錫恩、楊守敬、王治本、王藩清等亦皆在使館，大抵長于詩文書畫。而其落書畫也，必書曰「某書于扶桑」，此以本邦爲扶桑也。按《山海經》曰：「大荒之中有山，名曰孽摇頵羝。上有扶木，柱三百里，其葉如芥。有谷曰温源谷，湯谷上有扶木，一日方至，一日方出，皆載于烏。」扶木即扶桑。又曰：「黑齒國在其北，下有湯谷，湯谷上有扶桑，十日所浴。」《淮南・地形訓》曰：「扶木在陽州，日之所曊。」又曰：「湯谷榑桑在東方。」扶桑即樹名，未以爲國名也。《南史》云：「扶桑在大漢國之東二萬餘里，地在中國之東，其土多扶桑木，故以爲名。」以扶桑爲國名，始見於此。而未可知其爲今之何地也。杜氏《通典》説扶桑風土甚詳。然與我俗不似甚矣。王維《送晁監還日本》五律云：「鄉國扶桑外，主人孤島中」。韋莊《送日本國僧敬龍歸》七絶云：「扶桑已在渺茫中，家在扶桑東更東。」徐凝《送日本使》詩云：「絶域將無外，扶桑更有東。」送日本人之還日本，而曰「鄉國扶桑外」，曰「扶桑東更東」，曰「扶桑更有東」，則扶桑之非日本，瞭然而明矣，而清人來于我者，直稱我爲扶桑，豈可不謂誤乎？戴埴《鼠璞》曰：「扶桑，其地在中國東，或謂日出扶桑，以日自東方出耳，猶倭自謂日出處天子耳。」戴埴以扶桑與倭爲別也。又杜佑《通典・東夷》中載扶桑，又載日本。則杜佑亦以扶桑與日本爲别也。清嘉慶年間，吴門陸鳳藻著《小知録》，亦分載扶桑、日本。則可知古人以扶桑、日本爲别也。

齋藤拙堂曰：「上古有扶桑樹，考其所在，蓋當豫地，傳言其高不知幾百仞，其大蔭翳數州，屹然爲大八州之鎮，西土之人，尚能言之，散見《淮南》《山海》諸書，遂爲我國别號。」津坂東陽曰：「古所謂扶桑樹者，蓋在伊豫海濱洪荒時物云。」按史，景行天皇西巡時，履僵卧巨木，度海抵火州，此其是矣。其大且長何如哉，所謂其末僵之時，當朝日則隱杵島山，即夕日則覆阿蘇山者，理或然也。故西土之人，稱扶桑國者，指筑紫地方也。此他伊豫僧明月，有《扶桑樹傳》及《序》，亦以扶桑樹爲在伊豫也。此等之説，不過以臆度之，故記於此，以存疑耳。

菅公「去年今夜」詩，九月十日所作延喜元年，《大鏡》可證矣。而古人不覺，或以爲九月十三夜，或以爲九月十五日，聚訟紛紛，何也？津坂東陽《夜航詩話》云：「菅公『去年今夜侍清凉』，《北野緣起》爲九月十三夜事。《菅家文草》注則云九月十五日。余見《躬恒集》，有九月十三夜侍宴之歌，亦係延喜中，然則當時玩是夜月爲盛。恐《文草》注或誤也。」東陽知據《北野緣起》而正《文草》注之誤，而不知據《大鏡》而正《緣起》之誤，陋矣。大槻磐溪《十三夜》三首云：「弘仁以後足詩人，帝敕金岡盡寫真。滿眼風流撑不得，又將明月補佳辰。」「青天有月幾星霜，今古無私一樣光。仰誦御衣恩賜句，猶聞千載拜餘香。」「賞月三更酒已動〔一〕，詞壇猶未策微勳。憶他英將併能越，橫槊秋風送雁群。」此詩第一首，詠宇〔二〕多天皇，第二首菅公，第三首謙信，則斯翁亦誤。

九州三絶，其一《麑島》云：「誰家絲竹散空明，孤客倚樓夢後情。皎月南溟浪不駭，秋高一百二都城。」其二《過赤馬關》云：「長風破浪一帆還，碧海遥迴赤馬關。三十六灘行欲盡，天邊初見鎮西山。」其三《姫島》云「大海中分玉女峰，娥眉翠黛爲誰容。我將明月遥相贈，影湧瑶臺十二重」是也。《麑島》詩，龜井南溟作，故無論。《赤馬關》詩，小畠詩山以爲藪孤山所作詩山堂詩話，樺島益親以爲伊太素所作宜園百家詩。余一日取《樂泮集》檢之，明記爲伊太素。《樂泮集》，孤山所自輯門人詩者，則此詩伊太素作，不容疑矣。《姫島》詩，詩山以爲維章輔所作，益親以爲僧寶月所作，余未見二人詩集，故不知何從，然益親與寶月同其師，則其爲寶月者，可從矣。太素，姓伊形，名質，稱莊助，號靈雨，肥後人。寶月，名普明，號香光，豐後日田長福寺僧小畠詩山以伊莊助爲維章輔，誤矣。

九州三絶，芳山五絶，世皆推爲絶唱，而往年，詩人柳井絅齋舉五絶中梁川星巖「南朝天子御魂香」句、河野鐵兜「露卧延元陵下月」句、藤井竹外「眉雪老僧時輟帚」句，痛非議之。近年，久保天隨又舉三絶《赤馬關》詩、《麑島》詩、《姫島》詩，痛非議之。古來稱名詩絶唱者，細論之，誠乏

〔一〕動：似當作「醺」。
〔二〕宇：底本訛作「字」。按菅原道真係宇多天皇重臣，據改。

完璧。

近世以詩得禍者有之矣。文化六年，我曾祖父錦城先生賦《梅花》詩，以贈多紀貞一《采風集》載之，吏以爲有衰世之音，召而鞫之，是一。嘉永末年，藤森弘庵《春雨樓詩鈔》成，令門人横山侗庵後改小野湖山刊而行之，其中賦時事者多矣，因是弘庵、侗庵皆獲罪繫于獄，是二。安政五年，幕吏竊入京，探勤王之士，將悉捕縛之。梁川星巖因賦詩二十五首，以諷諭譏刺，吏聞之，以爲不可赦，將捕而鞫馬〔一〕，會星巖病疫俄死，乃捕其妻紅蘭投獄，是三。明治二年，大沼枕山著《東京新詠》而行之于世，官以爲誹謗，命毁其版，是四。以詩得禍如此，酷吏羅織，不獨烏臺詩案也。

丁酉歲，阿彌陀峰頭豐國廟成修祭事，因陳豐公遺物，使人縱觀，中有明帝封册，係舊龜山侯石川氏所藏。余就而觀之，楷書大字，一行四字，總五十七行，以帛織成，質極堅牢，絢爛奪目。而賴氏《日本外史》云，承兑入讀册于秀吉之傍，至曰「封爾爲日本國王」，秀吉變色，立脱冕服抛之地，取册書扯裂之。賴氏又賦《裂封册》詩曰「史官讀到日本王，相公怒裂明册書」，賴氏直以爲豐公裂册書。然今視其册，完然備具，無有微瑕，蓋承兑之讀到封爾爲日本國王，豐公大怒，直奪而擲之地耳，豈遽裂而棄之耶？賴氏所記非其實也。藤井竹外賦詩云：「玉冕緋衣如糞土，册書信手裂縱横。自從霹靂震萬里，直至如今尚有聲。」清人黄遵憲亦賦云：「女王制册封親魏，天使威儀

〔一〕馬：似當作「焉」，形近而訛。

拜大唐。一自覆舟平户後，有人裂詔毁冠裳〔一〕。」皆爲賴氏所註誤也。

山陽一日會諸門人賦詩，以瓶中梅花爲題。山陽詩先成，中有「夜瓶」字。門人大橋某問以出何典，山陽不能答，易以他字云。余之從祖祖父晚成先生聞之曰：「『夜瓶』字，出于陳簡齋《除夜》詩，云：『只恐梅花明日老，夜瓶相對不知寒。』山陽豈忘之乎？」因賦詩云：「雪裏寒梅蕊有馨，世間騷客腹無銘。名花應笑詩人陋，落下大家窮夜瓶。」山陽非不知陳之詩，偶遺忘之耳，先生何責讓之甚也？

梁川星巖在江户之日，常出入於我曾祖父之家，而其年長於我先大父僅五六歲，故常與先大父相親相愛，或同蓐而卧，或共案而食，所謂莫逆友也。大父每見星巖詩有疵瑕，必與書以規之曰：「足下詩中，猶有字面與語似不妥帖者，爲獻疑以質之，其中倘有來歷出處可據，請録以見示。」又曰：「尊集每首好用僻字，意在掉書袋以憚嚇人。然不知康莊之生荆棘，必至有窒礙之處，此足下膏肓之病也。」又曰：「茶山等詩皆無此病，唯足下與五山，同病而異症。然五山已逝矣，不可追已。僕方將爲足下發扁倉之藥，以治其膏肓。」此蓋出於愛友之情也。大父常稱曰：「星巖本出于天民門，而詞章之巧，與天民相距不知隔幾塵也。」

先大父曰：天民詩，雜且淺，不足論。五山祖誠齋，而搆思怪癖又甚焉。然至其平穩者，有尋

〔一〕裳：底本訛作「冕」，據《日本雜事詩》改。

常詩人之所不能企及者也。

星巖年壯時，披緇爲僧，故其詩有「詩成日呈佛」之句，蓋本之于僧貫休每得句，先呈之佛前云。先考詩「昔歲詩成日呈佛，盛名藉甚姓梁人」。星巖呈佛之佛，謂天民也。故其語本于貫休，而意不同也。

張紅蘭嫁于星巖，琴瑟相和，家無反言，世比之梁伯鸞之於孟光也。或人謂：「紅蘭詩，經星巖之雌黄。不然，豈其巧若此乎？」然紅蘭詩，以星巖死後之作，比之於星巖生前之作，覺愈巧愈妙。或人之言，可謂誣矣。紅蘭嘗賦《戒女子》詩十首云：「買錦布珠靡重資，高堂奉養自然疎。妻孥能減閨裝半，甘旨朝昏供有餘。」「貧姑也抵富家娘，壓鬢梳笄玳瑁光。不見古代風俗美，内人首飾亦黄楊。」「滿城多是不全兒，針線纔工厭爨炊。縱使公侯千萬石，一人一事用常虧。」「夫棄寡妻妻亦然，共言彼此惡因緣。縱令祥善無當適，可放淫情得遁天？」「孀婦亦能事媚穰，不知膏沐爲誰容。如何正位以居室，厨下調羹燈下縫。」「輕薄春風桃李容，寧知婉娩與聽從。生來中饋猶相廢，况乃夫妻執禮恭。」「洛陽兒女乏精神，諾諾唯唯輕薄倫。若不癡憨即姦慝，可知蠢蠢一流人。」「把來照子重抽思，正是昏凉浴後時。冶艷巧爲倡婦態，閨門風習久陵夷。」「若爲不肯學寒松，柳黛花裝多冶容。看取大家舊規範，清問顔色是中庸。」「整了濃妝還自疑，千回萬顧鏡心窺。明涵紅白無遺漏，猶向傍人問稱宜。」反復丁寧，足以誡世之婦女子也。聞之，紅蘭自治庖厨紝織，而有餘則賦詩書字，故其所用之印，刻以「針線餘事」四字，可以見與他女先生不同也。王漁洋《香祖筆記》云，宗室紅蘭主人工詩畫，有《玉池生集》，云云。張氏紅蘭在江户之日，與星巖住於玉池，紅蘭玉池自有緑〔一〕，亦奇。

有雷首者，寄詩龜井少琴云：「二八誰家女，嬋娟直可憐。君無王上點，我作出頭天。」少琴酬之云：「扶桑第一梅，今夜爲君開。欲問花真僞一作欲識花真意，三更踏月來。」二詩一時喧傳。但雷首佚其名姓，或云南冥門人，未審。或藏雷首詩，云：「潑墨新篁色，含風露未乾。題詩懸壁上，朝日照欄干。」雷首詩，他無見，故録。尾張有清水長孺者，號雷首，亦能詩，然則雷首有二人歟？「潑墨」詩，未可定爲南冥門下之雷首而已。原采蘋，別號霞窗，古處之女，白圭之妹，受業于廣瀨淡窗門，所賦有律古數百首，絶句二三千首，篇篇成玉，可謂我國之曹大家矣。我嘗誦其《詠張子房》詩，驚以有髯詩人亦不能及也。今亡失其詩，不能舉，可惜。頃者，采蘋詩集，刊而行于世。《子房》詩載在其中，可就見。

讚岐詩人日柳燕石，性豪放不羈，好飲博。其家以樓下充文雅之席，樓上充樗蒲之場。一友憂之，往而誡曰：「樗蒲之戲，聖賢所戒，子何犯之？」燕石答曰：「否。我本博徒兒好詩耳，非詩人而行博也。」不容其諫。有《題自像》詩云：「非儒非佛是頑仙，豪氣稜稜聳雙肩。一局樗蒲韋應物，十年花柳杜樊川。身軀假令小於豆，肝膽猶望大似天。肖像描成果何意，此風豈可子孫傳。」

一友爲余誦燕石《海和尚》詩云，「寶珠纏得紫衣新，怕染腥風魚市塵。圓頂光寒晴渚月，結跏坐穩碧波春。八齡龍女曾傳法，千手觀音定後身。水族從來多網死，憑君濟度得清因。」余後見燕

〔一〕緑：似當作「緣」。

石詩稿又得二律，其一云：「海底法師頭只圓，肉身何解免腥羶。不知釜底忽成獄，只道壺中別有天。幾度來偷村圃芋，半生難近玉池蓮。老夫近厭緇衣侶，欲贈絶交書一篇。」其二云：「海僧風貌一何殊，肉食時時自啖軀。衣上加緋忽成佛，腹中有墨亦非儒。誰言八脚是天蓋，我怪百瘤入念珠。老秃中人能作害，看來終是毒浮屠。」自助云，末句暗用東坡嘲佛印語。余每體不康，誦之以爲慰。

中根半仙，名容，字公默，《花下逢雨》云：「輕雲挾雨過横塘，一領春衫濕且香。乍喜遠村晴色動，隔花依約見斜陽。」先考喜誦之，余之所以不忘也。

菊池溪琴晚年移居於東京。戊寅歲，家兄子迪訪之。溪琴喜曰：「我與子之祖晴軒先生有故。今見子，猶有見先生之思也。」因贈以新刊《海莊集》及《溪琴山房集》《秀餐樓集》三部。《山房》《秀餐》二集，皆有先大父之序。而《山房集》中，《秋懷十寄》之一《田晴軒》云：「百尺塵中昔見君，私嘆野鶴在鷄群。周郎果識能顧曲，曾叟唯言工屬文。月下琴樽何處是，天涯存没久無聞。海南八月秋風暮，獨上山邱瞻白雲。」《久不聞晴軒信》云：「濁酒黄柑何日同，故人猶滯萬山東。關南秋暮無魚雁，一夜繁霜到岸楓。」《得田晴軒書及詩》云：「千山雨雪滯韶華，竹泣梅顰帝御賒。賴有高人遞芳信，春回才子筆頭花。」綣綣之情可想矣。

海保漁村《題白石先生肖像》云：「天生非常主，復起非常器。執禮參廟謨，引典屈韓使。猶留幾巨編，欲以補至治。誰憶金石契，終招晚節躓。」白石晚年大躓之事，未審其故。或云：「白石受寵於文昭、有章二君，而諸政有所釐革，號令文章多出於其手。於是俗吏忌之，謗議漸起。且白石之議，與林信篤不合，頗爲其徒所惡。及有德君之立，以白石畫策多反舊規，深非之，遂斥而不復用。」頃者檢舊記，偶得曾祖父記白石之事文，頗有異聞，因記于此，云：「新井白石晚年大躓，予常疑焉。文廟好文雅，繁文美觀，粉飾太平，事事侈大；德廟好武備，厲士練兵，戒備不虞，事事儉嗇。兩朝政事，冰炭相反，是蓋其所以不遇也。頃於根來子寬所，邂逅目黑恕公，談及此義，恕公曰：『憲廟薨，柳澤元老專權作威，納賂鬻獄，穢衊宮禁，闚覦神器，種種罪惡，一時昭露，其勢將不測矣。於是其臣物茂卿，私與其老臣謀，車載金帛，踵白石門，慇請勤託，是以幸而免其罰，免相移封耳。德廟深惡之，曾語侍臣曰：『保山之罪，宜奪封削爵，至今其子猶得爲列侯者，君美所爲也。』蓋深惡其黨逆，是以如彼不遇矣。夫白石一時端士，豈納賂之人乎哉？儻果未滅元老之罪，出於白石之意，恐別有故焉。車載金帛之説，可疑之甚。雖然，恕公亦信士，其言蓋有所受之矣，姑記廣異聞耳。或云：『不奪元老之封者，憲廟夫人遺命爲之。』寬政甲寅臘月念五。」恕公，名尚忠，稱道琢，會津人，業醫。

渡邊崋山爲田原名大夫，善畫，常好描竹，題詩其上云「鄭老畫蘭不畫土，有爲者必有不爲。醉來寫竹似蘆葉，不作鷗波無節枝。」是本于鄭所南爲蘭不畫土也。聞之，崋山臨死，自大書「不忠不孝渡邊登」七字，遺命曰：「我死，勿爲立碑。」此亦類所南書位牌云「大宋不忠不孝鄭思肖」，豈崋山慕所南之爲人乎？

鈴木春山與崋山爲友，業醫，修漢蘭學，兼工詩。《題春川釣魚圖》云：「數株堤柳雨晴初，淡靄微風春可漁。花片無聲紅落水，草芽有色緑粘裾。魚潛嫩藻綸猶短，樹負斜陽影復舒。我亦終於塵世外，釣竿長與客星居。」《癸卯立春》云：「樗材遮莫老風塵，駒影匆匆如轉輪。黄曆支干雖在丑，碧天星斗已移寅。艸堂炒豆儺窮鬼，金屋煎茶招福神。上林梅柳相開日，韶光笑我鬢華新。」《無題》云：「踈放誰能爲我倫，清談同酌醉餘身。興來不問座無妓，當面青山笑媚人。」余素聞春山工詩，而未得一寓目，今得之，以比吉光片羽。別有《翻譯歌》一篇，余之所見者，有誤字，故不載。

釋六如《詠牽牛花》云：「井邊移植牽牛花，狂蔓攀欄横復斜。汲綆畢竟被渠奪，近來乞水向鄰家。」此詩，蓋譯俳諧家千代之歌也。西村以寧名昌，江户人亦詠云：「牽牛井上放青花，蔓奪桔槹揮露華。兒女多情停手著，也能乞水向鄰家。」二詩俱能協原作意矣。余亦不堪技癢，賦云：「囉叭花開深井側，蔓攀弔槔緑剛肥。無情婢子還憐汝，移向鄰家乞水歸。」遂不能望二家之後塵也。

嘗得林復齋、學齋父子詩，復齋云：「峭壁層層徑路賒，桃花深處認人家。前村昨日斜陽裏，遥看峰頭一片霞。」學齋云：「梅唇帶笑柳眉顰，詩景誰知屬此辰。願得浮世閑半日，去爲柑酒聽鶯人。」皆綺麗可誦。復齋，名輝，字弼中。學齋，名昇，字平仲。父子相繼而任大學頭。林羅山始任大學頭，後世世襲之，學齋即其十二世，至此而絶其職云。

遠山雲如與大沼枕山受詩法於梁川星巖。當時人謂，絶句則枕山勝於雲如，律詩則雲如勝於枕山。詩品可知矣。雲如《燈下聞人讀稗史戲賦四首》，其一云：「小艇君今在那邊，杜宇駒津欲曉天。不思富人思貧士，意氣青樓真可憐。瓊肌孰與黄金重，持衡强買煙花種。荆釵曾約意中人，繡被何求天上夢。載春彩鷁三叉月，一枝濃艷不容折。酒翻燭倒起風波，瞥見潮頭灑鮮血。」其二云：「斬仇千里走天涯，一諾來投劇孟家。壯心漾蕩眼波裏，濃紫倚樓解語花。買笑囊貲傾一瞬，剽掠從兹憑爲刃。屏角興酣鬢影欹，堤頭血迸電光迅。暮雨朝雲博幾人，阿嬌不負負乾親。千斤軀碎曠原露，雙翼魂迷古墓春。」其三云：「風雨凄迷石邊驛，豈料比鄰倶是客。鷩鸞假栖半被春，綢繆惜不永今夕。記曾索乳泣香褓，奈其婦幼郎將老。女誡銀鈎字幾行，拉他軟玉教揮掃。綺夢還家猶未醒，塵緣只漫卜他生。無情桂水沈雙璧，詞曲千秋徒有名。」其四云：「十五盈盈纏彩翠，一笑春風回菜肆。崑岡火起玉將焚，蓮步避災吉祥寺。髧彼兩髦誰是媒，色授魂與人未知。慈雲一枕鴛鴦夢，生嫌下界促還期。儻非絳焰誘他出，碧海青天思罔極。飛蛾赴燭亦前因，癡情枉假祝融力。」一首詠高尾，二首權八、小紫，三首長右、阿半，四首吉三、阿七，皆情思纏綿，非雲如不能也。雲如又有《夷船來》詩二首，一云：「夷船來，不來瓊浦來湘浦。湘浦江城咫尺間，可無羶血濺皇土。夷船來，不在戰争在貨財。求財不得戰争起，百鍊之刀安在哉？漢蘭以外禁貿易，祖宗此例何可革。生還往昔只三人，君不見姑息之仁不是仁。」二云：「夷船來，沿海民户點丁急。男固難逭婦亦驅，不教之民磯頭集。有田不芸稊稗多，有麥不曬恐變蛾。死何可畏生可畏，官家從此徵租苛。嗟吁邊防之策無他策，非築砲臺非堅壁。只須親愛得民心，夷船百萬亦何敵。」當時米艦來浦賀，强要互市，幕府狼狽，不知所爲，於是開港之議與攘夷之論，沸騰不已。讀此詩，雲如左袒於攘夷可知矣。

一日有客，出示枕山《前後飲酒歌》二首，余讀而頗珍之，因急召管城子以寫之。《前飲酒歌》云：「聖人善飲酒，鍾千又觚百。仙人善飲酒，瓊漿與金液。聖父賢母布政初，享神哺人仁有餘。宜哉喚汝爲歡伯，民樂自增民苦除。其時四海稱至治，陶然上下皆酣醉。後世聖賢不復作，風俗漸漓酒亦薄。帝王之政不復美，干戈滿地氛祲惡。安得聖父與賢母，無災無難醉醇酒。」《後飲酒歌》云：「君不見羅繻襟解聞薌澤，曷若無心眠於鄰婦側。又不見持蟹拍浮於酒船，孰與采菊悠然看南山。酒飲不嘗容外物，始稱酒豪無所屈。或道酒無獨飲理，或言對婦勝俗士。此皆有待列子徒，真趣誰能似莊子。吁我乘化樂四時，有友亦佳無亦可。快哉花晨又月夕，太白滿引詩三百。」

我鄰鄉楡木有鈴木樂山者，通稱五兵衛，樂山其號，一號雲外，本鋸匠也，性甚嗜詩，執贄于梁川星巖門。余歲十八九，樂山已踰耳順，每出入余家，與余尤相親，有佳作必出而示之，使余拍案嘆賞者亦時有之。明治己丑歲，樂山化爲異物，平生所作漫漶散佚，不可收拾。余記《冬柳》一首云：「蕭蕭枯柳不堪看，霜折雪摧疎影寒。尚記春風江上路，一枝和雨送征鞍。」樂山中年好歷遊，足跡殆半於海内。其西遊到赤石也，通刺河野鐵兜，出詩篇於懷以視之。鐵兜諷詠數四，曰：「善，請復來，我與子語」。次日訪之，置酒款洽。鐵兜素以强記有名，曰：「昨日所示，若某詩某句甚好，如某詩某句未佳，須改作某字。」一一暗誦，不差隻字。鐵兜又言：「子之以鋸匠而嗜詩，與古之詩人隱於鑷工衣工木工等相類，請子勉旃。」因贈以詩云：「打油釘鉸傳佳話，唐代風流彼一時。見得皇和文運旺，青山鋸匠解聲詩。」此事，樂山親自語之。

先大父之在世也，有大草光太郎者來謁大父，出示詩篇，以索一醉之資。詩云：「囊中錢盡路猶賒，當酒無鞭眼没花。風雨不迷東海道，賣煙叢裏記君家。」大父反覆吟誦，謂曰：「以子之才，專心致志，白也詩無敵，必能成大家。」光喜謝而去。光，福岡人，不知後能成一家乎否？

我鄉人嗜詩者多矣，如小野湖山、關根癡堂、石川鴻齋三人，皆有盛名於海内。其他石川赤巖、村雨雪航、關根杏村、村井蘭齋、關口瑟堂、村松迂齋等，亦皆詩壇驍將，而可建旗幟於一方者。赤巖，字景房，通稱友之進，爲人温粹，不與物競，然羸弱不堪執事，讓家於弟而隱居。自少好詩，從余之先大父及梁川星巖而學，《九日作》云：「客裏再逢重九日，可堪時節苦相催。故苑黄花應待我，主人何事不歸來。」《無題》云：「孤鸞飛去跡冥冥，人道栖栖在野坰。我亦片雲無定影，何當歸共舊山青。」《歸山作》云：「青袍久已污浮塵，豈耐栖栖勞此身。欲把舊書歸舊隱，梅花啼鳥滿林春。」雪航，字某，通稱吉五郎。《夜歸》云：「蘋末清風蓑袂寒，柳灣釣罷理輕竿。夜江月落水煙暗，一點篝燈下急灘。」瑟堂，名良，通稱參藏，任職時習館監督，性磊落嗜酒，無日不銜盃，所謂高陽之徒也。《詠風》云：「晴嵐浮萬籟瘖，太氣動始生音。引雁駭征夫耳，誘砧悲績女心。哀猿應空谷響，伐木繞衆山沈。秋夜吹殘雲去，令騷人月下吟。」明治某年，板垣伯退助之立自由黨也，瑟堂先鄉人而入其黨。後伯遭難於岐阜，寄詩云：「稻葉山前新火天，何圖凶賊入親筵。電光閃去侵樞斗，雷響轟來振鐵拳。螻蟻狙龍堂側伏，螳螂舉斧腋間旋。毁傷社會尤堪惡，抗敵輿論却可憐。

正理心因正理立，自由躬爲自由捐。一言半句皆公道，獨坐群居甚恪虔〔一〕。先覺遭難名益盛，後生聞變黨逾堅。血衣數尺真和璧，博物場中推大賢。」蘭齋，俗稱有右衛門，弦齋父。迂翁，俗稱多十，任時習館教授。杏村，俗稱孫市，癡堂兄，極喜香奩體。此三人詩，未遑得之。

湖南銚浦名直方，字弄缶，通稱武夫，銚浦其號，一號鳳嶺。我鄉人，少從伊澤磐庵受上池之學，又從余之先大父受聖賢之學。如詩章非其所長，而間有可誦。《晚春千金堂席上分韻賦示諸子》云：「榮枯閲盡感空長，此際何人最斷腸。蝶戲連旬均是夢，蜂遊幾日半如狂。山雲破處月無色，江雨漲邊水没香。休怪詩成多怨調，殘春時節滯他鄉。」《總北客中雜感》云：「書劍東西事浪遊，未知埋骨是何州。魂飛函谷關中月，夢逐刀寧河上舟。多少親朋歸一哭，幾行家信寫千愁。飄零併作滄桑感，二十年來無此秋。」「萍蹤未定任沈浮，東海又爲千里遊。雨斷潮來橋外寺，月高銚子港頭樓。蟲聲織盡機邊恨，雁字寫成燈下愁。霜苦風酸誰向訴，授衣時節在總州。」《七夕後一夕作》云：「霎雨帶風鈴語長，浴餘身在水晶鄉。天孫昨夜別時淚，滴作池塘萬斛涼。」明治七年，銚浦歲才三十有二，去爲白玉樓中人，人惜其不得遂志業。

明治初，醫而善詩文者，淺田宗伯、今村了庵二人有焉。了庵詩曰《賸稿》，宗伯詩曰《詩存》。俱詩才翩翩，足與專業者相抗衡，所謂「岐伯無所不兼」者乎？

〔一〕虔：底本訛作「度」，形似而訛。

近世台閣諸公中，工詩莫副島蒼海公若也。公有《木蘭詩》，余常誦之，以爲高古渾灝，專門之士不易及也。詩云：「惟漢十二月，匈奴寇遼陽。天子坐明堂，以議救援方。僉言速出兵，俾我軍氣揚。都邑檢丁壯，事不獲匿藏。木蘭當替征，不忍阿爺往。爺曰女子子，不耐持兵仗。漢家有法律，詐者刑弗賞。女曰爺瘦倦，軍中闕供養。且從女所請，無爲謾骯髒。國家在保安，忠義途路廣。木蘭被介駛，壯勇無其比。出身趁戰陳，赳赳是武士。弟與妹告晤，欽羨乃在此。爾來木蘭家，機杼響無起。鄰里每有問，家中意弗喜。人亦不欲語，事亦不可已。軍吏閱軍書，卷卷爺名聞。師出三道分，木蘭本屬李將軍。直斬單于頭，可以報明君。萬里長驅衝巢穴，胡兒皆散牛羊群。關山雨雪日紛紛，弓折短兵接戰勤。朝走匈奴兵，暮絶大漠征。不聞朔風胡馬悲鳴聲，唯聞將軍號令甚嚴明。旦奪戎虜幕，暮傍陰山行。不聞羌管胡笛和奏鳴，唯聞將軍叱咤武勇不曾驚。拓地三千里，征役十二年。雖未上首級，將軍功烈傳。百戰裏創痍，木蘭常居先。木蘭歸柴荆，阿孃驚歡迎。桃李雖不言，其下蹊徑成。世間皆稱女貞木，誰識木蘭貞尤貞。」木蘭詩，未詳其作者。或云梁人作，或云曹子建作，或云唐人作。要無足爲定論者。蒼海公謂北朝樂人，由漢詩一時挿入「可汗」字，以爲登歌。亦可以爲一説也。

兒島高德，史不記其死所，是以議論紛然。或以爲上毛邑樂郡古海村高德寺，或以爲土佐國高岡郡羽山鄉高德山繁國寺，或以爲備前兒島郡木見村，或以爲河内觀心寺之傍。併未得確證。塘它山曰：「播摩有地稱佐越者，高德死而葬於此。」佐越，或作坂越。村有妙見山，傳爲高德死而葬於此。

它山博覽之士，蓋有所據而言，惜未見其所考也。谷將軍干城《詠高德》云：「回天心事已難舒，其奈廟謀再誤如。偏恨南風終不競，泣尋海島讀禪書。」將軍，土佐人，故因俗傳而詠耳。聞之，三河西加茂郡廣瀨村有廣濟寺，爲高德終焉之地。其系譜亦存於此，尤可信憑也。

西南之役。谷將軍死守熊本城，使賊不得逞意。將軍之功可謂偉矣。戰後，將軍《詠南洲》云：「枉抗王師不顧身，多年功績委風塵。憐君末路違初志，春雨春風恨更新。」南洲之反，蓋出於子弟之意，而非出於南洲之意。今讀此詩，不能無感慨也。

南洲詩云：「我家遺法人知否，不爲兒孫買美田。」余誦此句，以知其清儉不貪，而能賑貧恤人。比諸王翦遺人乞美田，不啻霄壤也。

嘉永、安政以後，天下漸多事，四方憂國之士比肩輩出。而此等人觸物即事，作詩以述其志。其詞大抵忼慨激越悲壯淋漓，與詩人之詩迥然不同。故讀之使胸中鄙吝之氣煙散霧消也。孟子評伯夷曰：「聞伯夷之風者，頑夫廉，懦夫有立志。」亦可以充此等人詩評矣。

我在北總，得二詩人。一爲秋塲桂園，一爲間中雲颿。桂園，名祐，字元吉。家於水海道，以素封稱。余之訪也，適歸自鹽原。刊刻其所得詩，命曰《鹽原雜詩》。今略載之：「來游先聽里人談，春首暴風非所堪。宜矣屋頭皆載石，不看瓦屋與茅庵。」「豪商貴客愛幽深，競築凉亭占澗潯。何料温泉銷夏地，數弓間土價千金。」「避炎養病客登攀，霜落風寒絕往還。湯户知他生計簡，終年利在夏秋間。」「久滯山樓事舉杯，煙霞况復作詩媒。誰言僻地無鮮食，日日香魚叫賣來。」「奥區隨處刈蓬蒿，多少涼台屬富豪。連筧平分溪澗水，家家不費桔槔勞。」鹽溪之風土可以見矣。雲飃，名宜之，字禎卿，巖井人，亦以豪富聞。晚讓家於其子，專以吟詠爲樂。雲飃歿後，子弟相謀，刻其詩集數十卷，命曰《雲飃詩集》。世已傳之，是以不載。

岡本韋庵，議論卓拔，往往出於人之意表。然數起數躓，遂不得意而歿。人皆爲韋庵悲之。將遊清國，《留别諸友》三首云：「欲向西周逸足馳，非關落魄負明時。天南殺氣蛟龍躍，幕北風塵燕雀悲。交態須從唇齒合，大家方少棟梁支。可將奇禍貽兒輩，秦火燃眉急如斯。」「至誠徵處義旗翻，不朽功名凛烈存。一族四千餘萬衆，五洲多少老兵屯。請看閫外風雲急，勿謂窗中日月奔。失腳此機無此事，誰知君國本來尊。」「回飆吹散燕山雲，眼看西裝萬萬群。公法徒存强勝跡，清論争設弱援勳。人心激處天容霽，軍紀嚴時地氣薰。若箇雄圖誰畫得，旁觀長息可堪聞。」明治間，儒生而游西土者，爲岡鹿門，爲竹添井井，爲韋庵。鹿門、井井二人皆有紀行，而游迹交態，略可得而知矣。獨韋庵無紀行傳于世爲可惜。

丙申歲二月，蒲生褧亭、依田百川、石川鴻齋、金井金洞、菅原白龍五人，相俱觀梅於隅田梅莊。百川有詩五首云：「茅屋竹籬三兩家，深泥未見走鈿車。可知夜雨催輕暖，已有園梅早著花。」「春風早到野人家，好向籬邊駐小車。定有園丁煮茶待，青煙颺處認梅花。」「園林想昔屬官家，聞説將軍來駐車。疎影暗香自今古，野人飽賞舊時花。」「看了一家還一家，相携緩步不須車。小橋斗轉柴門出，繞水千株盡是花。」白龍鴻齋和之，褧亭作文記之。余一日與白龍會，白龍以前詩示余。余即和之云：「江東春信到詩家，五老相携走小車。却恨斯遊欠招我，賞心還負舊時花。」「春到田間小謝家，園林風色好停車。羨他五老相携去，飽賞庭梅白玉花。」惡詩成，示之白龍。白龍曰：「子未與百川交，何不以此爲贄？」無幾，白龍謂余曰：「余已言子於百川，子速訪之。」其後，余衣奔食走，不遑往訪。歷數年，白龍、百川相繼下世。終永失會見之期，恨何可言！

石川鴻齋，歲六十以後，每年歲旦賦自壽詩，以求諸友賡和。其殁也，歲八十六。乃六十至八十六，每歲賦六七首，當得百數十首。自壽詩之多，近世詩家所希覯也。《六秩自壽》詩云：「東海菰蘆一老儒，吟風嘯月侶鷗鳧。暖姝學古私爲悦，謇諤乖時自守愚。東閣書編供蠹飽，横窗梅影與吾臞。未遺八百桑田計，笑畫溪山歸隱圖。」「青年入學志登瀛，繼晷焚膏特究精。何計蟹文遮鳥跡，更驚鴃舌亂鶯聲。殷盤周誥空收篋，馬史班書僅東釁。憖作儒生無用世，聊售詩畫代耘耕。」「今是昨非慚尚多，春秋六秩亦徒過。常逃麴糵忘顔皺，還聽絃歌嘆鬢皤。著述等身招笑耳，謳吟任口奈譏何。鶴長鳧短天攸賦，豈以武玞施琢磨。」初鴻齋入我先大父之門，大父見其詩文，嘆賞不措曰：「此子後來必博文名。」果然著述甚富。《夜窗綺談》一書，以文章絶妙見稱。

岸田吟香詩云：「一寸光陰一寸金，寸金難買寸光陰。寸金失却還尋得，失却光陰何處尋。」能得聖人惜分陰之意。

詩人山田新川美鬚髯，長至尺餘。一旦自斷之，命一筆匠以造筆。因賦詩云：「三尺長髯雪皓然，剪之爲筆大如椽。老來腕力未全減，一掃山陰九萬箋。」案《五雜俎》云：「蕭祭酒用胎髮，嶺南郡牧用人鬢。」新川鬢筆，亦有所本也。

齋藤竹海，名實穎，和歌山人。少壯負笈于安井息軒之門，能詩兼工文。嘗集句以作《春遊序》一篇，云：「皇祇發生之始，後王布和之辰。顏延年日朗氣清，惠風和暢。王羲之勾者必出，萌者盡達〔一〕。月令木欣欣以向榮，泉涓涓而始流。陶淵明雜花生樹，群鸎亂飛。邱遲衆人熙熙，如享太牢。老子男即歌舞，女即會笑。吳越春秋逍遥猖狂〔二〕，唯意所適。蓋達人大觀兮。賈誼浮世如夢。莊子以天地爲一朝，萬期爲須臾。劉伯倫太虛爲室，日月爲燭。張志和民生安樂，誰知其他。國語若不得行胸臆，雖壽百歲，猶爲夭也。世説況陽春召我以煙景，大塊假我以文章。李白山林與，皋壤與，使我欣欣然而樂與。莊子嗚呼！蘭亭已矣，梓澤丘墟。王勃〔三〕但青山不負吾。張裳白雲可怡悦。陶弘景坐茂樹以終日，濯清泉以自潔。韓愈躊躇畦苑，遊戲平林。樂志論林壑斂暝色，雲霞收夕霏〔四〕。文選山橇登紅，野蕨漸紫。文選落花時泛酒，歌鳥或鳴琴。遊仙窟相彼鳥矣，猶求友聲。詩伐木我有嘉賓，中心嘉之。詩彤弓餚餌馨香，蔬果交羅。柳宗元燕笑語兮。詩蓼蕭式歌且舞。詩車舝曰，

〔一〕萌：底本訛作「荫」，據《禮記・月令》改。

〔二〕猖狂：四庫全書本《宋文鑑》卷七十九司馬光《獨樂園記》作「徜徉」。

〔三〕勃：底本訛作「張」。按王勃《滕王閣序》有「嗚呼！勝地不常，盛筵難再。蘭亭已矣，梓澤丘墟」語，據改。

〔四〕霏：底本訛作「霞」，據《六臣注文選》卷二十二改。

今日嘉會，咸可賦詩。王融如詩不成，罰依金谷酒數。李白」古人集句，多於詩而少於文。竹海讀破經子百家文，取精拾美，以爲此篇，可不謂繡虎雕龍之工乎？

有某先生，年老名益高，世人推爲耆宿。乞其詩書者，履恒滿于户外。先生乃令弟子作價單以代口云。序跋文一篇何圓，金石文一篇何圓，絶句一首何圓，律古體一首何圓，書一枚何圓。於是乎請其詩文者，與受之報者，不覺問答之煩也。然世或譏之，有爲近商賈之爲者。余曰：「潤筆之報，從古有之。古人曰『子美本賣文爲活，翻令室倒懸』。子美且賣文爲活，何異今之文人學者？但作文若詩書者，當得報之時，無以人而異其值則可。今如某先生，先作價單，以定其價。雖一文錢，不敢貪取。此尤可嘉矣。而世人譏之爲近商賈之爲者何？我欲笑其見之狹且陋也。」

往年有儒生某者，務改竄古人詩文，而得得自喜。人亦不尤之，反以爲其學勝古人也。袁枚云：「昔者方望溪删改八家文，屈悔翁好改杜少陵詩，人以爲妄。」如某者，其學固非方、屈之比，而好改古人詩文，以誇耀於世。豈不妄之又妄者乎？

或曰，福澤先生非儒而有似儒者。先生少時就鄉先生而受漢學，是一。自以雪池爲號，是二。時時賦詩以爲樂，是三。平生愛左氏文，好讀之，是四。此四者，奉西學者之所希覯。然先生平生排抵漢學，不遺餘力。何也？先生門人有某者，一日問先生曰：「先生常好賦漢詩，讀漢文，而力排漢學，何也？」先生答曰：「漢文之妙，余亦知之。但其學既遍於海内。至西學，則學之者少矣。是以抑此而揚彼耳。」某語之余，不知先生之意果然乎否也。先生有《臼》詩云：「乃翁獨有保身法，三十餘年與汝俱。」蓋先生意以爲，人身欲勞動，勞動則穀氣得銷，血脈流通，而病不得發也。於是每日躬自舂米，至老而不敢廢云。亦可謂奇矣。

丙戌歲，余在鄉。一日有不速之客來，未及叙寒暄，開口談《易》，舌鋒精鋭不可當。此爲稻垣衣白。衣白，名真，西參大濱人，家世以素封聞。初至横濱，學蟹行書。已而廢之，專講《易》理，又以吟詠爲樂。及余來東京，與衣白邂逅。復尋舊交。衣白時破産，一貧如洗，而笑曰：「命焉耳。」不以爲意，亦修《易》之效也。經十餘歲，衣白獲病而歿。聞之，其友籾山衣洲，輯衣白詩，自序而刻之，頒之其所知。余深嘉其厚于故舊，而衣白之名不朽也。噫！衣白歿，墓木已拱，落月屋梁，髣髴若見之也。後又聞之，衣洲序既成，而詩集未刻也。

高祖父東岩先生以醫爲業，有暇唯吟詠之耽，所賦積成册。先生歿後，家數遭舞馬之災，其稿一空無遺。余纔記《詠義經首途松》詩一首云：「飛將栽松松似龍，潛龍倏忽變飛龍。知謀變化龍蛇勢，千歲猶餘一樹龍。」

我曾祖父兄北岸先生，極好詩。恒奉袁石公之説，以爲詩道宜如此。平生深惡爲蘐園之學者，尸祝李王，而陷溺於蹈襲模擬之弊。糾駁排抵，不遺餘力。當時山本北山在江户，先生則在北土。同唱清新，排僞唐，終使詩道反正，實二人之功居多焉。先生有詩云：「禪心詩骨本相同，謾比當時袁石公。破却李王模擬壘，燒除凡聖有無叢。任他啼笑花兼鳥，伴我清閑月又風。下上乾坤稱自在，僑居六欲五塵中。」石公深於禪，先生亦深於禪，故謂「謾比石公」也。

北岸先生有《日本樂府》二十五篇，賴山陽亦有《日本樂府》六十六篇，山陽樂府，人多知之。而先生樂府，世少知之者。然二樂府同工異曲，俱可傳。余將欲合刻以行之于世。豐後中島子玉，號海棠窩。此人亦有日本新樂府六十六篇。

我家高祖父極嗜詩與俳諧，而高祖母善和歌，俱有集數卷。北岸先生亦工和歌，時諷誦吟詠以爲樂云。余往年游加賀，得先生所賦百餘篇而歸。與遺文遺詩，并藏而寶之。唯高祖父母詩歌，終不能得之，深以爲憾。

清儒俞曲園《東瀛詩選》載曾祖父之律數首，且別摘句，云「未入選之佳句」。如「松間邀月移棋局，竹外引流安釣磯。」「蝶舞邀來花一笑，鶯啼驚起柳三眠。」「酒有微勳排悶去，詩無他事引窮來。」「隔柳難尋前問渡，指花遥認昔遊園。」「魚障斜照荷爲蓋，蟻渡細流花是舟。」「織蒲爲席宜容膝，種枳代墻纔及肩。」「野塘林如數畦薺，江空橋誤一條霓。」「籠竹煙描没骨畫，入松風奏獨絃琴。」「蝶因風妒辭花去，鶯倩煙媒共柳眠。」「風掃殘楓疑夜雨，松飄晴雪誤春花。」皆可投入錦囊也。曲園蓋見《錦城百律》一書，而未知有《錦城詩稿》《鳳鳴集》等書。若使見此等書，其所收當不止於此。

曲園又記曰：「錦城與其友山中恕之，鎔化唐宋，别爲一家。流暢纖麗，實有轉移風氣之功。」「轉移風氣」之語，實可謂過褒矣。若使曾祖父見之，亦當辭而不受也。

曾祖父作詩，多不構思而成。島梅外一日訪曾祖父，以險韻試之。曾祖父即賦《寒夜》云：「燈暗空齋夢破時，擁衾猶覺粟生肌。何人露宿霜橋月，今夜不其凍餒而。」「林雪已銷幾日居，一庭梅月夜淒其。風聞空隙傳芳信，又悦春光豈遠而。」「霜氣侵堂呵指時，呼童問夜若何其。山鐘猶未報清曉，月距梅梢猶遠而。」丸島祐庵、笠原平七輩，又以險韻試之。曾祖父乃賦水中花云：「山頭花朵江心影，俯仰難分影與形。若問此花誰所有，江山應起兩家争。」其後，佐藤子順見曾祖父能辨險韻，乃以《蓮池》爲題，排次「鹹巖讒」三字爲韻曰：「如此之韻，雖先生之才，恐不能下一語也。」曾祖父不以爲難，直賦之曰：「池接滄溟淡雜鹹，秋蓮媚倚水中巖。如與春花争寵幸，此花應速杏桃讒。」此等詩，不過一時遊戲也。

清人選我詩者有二。一爲俞樾《東瀛詩選》，一爲陳曼壽《日本同人詩選》。曼壽之選，大抵係相識之詩，所收不過六十二家。樾之選則廣輯博採，算一百七十餘家。然名家而不入選者猶多有之，爲可惜。

古來作詩者，以銜盃爲天地間第一韻事。而我先大父晴軒先生則不然。每賦詩，例必瀹茗一甌，而後從事於此。故其詞云：「幾碗好茶驅睡魔，眼明却覺筆生花。清詩妙句突然得，自道當年温八叉。」然則如先大父，可謂不獲助於酒而假力於茶耳。先大父著有《茶事源委》，附以《詠茶》詩五首云：「一碗已堪驅睡魔，清心應待幾杯茶。報春有鳥伴詩客，每摘露芽聲在花。」「紅紅白白一林花，花下忘言烹翠芽。才子多情詩與酒，解酲費了幾甌茶。」「門無吠犬是君家，日日穿雲去摘茶。山屐歸來山下路，桃妖杏艷鳥啼花。」「一畫減來風味玄，三門無處不茶煙。惺惺堂上參禪客，犍稚何須驚懶眠。」「旨酒全真賢達多，淵明未必愛芳芽。廬山蓮社六十拜，何事無人擷露芽[一]。」

蘭香先生，先大父之妹也。善詩兼工書畫。初嫁于古筆了伴，後賦破鏡之嘆，寄食兄家以終焉。《美人春睡》云：「一枕春風捲繡帷，剩看閑臥芙蓉姿。睡顏何事頻含笑，知是情人入夢時。」《秋日漁父》云：「垂釣蘆花淺水邊，得魚換酒枕舷眠。夢魂偶入桃源去，閑却秋江月一船。」《破鏡》云：「片影空留寶匣裏，依稀殘月半輪光。堪憐塵垢未全掩，猶照佳人半面妝。」

二十餘年前至下野，訪藤田氏，得晚成先生所賦《虱》詩云：「衣裏作家表作村，一門親戚又何繁。平生養育在膏血，是亦本來我子孫。」不覺失笑。又得《孔方》詩云：「孔方大德萬民親，尊顯自勝南面身。姓氏恰如夫子後，古來何事遠文人。」文人不親於孔方，何其不幸。

愚溪先生，晚成先生之弟。自少嗜詩，尤喜陸放翁詩。而其下語也皆有所本。少時已伍於梁川星巖、須天董齋等，見愛其才。《詠梅》云：「侵凌霜雪挽春回，冷淡疎花日已催。看影應開修月户，留香何築避風臺。吟來聊索巡簷笑，愛著嫌聞吹笛哀。一別經年長悵恨，莫教容易委塵埃。」《古杉》云：「上總廣常遺廟傍，古杉兩兩并成行。盤根拔地四圍大，直幹參天百尺長。密葉婆娑相蔭翳，危枝偃蹇互低昂。老皮皺剥溜淫雨，瘦骨凌競傲肅霜。勁氣橫秋猶秀爽，虛心閱世幾存亡。此其神氣爲防護，豈可風霆被折傷。寒吹怒號聲冽冽，清暉寂照色蒼蒼。崔嵬已及武侯柏，蔽芾

[一] 一詩兩「芽」，且在韻脚，失律。疑其中有一當爲「茶」。

方同方伯棠〔一〕。自昔人民無翦拜，至今日月有蕃昌。後來要識經塵劫，請看劉家羽葆桑。」先生以天保六年十二月晦日發江户，將至下毛川崎村。夜迷失路，誤陷水田中而歿。其將發江户也，戲賦絶命詞云：「黄泉旅店在何處，後世應生兜率天。」姊蘭香先生見之，以爲不祥，以墨塗抹。未幾有此厄，所謂詩成讖也。蘭香先生作詩云：「有才無壽是前因，遺墨如新更愴神。去歲江樓相遇日，豈思汝作遠行人。」

真山民《興福寺》詩云：「爲厭市喧雜，携詩來此吟。鳥聲山路静，花影寺門深。」先考每句上添以二字，以得七言絶句一首：「戛戛鳥聲山路静，重重花影寺門深。老夫爲厭市喧雜，日日携詩來此吟。」天保、嘉永間，西學稍行，而先考深憾身在僻陬，無由於攻之。乃捜輯諸譯書，而考索講明，遂得略知西洋事情云。有詠史詩，《那勃烈翁》云：「流竄空棲孤島臺，神謀偉績付塵埃。早知人福不可再，畢竟無重捲土來。」《加太里那》云：「夫家佐命奏功烈，抔土未乾新喋血。塊肉何爲處至彼，惜哉帷幕無仁傑。」《歷山王》云：「君王威武更無比，鐵馬速還遺憾多。空認河山何所做，七雄割據舊支那。」「滿城焦土實堪傷，供笑無非酒是狂。莫怪周家舉熢事，君王也是一幽王。」

先大父曾欲作詩語之解，以述一家之見，未成而止，今録於此以存云。〇清和：《藝苑名言》引《説詩晬語》曰：「張平子《歸田賦》云：『仲春令月，時和氣清。原隰鬱茂，百草滋榮。』明指二月。謝

〔一〕方伯：疑「召伯」之訛。典出《詩經·甘棠》。且一句不當有二「方」字。

詩『首夏猶清和』，言時序四月，猶餘二月景象，故下云『芳草亦未歇』。自後人誤讀謝詩，有『四月清和雨乍晴』句，相沿到今，賢者不免矣。」試思「猶」字竟作何解？愚按，氣候以歲殊方異，故文人之詞，亦惟大概云云耳。故以「天朗氣清」四字其似秋景，詬厲《蘭亭序》，謂不能入《選》者，不曉事之褦襶子耳。王楙辨《遯齋間覽》之淺繆，鑿鑿有據。今《晬語》先引張衡「仲春和清」，次引謝詩「首夏猶清和」，則似清和是二月之候，四月猶余二月景象。然此酷吏羅織之類，非通論也。何以言之？曰二月猶寒，未可定以清和。四月雖暑，比梅天溽暑，猶覺清和耳。謝詩惟以其所逢言，非本平子也。後人以清和爲四月者，本魏文之詞也。魏文帝《槐賦》：「依暮春之既替，即首夏之初期。鴻雁遊而送節，凱風翔而應時。天清和而濕潤，氣恬淡以安治。」謝詩亦本此耳。辨生於末學，《晬語》之謂也。〇朅來：《藝苑名言》考《吕氏春秋》，膠鬲見武王於鮪水曰：「西伯朅去，無欺我也。」注：「朅，何也。」若然，則「朅」之爲言「盍」也。今文所襲用「朅來」者，謂「盍來」也。顔延年《秋胡妻》詩：「朅來空復辭」。按，以朅來爲盍來者，本升庵也。鄺氏以「朅來」爲「忽來」，痛辨升庵之非。《通雅》卷之四《釋詁》：「朅來，忽來，猶何來也。」今語詞用朅來，猶聿來也。《楚辭》「車即駕兮朅而歸」，舊注：「朅，去也。」又《吕覽》：「膠鬲見武王於鮪水曰：『西伯朅去《吕覽》作「西伯將何之」，無「朅去」二字，無欺我也。』武王曰：『不子欺，將伐殷也。』膠鬲曰：『朅至。』武王曰：『將以甲子日至。』」升庵曰：「『朅』猶『盍』也，以『盍而來』爲更勝。」鄺氏曰：「朅，忽也。『忽』與『朅』同韻，不惟其義通，其音亦近矣。」「朅而歸」《楚辭》與「膠鬲之言朅去」皆以「忽」訓爲順。《文選注》劉向《七言》曰「朅來歸耕永自疎」，顔延年《秋胡》詩曰「朅來空復辭」，亦作「忽來」解佳。按：「朅」從「何」來，「何」轉入聲是矣。得其原，又奚争「盍」與「忽」？以上《通雅》敦謂：諸家所引，《吕氏·慎大覽·貴因篇》也。然上膠鬲之言，惟謂「西伯將何之無欺我也」，無「朅去」二字。到于下文，始有「朅來」之言。故高誘注曰：「朅，何也。」言以何日來至殷也？猶《湯誓》之「時日曷喪」之「曷」也。《史記》改爲「是日何時亡乎」。其作朅者，假借也。與奇之作倚畸、慊之作嗛傔謙，同一例也。升庵、鄺氏之釋，皆不與上下文協。所引《楚辭》，宋玉之《九辯》也。上文曰：「去鄉離家兮逨遠客謂去郢南竄也，顧一見兮道余意。車即駕兮朅而歸《補》曰：朅，丘祭切，去也，不得見兮心傷悲。」五臣云：「將去歸國，而君不見察，故心悲也。」朅之爲去亦明矣，安有盍與忽之意乎哉？升庵、鄺氏等之説皆非也。《吕氏·士容論》：「富貴弗就，而貧賤弗朅。」以「朅」對「就」而言，則朅之爲去，愈益無可疑也。《淮南·説山訓》：「以束薪爲鬼，朅而走。」亦去也。劉向、顔延年之所用朅去皆同義。韓愈《孟生詩》「朅來遊公卿，莫肯低華簪」，又「朅來岐山下，日暮邊鴻鳴」，范石湖詩「朅來此山中，刺眼昔未覿」，六如上人以石湖詩「朅來」，作昔日之事，謬甚。〇不分：杜詩：「不分桃花紅似錦，生憎柳絮白於綿。」仇注、邵注，不能分辨仇注辨别邵注也。若然，則「分」平聲，非仄聲也。東崖曰：「謂不自知其分也。」秉燭譚此亦非是。顧注：「不分即不忿也，不勝忿之義。」引詩語解《法苑珠林》引《冤魂志》云：「晉丹陽陶繼之枉殺一妓。陶夜夢妓云：『昔枉所殺，實所不分。』」謂不以死爲分也。六如上人引以爲不勝忿之義，又引《傳燈録》闇夜多傳不分作色，以證不分即不忿是也。以上葛原詩話此等條，詩話中鑿鑿有據者，然不免少有紕繆也。案《金粉》李端「披衣更向門前望，不忿朝來喜鵲聲」，又作「不憤」，同。趙嘏「不憤遠年別，那堪長夜啼。」詩話不引，何也？又鄭谷《蜀中春暮詩》「不忿黃鸝驚曉夢，惟應杜宇信春愁」，誠齋詩「不分竹梢含宿雨，時將殘照滴寒聲」，據此諸詩，「不分」之爲「不忿」亦明矣。○一搭：楊廷秀山村詩「一搭山村一搭奇〔一〕，不堪風物索新詩」，一搭，謂山家脩葺之陋，如搭篷也。袁中郎「菴前乞得老僧茶，一派垂楊十里沙」，一派，謂不與他作行之楊相連也。韋莊「春橋南望水溶溶，一桁晴山倒碧峰」，一桁之桁，與衣桁架上横木屋桁簷下横木之桁同，謂無甚高低也。杜牧詩「燕子嗔垂一桁簾」，簾之上下皆平，故曰一桁。放翁「莫怪艸堂清到骨，一梳殘月伴新霜」，一梳，謂缺月如梳也。誠齋詩「一梳寒月印青天」，又「細雲聊倩月梳梳」，梳謂如梳，故亦曰「月梳」。趙抃「千層雲水迷三層，一鬨人煙認百城」，一鬨之鬨，喧鬧之義。《法言》：「一鬨之市，不勝異意。一卷之書，不勝異説。」廷秀西湖詩「上竺諸峰深復深，一重一掩翠雲襟」，放翁「數掩竹籬分小徑，一泓沙井貯寒泉」，掩，以幾間幾丈言也。此非數筆之一枝旗亦曰一枝、皮之一張、劍之一口之比也。曹松詩「離別幾宵魂耿耿，相思一座髮星星」，注：「一座猶言一個也。」唐詩鼓吹注一座以自己言，非謂一座之人也。○將：「寄將一幅剡溪藤，江面青山畫幾層」，甌北詩話寄將，則寄贈也。范石湖《題山水横卷》詩「盡是西溪腸斷處，憑君將與故人看」，石湖詩鈔將與，則贈與也。《詩語解》以寄將之將爲助

〔一〕奇：底本訛作「新」，據《楊萬里集箋校》卷三十二改。

語，誤矣。石湖詩「楊柳無窮蟬不斷，好風將夢過横塘」，將夢，亦送夢也。訓爲「以」，誤矣。○旋：東坡《湛師房》詩「白灰旋撥通紅火，卧聽蕭蕭雨打窗」，詩格范石湖詩「西風出入小溪帆，旋織波紋縐淺藍」，《詩語解》以旋爲尋。然以此二詩考之，旋亦頻之意。○欺：杜甫詩「巢邊野雀群欺燕」，杜律唐詩「昨日春風欺不在，就牀吹落讀殘書」。案：欺猶侮也。宋蘭臺詩「露濕征衫過武溪齊、支通用，貪程不管曉寒欺」，詩格石湖「待得江風欺老病，何如閒健一蓑歸」，欺，謂侵陵也。○詩誤讀法：陸放翁《看梅歸馬上戲作》之詩「江路疎籬已過清，月中霜冷若爲情」，言江上夜冷，籬疎不支風，既覺清寒過甚，況月中霜降，何以耐得？梅花之在此，其情緒亦何如也。若爲，如何也。近人讀「若爲情」三字，有作「没奈情何」者。解詩若是其疎也，則終身雖讀，長夜不旦，亦惟暗中摸索而已。噫！○范石湖《秋日絶句》「無事閉門非左計，饒渠屐齒上青苔」，言無事之日，閉門不出，非計之不可者也。左，與「左道」《禮記・王制》：執左道以亂政「左建外易」《史記・商君列傳》：今君又左建外易，非所以爲教也之「左」同。饒渠，猶謂遮莫也，不管事之辭。言遊屐不著，擲在階前，直任苔痕上其齒上而已。若從或人之讀法，爲著屐上苔，則既有齒字在，自當云印青苔，而正合饒渠之意。今但曰上，故知其不然矣。饒渠，棄而任他之辭。

先考曰：杜牧有《桃花夫人廟》詩。桃花夫人，謂息嬀也。息嬀，蔡侯之姨，陳侯之女，而嫁于息。後蔡侯極口繩之，楚子因以伐息，以息嬀歸，生堵敖及成王。詩人以爲其罪與逃夫家而再嫁同，故貶曰桃花夫人。桃，音逃，取逃亡之義。《韓詩外傳》卷十：「齊桓公出遊，遇一丈夫，裒衣應步，帶著桃殳。桓公怪而問之曰：『是何名？何經所在？何篇所居？何以斥逐？何以避余？』丈夫曰：『是名二桃，桃之爲言亡也。夫日日慎桃，何患之有？故亡國之社，以戒諸侯。庶人之戒，在於桃殳。』桓公說其言，與之共載。」以桃爲逃亡之意，可以見矣。又《史記》秦始皇帝《本紀》云：「三十七年，刻石頌秦德。其文曰：『妻爲逃嫁，子不得母。』」桃花即逃嫁之意也。余案：隋煬帝時，李密變姓名亡匿，有民謠歌曰「桃李子，皇后走揚州」云云。桃李子者，逃亡李氏子也。

先考曰：諸韻書「齊」韻載「麛」字，而不載「麑」字，曰「麛又作麑」。按：麑、麛，字本不同。麑，研奚反，鹿子也。《論語·鄉黨篇》：「表衣麑裘。」《韓非子》：「秦西巴放麑。」是也。麛，莫兮反，獸初生也。《禮記·月令》：「毋麛毋卵。」《呂氏春秋》：「秋宜犢麛。」《說苑·脩文篇》「取禽不麛卵，不殺孕重者。春蒐者，不殺小麛及孕重者。冬狩皆取之」是也。然則「麑」「麛」字異而義亦異。韻書獨載「麛」字而不載「麑」字，何也？余案，《說文》：「麛，鹿子也。」故麑裘，又作麛裘。《禮記·玉藻》「麛裘青豻」是也。然字書已載二字，則韻書不載麑字，誤矣。

余聞之先考曰，文政間，江戶有俳人某，家本豪富，而貪婪無厭。與諸鬻古者相謀，僦葛坡新梅莊，每夜展列諸古器書畫，而强誘貴游子弟，射利不貲，俗稱之「鬼市」。官探而知之，遣吏拿捕其黨。時有一詩人亦見捕，曰：「我詩人也，不敢與其事。」吏曰：「汝主人乎？何得言無與？」掠治益急，後其事得明而見赦。當時藝林傳爲話柄。蓋詩人、主人，邦音相近，故誤。詩人佚其名。

先大父《詠陳希夷》云：「歸來啼鳥野花春，好語剛於市上聞。靈豆有丸惟熟睡，夢魂穩度太華雲。」或謂余曰：「太華之華，諸韻書收之仄韻，此詩作平而用，恐不是也。」余因就古人詩而檢之，華字或作平而用，或作仄而用。其作仄而用，如李商隱詩「風標森太華，星象逼中臺」，放翁《紀夢》詩「衣紳飄舉髮颼颼，一鶴聊爲太華遊」，又「黄河衮衮抱潼關，蒼翠中條接華山」，《夢華山》詩「古松偃蹇谷谽谺，太華峰前野老家」，王漁洋《灞橋寄内》詩「太華終南萬里遥，西來無處不銷魂」是也。作平而用，如鄭谷《題慈恩寺默公院》詩「雖近曲江居古寺，舊山終憶九華峰」，林和靖詩「終約吾師指芳草，静吟閒步岸華陽」，元遺山《聞欽叔在華下》七律「太華落落長庚高」是也。然則「華」字，平仄兩用不妨也。聞此詩本作「華山雲」，後改爲「太華雲」，豈大父無所據而改之乎？ 頃者閲中根淑香亭藏草，亦言「華」字平仄之事，舉杜甫《有感》詩「太君先息戰，歸馬華山陽」，温庭筠《華陰韋氏林亭》詩「終南長在茅簷外，別向人間看華山」，梁簡文帝詩「隱淪遊少海，神仙入太華」等，以爲證。

「爛漫」字出於《莊子・在宥篇》，曰「大德不同，性命爛漫矣」是也。 司馬相如《上林賦》云「麗靡爛漫於前」。而六朝人書「爛漫」爲「爛熳」，唐宋以下詩人，亦襲用不改。然「熳」字不見於字書，韻書亦不收，則其從火者，後世之轉訛可知也。或曰：「古人何不知字書韻書無『熳』字？而用之者蓋有故也。『爛漫』字，一從火，一從水，水火相反，故忌而改作耳。至《淮南子》『爛漫』二字皆從水，其意可知也。」此説不免牽强，《淮南子・覽冥訓》曰「道瀾漫而不修」，又《精神訓》曰「其已成器而破碎漫瀾」。《焦氏筆乘》曰：「俗於聯字，有因上誤下者，有因下誤上者，」「瀾漫」之誤「爛熳」，亦不過如此耳。

《韓詩外傳》云：「『今厚送子，子醜故耳。』其友後見之，果醜。」《傳》曰：「目如擗杏，齒如編貝。」

編貝，喻齒牙之惡也。而《唐詩金粉》「人倫美女條」載元稹詩云：「啓齒成編貝，彈絲動削葱。」是以編貝爲美女之容也，與《韓詩》正相反。後見《前漢書·東方朔傳》曰：「臣長九尺三寸，目若懸珠，齒若編貝。」以編貝喻齒之整齊。元稹詩本於此也。後世詩人用編貝字者往往有之，皆爲美女之容，而無有爲醜女之容者，是亦可謂文字古今之變也。

子生一歲曰「晬日」，見於《唐詩類苑》；曰「晬時」，見於《類篇》；曰「周晬日」，見於《愛日齋叢鈔》；曰「周歲日」，見於《宋名臣言行録》。文衡山兒子晬日，口占二絶句，其一云：「堂前笑展晬盤時，漫説終身視一持。我已蹉跎無復望，試陳書卷卜吾兒。」晬盤，謂周歲陳設也。其詳見於《顔氏家訓·風操篇》。

東山三十六峰，惟言峰巒之多耳，非實數也。大窪詩佛《詠多度山》云：「三十六峰何處所，黄雲漠漠望模糊。」自注云：「多度山有三十六峰。」可疑矣。伊形太素《過赤間關》詩云：「三十六灘行欲盡，天邊初見鎮西山。」梁川星巖《瓊浦雜詠》云：「夜深曲盡畫船散，三十六灣空月明。」詩佛《東叡山觀花》詩云：「今日來登吉祥閣，花明三十六僧房。」亦惟言其多耳。聞賴山陽作《三十六峰圖》，蓋亦爲東山實有三十六峰也，可謂誤矣。

「漠漠水田飛白鷺，陰陰夏木囀黄鸝。」《竹坡詩話》《漁隱叢話》等皆以此詩爲王摩詰竊李嘉祐之詩，後人亦無異義。曩者，見伊藤東涯《盍簪録》曰：「王維與杜甫、岑參相友，屬盛唐。李嘉裕〔一〕乃甚晚矣，詩家相沿其説如此，而不知年代牴牾。然則摩詰先於嘉裕，而嘉裕後於摩詰，豈有先之摩詰犯後之嘉裕之詩乎？彼土詩人不覺之，迂謬甚。」後案：胡應麟《詩藪》辨之曰：「千秋之下，賴予雪寃，摩詰有靈，定當吐氣。」然則彼土之人，既有言之者也。

《竹坡詩話》《石林燕語》《漁隱叢話》《芥隱筆記》《鶴林玉露》《西溪叢語》《七修類稿》《留青日札》《楊升庵外集》《池北偶談》等書，皆舉唐代詩人踏襲剽竊者，網羅無遺。余初讀之，以爲古人淳樸，不似後人滑智，而剽竊之詩，其多何如此也。後讀王楙之言，曰「此非襲用古人句也，以前人詩語，而以己意損益之，在當時自有此體。」果然，則其爲剽竊者非剽竊，爲暗合者非暗合，而別自有其體也。當時倘使其踏襲剽竊如後人之所議，則人人當爲痛駁排擊，以不齒於詩人之間，豈待後人之指摘乎？

或問詩道之興衰，余應之曰：詩蓋昉於大友皇子，而平城、嵯峨、文武、淳和諸帝，至河島皇子、大津皇子、葛野王等，皆能作詩。而菅公、菅文時、大江匡衡、大江以言、三善清行、藤原冬嗣、藤原兼良、藤原賴長、藤原伊周、都良香、源順、源經信等諸臣，亦皆相争賦詩。當時作詩之盛，可概見矣。降至源平二氏執政，王綱解紐，學術掃地，至室町氏而極矣。然五山僧徒，往而受學于彼土，

〔一〕裕：當作「祐」。下四處皆同。

作文賦詩者多矣，如周興、義堂、中巖、雪村、絶海、默雲、村庵等是也。及織豐二氏勃興，士人日尋干戈鬬爭之事，無用心呫嗶之暇，然猶有細川賴之、武田機山、上杉霜臺、伊達貞山、足利義昭、足利義輝、明智光秀、直江兼續等所作之詩，間存於人間，使見者嘆其艷麗。及至德川氏建櫜後，藤原惺窩、林羅山二子先衆唱學，而如石川丈山則以詩歌爲專業，自是而後作者輩出，殆不遑僂指。元禄以後，有如新井白石、藪孤山、祇園南海、秋山玉山、荻生徂徠、服部南郭、山縣周南、平野金華等而出，而蘐園諸子唱李王修辭，一時蠹毒天下，然作詩之盛，前古無比。至文化、文政間，有市河寬齋、菊池五山、大窪詩佛、柏木如亭，世稱之「四家」。繼之而菅茶山、梁田蜕巖、館柳灣、佐羽淡齋等，亦有重名。自時厥后，賴山陽、梁川星巖、廣賴淡窗、中島棕隱諸子，亦各自張門户。或主張唐詩，或主張宋詩，甲是乙非，互有出入。至明治初，受山陽、星巖、淡窗等之教者，尚多存於世。是以至今日，所到媲黄對白，不絶吟誦聲。有故矣哉，江匡衡之稱本邦曰「詩國」也。

或又問女子之詩，余應之曰：女子之詩，蓋昉於有智子内親王，而親王詩多不傳，然如其《奉和巫山高》《奉和關山月》等諸篇，其辭高尚幽麗，可與唐詩峥嶸也。其後數百年，女子而作詩者絶無之。寬文中，豐後有綾部七；元禄中，土佐有野中婉；寶曆中，筑後有立花玉蘭；寶永、正德中，京師有大休了然尼：皆有能詩之譽。然女子之詩，猶不甚盛矣。至文化、文政以後，學問極盛，女子作詩者俄然群起。江户有篠天雲鳳、關篠笯、河秋香、海老原南豐、林柳川、士井松濤、多田季婉、大崎小窗、錦岫女史失姓等，京師有張紅蘭、吉田袖蘭、皆川練卿、佐野若鸞、馬杉玉英、馬玉仙、小幡瑶華等，浪華有鳥文琴，大和有森田無該節齋妻，美濃有江馬細香、村賴雪峽，近江有藤小燕、澀谷松琴，飛驒有白川琴水，丹波有吉見梅農，九江有原采蘋、龜井少琴、伴薰叢，仙臺有高橋玉蕉，安房有平井幽蘭，佐渡有長島青雀，加賀有津田蘭蝶，是皆閨秀之出類拔群者，猶衆音之奏各所也。及至明治初，女子修學者往往課以詩，而無復有足大爲名者，如跡見花蹊、野口小蘋等，亦好吟詠，而二人後皆被畫名掩，亦不以詩人稱也。其後，女子之詩漸衰，今則寥寥絶響。

一日若一夜而賦百首詩者，以南紀祇園南海爲冠，繼之而如京師富士谷成章、瀨鴨涯，江户廣澤維直、源維文、林述齋，伊勢山中宣卿，加賀草鹿伯奂等，亦皆有名。蓋才氣敏捷之人，觸物即事，不費推敲，隨思隨得，誠如天授。然南海曰：「人苟有天才且善詩者，先期一歲半歲，貯藏文料數百斛於胸臆中，其佳對好字，大概備成句體。而後臨場觸題，七縱八横，毫飛詞涌，頃刻滿紙。旁觀者咄咄咨嗟，以爲天授。蓋天地間事物雖多，分記題目，觸類長之，莫不可應者。况若牡丹一題，他日廣構而遠應，豈爲難乎？若其才思鈍遲、記憶薄者，未足論。」此論洵信矣。然作多詩，非學博才敏如八叉七步者則不能。如白面書生才知屬詩者，徒費精役神，何益之有？再案，韓人俞秋潭，賦《扶桑壯遊》百五十韻，示之林羅山，以求賡和。羅山一夕推敲，悉和其韻，秋潭大驚以爲神。然則一夜賦百首詩者，當以羅山爲始也。

陳全之曰：「唐人作詩，盡一生心力爲之，故能名世傳后。」蓋唐人以詩爲不朽業，固然。後世詩人則不然，多取一時之適而止，不必盡心力爲之也。

凡傳詩文者，勿欲務多，務多則不精，不精則人不貴，人不貴，豈保不朽乎？

文人而工詩者有之，詩人而工文者，不多有之。此不獨我邦，西土亦然。

改竄人之詩文以自喜者，不若令己之詩文至無所改竄。誹譏人之詩文以自喜者，不若令己之詩文至無招誹譏。孟子曰：「人病舍其田而芸人之田，所求於人者重，而所以自任者輕。」可謂中其弊也。

曩者有一詩人，其作詩也，屢犯前人之句而爲己之句。又有一儒生，常偸前人之説而爲己之説。人皆惡之。而自恬然不以爲耻，曰：「古人亦有此例也。」噫！何其厚顏！佛氏云「蛙面水，鹿角蜂」，此輩之謂乎？余之曾祖父《詠偸兒》詩云：「藝林自古説三偸，况復近來多蹠徒。捕吏如窮君黨與，先言世上盛名儒。」余讀之，知詩盜文盜所起之久矣。

人各異好尚，故有喜唐詩而學之者，有喜宋詩而學之者，有喜明清詩而學之者，俱任其所欲而可也。但學之者，須棄其形而學其神，此之謂獲魚而忘筌也。歐陽修嘗學李邕書，曰：「余雖因邕書得筆法，然爲字絶不相類。」豈得其意而忘其形者耶？學詩者亦如此，而後可謂能學已。

人動輒曰：「詩者别才，非藉讀書之力也。」本嚴儀卿語。余謂不然。作詩者不當不多讀書也，試徵之古人之言。歐陽修曰：「作詩須多誦古今人詩，不獨詩爾，其他文字皆然。」《歐公試筆》謝肇淛曰：「吾教世之學詩者，先須讀五經，不然無本源也。次須讀二十一史，不然不知古今治亂之略也。次須讀諸子百家，不然無異聞異見也。三者皆於詩無預，而無三者，必不能爲詩。譬之種秫田，汲泉水而後可以謀及麴蘖也。噫！今之啜糟哺醨而不知有水米者多矣。」《小草齋詩話》焦弱侯曰：「予謂『讀書不多』數語，最中學者之病。世乃有謂詩不關書者，遂欲不持寸鐵，鼓行詞場，寧不怖死？」《焦氏筆乘》。李玉洲〔一〕曰：「凡多讀書，爲詩家最要事。所以必須胸有萬卷者，欲其助我神氣耳。其隸事不隸事，作詩者不自知，讀詩者亦不知，方可謂之真詩。若有心矜眩淹博，便落下乘。」《隨園詩話》。陳元輔曰：「今見子弟，才讀得四書本經，便稱能詩。抑知欲作詩，非多讀書不可。必有經史以爲之體，《左》《國》、班、馬、《莊》《騷》以爲之用，然後敷詞，方有文質相宜之妙。不然字寒句瘦，一望皆葦茅，不幾令吟壇減色乎？余見有贊人詩者曰『白描高手』，此語誤人不小。」《枕山樓詩話》。見此等之所記，可以知詩人之不可不博學也。

我家曾祖父及祖父俱喜詩，各有所論。曾祖父曰：「詩出於率意者，情景皆真，足以動人。出於雕琢者，意興皆假，其言雖巧，不足感人。籬外一支，嫣然發葩者，能使人悦，又能使人泣，真也。彩勝之花，絢爛奪眼，然不能動人者，假也。物假則贋，行假則僞，丈夫之在世也，惟真率可以處百事矣。豈效假鬼臉以嚇兒子乎？趙倚樓云『一宿青山又須去，古來難得是閒人』，又云『自爲心猿不調伏，祖師原是世間人』。司空耐辱云『逢人漸覺鄉音異，却恨鶯聲似故山』，又云『莫怪行人頻悵望，杜鵑不是故鄉花』。是皆羈旅率意之作，然其情景，能感動人，千歲之下，想象其境，如目擊

〔一〕洲：底本訛作「淵」，據《隨園詩話補遺》卷一改。

而親見也。真率之可尚如此，況我邦之詩，失於雕鏤，托克托《宋史》極口醜詆之乎？」先大父曰：「昔者昌黎之長篇專尚盤空硬語，而喜用奇僻字，後人以爲未免英雄欺人。長篇猶然，況律與絶乎？而絶句之作，間淡爲妙，花月之吟，白描尤宜，何用奇僻艱澀爲？專畫鬼魅，以嚇時輩，非詩人之本意也。」

清何如璋《謁湊川神社》詩云：「間關一旅熸櫻井，仗義楠公節獨高。欲問南朝興廢事，湊川東去咽雲濤。」黄遵憲亦有詩云：「南朝往事久灰塵，歲歲櫻花樹樹春。手擎銅鈴拜遺像，嗚呼碑下吊忠臣。」人心好義，豈有東西之別哉！

新井白石《雪》詩，專取故事於本邦；富士谷成章《扇》詩，太田南畝《月花》詩，亦皆取故事於本邦。非博覽多通之士，則不能也。

中世以後，禮服一種有上下者，字或加衣，本俗字也，大槻盤溪詩：「上衣張翼下衣襞，趁早公門拜歲初。」大沼枕山詩：「未能免俗真堪笑，猶著官人上下裝。」皆詠之也。明治以降，此服廢而不用，故後世讀此等詩者，恐有不明之也。

詩人以桂川爲溎水，以墨田川爲⿰氵墨水。前者田中省吾之所創，而後者林祭酒述齋之所造也。古人合蕎麥爲⿰麥喬，陸放翁詩「雪遲不損⿰麥喬」，又云「下麥種⿰麥喬無曠土」。合白田爲畠。《續搜神記》，以白田爲畠。毗沙門《天王功德經》亦有此字。二人仿其故智耳。今案：字典有溎字，音於甸切，大水貌。又音桂，水名。此字非田中省吾所創也。○墨田川書隅田川爲正也，隅、墨二字，皆訓爲須美，故物徂徠之徒改隅爲墨，蓋以墨之與文人詩客有緣也，否者，何取濁黑之墨爲名乎？　○《中華輿地志》云，南雄始興縣有墨江，水黑如墨，産佳魚。徂徠之徒非取此而比之也。

本邦之鶯，非西土之鶯，見其形體毛羽可知矣。石川丈山詩：「春上竹梢雖奏鳴，形聲毛羽異倉庚。見來爾是鶺鴒類，幸被人呼黄鳥名。」岩垣龍溪詩：「漢字借來别有名，名花名鳥我邦鳴。何妨辭似觚哉嘆，嚶不嚶兮鶯不鶯。」我鶯之非彼之鶯，詩人已知之，不須更細説之也。然借鶯字爲我之鶯，又何不可？　西土鶯，亦棲於我九州，呼爲朝鮮鶯，又爲高麗鶯。形大於我鶯，色純黄，聲甚喧，與我鶯不相似也。

嘗見一書曰：「西土之鳥，有柴鷴鴿者，是我之鶯也。」而昔年清人沈文熒謂人曰：「日本鶯，我鄉呼爲竹葉青。」文熒字梅史，姚江人。案《類腋》酒條引張華《輕薄篇》云：「蒼梧竹葉青，鳥與酒俱有竹葉青，其以其色相似爲名乎？」本草家曰：《月令廣義》：「報春鳥，一名喚起。」是我之鶯也。未審是否。

古今詩家，往往襲用西土故事，而不知其與我無關涉者有矣。如杜鵑爲然，夫杜鵑，鳴以春末夏初之候，而其聲清絶，使人百慮頓消，故人人聞以爲歡喜。西土則不然，曰聞其初聲則主别離，於是旅人聞之悲哀不措。曰啼血，曰斷腸，因名曰「不如歸」。而我作詩者襲用之，恬然不爲怪也。朱熹《夜聞子規》詩云「空山初夜子規鳴，静對琴書百慮清。喚得形神兩超越，不知底是斷腸聲」。此詩已破却迷霧，而後人尤不覺，豈非可笑之甚乎？

蟹一種有鬼面蟹，眉目口鼻歷歷俱於殼上，西國人稱之「平家蟹」，曰壇浦之役，平族投於海，其魂化爲蟹。兵庫及播磨人稱之「武文蟹」，曰元弘之役，秦武文没於兵庫海，其怨魂化爲蟹。攝津人又稱之「島村蟹」，曰享禄四年〔一〕，細川高國與三好元長戰，其臣島村彈正名貴則挾敵二人以投于尼崎海，蟹則其靈之所化也。此蟹豈出於平族、武文、島村之後乎？妄誕可笑。余幼時與家兄子迪購一折疊扇，面畫鬼面蟹，而題詩於其上云：「保元之亂壇浦戰，百萬貔貅勢如電。源兵鏖殲平氏兵，幻渦之浪血海變。妖風卷霧鬼火青，黑雲埋海海氣腥。滿目慘淡豎毛髮，咫尺不分晝晦冥。怨靈不論忽化蟹，甲背之面使人駭。其醜如怨又如瞋，目眥裂兮噴沫灑。嗚呼人歟又鬼歟，其狀獰惡含歔欷。怪中之怪奇中奇，篙師愕牟舟客褒。懷昔筑紫松浦拆，淑姬貞魂凝爲石。裂魄化蟹復奚疑，見彼申繻有選擇。」末書「村田綱之助」。綱之助，名某，號某，瓊浦詩人。傅肱《蟹譜》云：「吴沈氏子食蟹，得貝殼如鬼狀者，眉目口鼻分佈明白，常寶玩之。」祝允明《野記》云：「嘗得公牌，列海味名，漫筆之云：彭蜞、鬼面蟹、竹蟶、毛蟶。」可知彼土亦有此物也。

釋梅癡《詠平家蟹》云：「豪華淘去浪悠悠，蘆荻叢邊浸古愁。今日英魂歸郭索，腥風怪雨海莊秋。」日柳燕石亦詠云：「平家怒魄氣何雄，不入尋常魚腹中。酬怨曾能伐猿島，訴冤今尚向龍宮。風流爪作彈琴態，勇武身猶擁劍風。鬼面何輸鬼武鬼，沙間一箇可憐蟲。」偶得二詩，因追記於此。

鯛字，《玉篇》云魚名，然未知何魚也。邦人訓太比，與棘鬣魚爲一。或云，棘鬣魚，其色赤，周

〔一〕享：底本訛作「亨」。按「享禄」爲日本年號，據改。

色貴赤，故作鯛字。柏如亭《詠鯛》云：「爲湯來吃骨邊肉，幽味多於睡五更。」余謂，骨邊肉故不惡，然不如頭眼之味豐也。《閩書·南産志》云，棘鬣魚，味豐在首，首味豐在眼，莆人多葱酒蒸之，以爲珍味。然則喜頭眼者，不獨邦人，如亭獨取骨邊肉，何也？《和名鈔》引崔禹錫《食經》曰：「鯛，和訓太比，味乾冷無毒，貌似鯽而紅鰭者也。」《食經》今不傳，無所考。村瀨栲亭《藝苑日涉》以鯛爲棘鬣魚，其説甚詳，以文長不録。

鱸魚，松江之産有名，而能與之比者，爲我鄉豐水之産。柏如亭《詩本草》深稱豐水鱸，賦詩云：「豐水橋西薄暮天，間上三五月明船。秋風不作思歸夢，且爲鱸魚拚半年。」「詩酒何妨爲久留，又追佳興在輕舟。金虀玉膾玻瓈月，併供中秋一夜游。」如如亭，可謂解味之易牙矣。余流寓他邦已五十年，每臨秋風而誦此詩，安得不懷巨口細鱗之美乎！或云，鱸魚與我須須幾異，未檢。

鮰鮀魚，邦人呼爲堅魚，又爲松魚。每歲夏初，人人争食，以爲好下物。松本奎堂詩：「唤生衣去尚慵披，眼冷腸空夢醒時。方識佳蘇初上市，卯花如雪壓疎籬。」新井毅詩：「籬畔水精花滿枝，新鵑今日聽初奇。擔夫幾隊奔忙過，作判佳蘇上市時。」鹽田隨齋詩：「八支急艫送佳蘇，晚上漁埸人疾呼。一擔飛奔供快飲，堆盤紅玉壓銀鱸。」佳蘇，琉球呼稱，又作嘉酥，然其字不如松魚之雅也。三子何舍此而取彼？松魚，出於《東醫寶鑒》，云：「松魚，性平味甘，無毒，味極珍，肉肥，色赤而鮮明如松節，故爲松魚。生東北江海中。」北岸先生曰：「松魚，先輩或以爲葛慈屋，或以爲薩結。」今案，二説未詳。

世人言，櫻花我邦獨有之，而西土絶無。又言，西土詩人，無花不詠之，若夫有櫻花，何不詠之有？余向者誦清人盧子銘詩云：「嫩葉奇葩雨後妝，似桃非杏自芬芳。故園無此名花種，只向東風憶海棠。」俞曲園詩云：「曾聞海外有櫻花，竟自東瀛寄到華。莫惜移根栽未活〔一〕，也曾一月賞奇葩。」黄遵憲《日本雜事詩》云：「櫻花，五大洲中所無，有深紅，有淺絳，亦有白者。一重至八重，爛漫極矣。種類櫻桃，花遠勝之，東人稱爲花王。」又問之王藩清，曰：「櫻花，中華之所絶無，可謂貴邦佳品也。」四人之言，如出一口矣。古人亦舉苣亭之詩曰「東來初見此花奇」，又舉沙子白之語曰「此爲海外異種」，西土之人皆明言在於我而無於彼，則其爲彼之所無者，割然一決無疑矣。或謂余曰：「支那之地，自西至北，無地無櫻，但南東之地，則未聞有櫻花也。此條稍有誤，宜删。」

詩人詠櫻甚多，抄數首於此。石川丈山云：「一樹千絲二丈長，繁英向下發幽香。此花若在唐園里，何使楊妃比海棠。」伊藤仁齋云：「日本名花擅古今，一支何翅價千金。開時須愛落還好，亭榭高巒共可尋。」從祖伯父雄飛先生云：「素艷看來數朵新，爲君當作苦吟身。名花二十四番外，天向東方别惜春。」釋道光云：「自是三春第一芳，杏桃粗俗豈争先〔二〕。若使唐山生此樹，牡丹不敢僭花王。」藤森弘庵云：「牡丹濃艷寵明皇，早被胡塵污國香。萬古依然天上種，我櫻真個是花王。」又云：「獨托芳根向八洲，天然富貴自無儔。牡丹已讓花王號，休問人間第幾流。」安吉艮宅云：「仙

〔一〕栽：底本訛作「裁」，據《曲園自述詩》改。
〔二〕先：失韻，疑「光」之訛。

人綽約在蓬瀛，霧縠雲綃絶世清。海外信風無此種，長教豎子浪成名。」草場船山云：「西土牡丹徒自誇，不知東海有名葩。徐生當日求仙處，看作祥雲是此花。」關雪江云：「東方奇卉在，海外少人知。獨有金華叟，春風香雪詩。」又云：「東方名種世皆推，海外何曾見一枝。欲識我邦人品美，温而如玉此花姿。」家里松濤云：「凡桃俗李虚鳴世，魏紫姚黄漫僭王。獨有櫻花鍾正氣，春風萬古瑞雲香。」奥野小山云：「紅紫叢中一大家，天然麗質更誰加。欲言西土無春色，四百餘州欠此花。」秋元甲山云：「日本花王真絶倫，獨專六十六州春。古來苦有蠻夷乞，不許一枝投外人。」多賀鏡湖云：「誰裁五色日邊霞，巧作東方第一花。自是太平天子物，長沿金殿護雲車。」小栗活堂云：「濃淡籠春爛熳櫻，重葩單瓣媚新晴。異邦漫賞棠妃艷，比此名花是强名。」泉澤正直云：「爛熳山櫻映曉霞，綿連如錦接天涯。非梅非李又非杏，正是東方第一花。」皆稱櫻花獨在於我也。余亦嘗賦云：「櫻花真個百花王，堪賞風流京様妝。我欲一枝投海外，偏教萬國仰殊芳。」

《鶴林玉露》云：「洛陽人謂牡丹爲花，成都人謂海棠爲花，貴之也」。《下黄私記》云：「洛中花極多，他必曰某花，至牡丹，直曰花。」《小知録》亦記此事。本邦自古稱櫻花則直稱花，至他花則不然。然則櫻花花中之王，與西土牡丹等耳。人若徒從西土之稱，而以牡丹爲花王，豈免識者之笑哉？

宋許觀《東齋記事》云：「秦始皇下泰山，風雨暴至，休于樹下，因封其樹爲五大夫。初不言其爲何樹也，應劭作《漢官儀》，始言爲松。五大夫，蓋秦爵之第九級，後人不解，遂謂松之封『大夫』

者五，故唐人松詩有『不羨五株封』之句，循襲不考之過也。」「不羨五株封」，陸宣公之句。案，庾信詩「水莫三川石，山封五樹松」，李白曰「風雨暴作，五松受職。」李商隱詩「獨下長亭念過秦，五松不見見輿薪。」亦皆誤。今檢《佩文韻府》獨載「五株封」，而「五松」「五樹松」皆不載，可謂疎矣。

《三輔黄圖》云：「灞橋在長安東，跨水作橋。漢人送客至此橋，折柳贈別，後來送別折柳，本於此也。」李日華《紫桃軒雜綴》云：「送行之人，豈無他可折，而必於柳者？非謂津亭所便，亦以人之去鄉，正如木之離土，必如柳隨處可活，爲之祝願耳。」蓋柳枝極易生，長生短生、横生倒生，無一不可。人之去鄉，以此祝願，豈可謂無意乎？或問折柳之義，故舉示以《雜綴》之説。

款冬花産於秋田者，莖葉皆大，土人誇以爲海内無比。然北邊唐太有廣葉長莖，秋田産不能及者。鈴木茶溪名尚，字子德，大阪人《唐太日記》載其事，且賦詩云：「款冬如竹鬱叢生，葉葉相重翠影清。山路不妨多雨露，一莖代傘蔽頭行。」秋田産，豈非遼東之豕乎？

菌有笑菌，一名「笑矣乎」。《五雜俎》《清異録》等書皆曰食之令人笑不止，而未審其形狀也。張華《博物志》云：「蛇所著之楓樹生者，啖之令人笑不得止。治之，飲土漿即愈。」《避暑録話》云：「笑菌生楓樹，食之笑不止，俗言笑菌。」然則笑菌，楓樹所生也。先大夫詩「奇菌從來滋味長，滿堂投箸笑如狂。驪山一夜費烽火，不記人家有此羹。」《今昔物語》載二尼在北山食菌而笑舞之事，蓋笑菌之類也。○嘗聞之，亞剌比亞有一草，開黄花，花後結實，實在莢中，大底二三粒，大如蠶豆，乾之爲末，飲僅一二匙，使人或笑或叫，或起而舞，亦可謂奇矣。

《爾雅》云：「蓮者，實也。荷者，葉也。藕者，根也。」然古人曰蓮花《唐書》楊再思曰「人言六郎似蓮花」，曰荷花李太白詩「風動荷花水殿香」，曰藕花張籍詩「秋風白藕花」，釋道潛詩「藕花無數滿汀洲」，則蓮荷藕三者，皆可用之花也。《爾雅》又云：「其莖茄，其中菂。」茄与菂，似可用之花，而未見有用之者也。蓮花異名多有之。《五雜俎》云：「蓮也，荷也，芙蓉也，菡萏也，芙蕖也，一花而數名者也。」〇近年，蓮花開時有聲無聲之論喧於世，余曰：「蓮何有聲邪，其爲有聲者，詩人誇張之言耳。或曰花形大，故爲有聲。曰花型大故有聲，則如牡丹，如芍藥，如玉蘭，亦皆爲有聲乎？可謂不思之甚矣。」

「古稀」字出於杜甫詩，而白樂天詩亦有「舊語相傳聊自慰，世間七十古來稀」之句，然白之句，蓋本杜詩而作之也。

結髮之語，《史記・主父偃傳》云：「臣結髮通學，四十餘年，身不得遂，親不以爲子，昆弟不收。」謂自弱冠學問也。又《李廣傳》云「臣結髮而與匈奴戰」，謂自弱冠與匈奴戰也。蘇武詩「結髮爲夫婦」，謂自冠笄之時爲夫婦也。共謂少年之時。自是而後，詩人之用結髮語，大抵爲然。然後世有謂夫婦爲結髮者，成婚之夕，男左女右，合其髻，曰結髮，始於劉岳《書儀》。《宋名臣言行録》「張詠」條：「公斷云：『禁母十夜，留妻一宵。倚門之望何疎，結髮之情何厚。』」此亦謂夫婦爲結髮，不可不知也。

萩，蕭也，而邦俗爲胡枝花而用之。彼土乾隆中，周煌奉命使於琉球，歸而後，著《琉球國志略》，舉諸物産云：「萩，枝條纖弱如柳，小葉如榆，亦作品字。九月開花，葉間遍滿，紫艷如扁豆花形。」此言胡枝花也。而煌記爲萩者，從琉球之稱耳。凡俗間所用之字，此類多有之。作詩者，不宜不詳之也。

儒生游西土者，有竹添井井、岡本韋庵、崗鹿門三人。前即記之，今又聞之股野藍田亦游西土，所著有《葦杭遊記》一卷，因記於此補之。

癸亥之災，稿亡其半。薄欲補苴，兹弄柔翰。我本孤陋，所説漫汗。失覽大方，深增愧嘆。

童蒙詩式

佚名

《童蒙詩式》一卷，佚名撰。據日本大分縣竹田市立圖書館藏不詳年代刊本校。該本蝕損部分較多，缺字以□標識之。

童蒙詩式目録

目録終

一、平仄式并圖

蔡虛齋曰：十二律以正五音，猶今之律詩之法。平平仄仄仄平平，仄仄平平仄仄平。仄仄平平仄仄，平平仄仄仄平平。仿佛當如此意。▲閔甫曰：日本所傳之法大體如此，即《冰川式》謂正格偏格者亦如此。是法正而易記，勝於二四不同、二六對、三五同、下三連之煩多而不正。仄起亦以是爲準，五言亦同，律重之耳。

平起圖　《冰川詩式》謂之偏格

○○●●●○○　●●○○●●○
●●○○○●●　○○●●●○○

仄起圖　《冰川詩式》謂之正格

●●○○●●○　○○●●●○○
○○●●○○●　●●○○●●○

五言平起圖

○○●●○　●●●○○
●●○○●　○○●●○

仄起圖

●●●○○　○○●●○
○○○●●　○●●○○

《冰川詩式》五言絶句正格

武侯廟　唐　杜甫

遺廟丹青落，空山草木長。猶聞辭後主，不復卧南陽。

此法以第二字仄入，謂之正格。

偏格

秋朝覽鏡　唐　薛稷

客心驚落木，夜坐聽秋風。朝日看容鬢，生涯在鏡中。

此法以第二字平入，謂之偏格。

七言絶句正格

苑中遇雪應制　唐　宋之問

紫禁仙輿詰旦來，青旂遥倚望春臺。不知庭霰今朝落，疑是林花昨夜開。

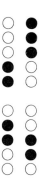

偏格

逢入京使　唐　岑參

故園東望路漫漫，雙袖龍鍾淚不乾。馬上相逢無紙筆，憑君傳語報平安。

律詩平仄之式，同絶句之式，合絶句兩章爲八句耳。中間四句用對，但第五句不用韻，又第一句用韻亦不用可也。二句謂之一聯，起爲破題，承爲頷聯，轉爲頸聯，合爲結句。五言七言皆同。

五言律詩平起

○○○●◐　●●●○○　起
●●○○●　○○●●○　承
○○○●●　●●●○○　轉
●●○○●　○○●●○　合

仄起圖

●●○○●　○○●●○
○○○●●　●●●○○
●●○○●　○○●●○
○○○●●　●●●○○

《冰川詩式》五言八句正格

春夜喜雨　唐　杜甫

好雨知時節，當春乃發生。隨風潛入夜，潤物細無聲。野徑雲俱黑，江船火獨明。曉看紅濕處，花重錦官城。

偏格

題李凝幽居　唐　賈島

閑居少鄰並，草徑入荒園。鳥宿池中樹，僧敲月下門。過橋分野色，移石動雲根。暫去還來此，幽期不負言。

七言律詩仄起圖

●●○○○●●　○○●●●○○
○○●●○○●　●●○○●●○
●●○○○●●　○○●●●○○
○○●●○○●　●●○○●●○

平起圖

○○●●◐○◑　●●○○●●○
●●○○○●●　○○●●●○○
○○●●○○●　●●○○●●○
●●○○○●●　○○●●●○○

《冰川詩式》七言八句正格

九日　唐　杜甫

老去悲秋强自寬，興來今日盡君歡。羞將短髮還吹帽，笑倩傍人爲正冠〔一〕。藍水遠從千澗落，玉山高並兩峰寒。明年此會知誰健，醉把茱萸仔細看。

偏格

行經華陰　唐　崔顥

岧嶤太華俯咸京，天外三峰削不成。武帝祠前雲欲散，仙人掌上雨初晴。河山北枕秦關險，驛路西連漢畤平。借問路傍名利客，無如此處學長生。

〔一〕倩：底本訛作「債」，據《杜詩詳註》卷六改。

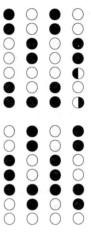

二、絶句式

《詩體明辨》曰：按絶句詩原於樂府，五言如《白頭吟》《出塞曲》《桃葉歌》《歡聞歌》《長干曲》《團扇郎》篇，七言如《挾瑟歌》《烏棲曲》等篇。下及六代，述作漸繁。唐初穩順聲勢，定爲絶句。「絶」之爲言「截」也，即律詩而截之也。故凡後兩句對者是截前四句，前兩句對者是截後四句，全篇皆對者是截中四句，皆不對者截首尾四句〔一〕。故唐人絶句皆稱律詩。▲冰川子曰：絶句衆唐人是一樣，少陵是一樣，韓退之是一樣。絶句者，截句也。句絶而意不絶。截律詩中或前四句，或後四句，或中二聯或首尾四句。大抵以第三句爲主。

五言絶句

○按詩始於舜之賡歌，而後至於周《詩三百篇》漸盛也。後生作者愈多，而體格轉備也。▲冰川子曰：五言始于李陵、蘇武，或云枚乘。

〔一〕對：底本訛作「萬」，據《文體明辨》改。

後對格

易水送别　唐　駱賓王

此詩是截律詩前四句。其法前散後對。

此地别燕丹，壯髮上衝冠。昔時人已没，今日水猶寒。

前對格

江令于長安歸揚州九日賦　唐　許敬宗

此詩是截律詩後四句。其法前對後散。

心逐南雲逝，身隨北雁來。故鄉籬下菊，今日幾花開。

四句全對格

玩初月　唐　駱賓王

此詩是截律詩中二聯。其法四句兩對。

忌滿光恒缺，乘昏影暫流。自能明似鏡，何用曲如鈎。

四句不對格

過酒家　唐　王績

此詩是截律詩首尾四句。其法四句一意不對。

此日長昏飲，非關養性靈。眼看人盡醉，何忍獨爲醒。

此似後對格而非也。

扇對法

哭台州鄭司户蘇少監　唐　杜甫

此詩是隔句扇對法。以第一句對第三句，以第二句對第四句。

得罪台州去，時危棄碩儒。移官蓬閣後，穀貴殁潛夫。

四句四意格

絶句　唐　杜甫

遲日江山麗，春風花草香。泥融飛燕子，沙暖睡鴛鴦。

○按：前面四句一意不對格《過酒家》詩，後學愚陋之輩見之，則以爲後對格也。須見七言四句一意不對格而互識也。○冰川子曰：五言絶句撇情入事，七言絶句掉景入情，當知有此不同。或云：五言絶句主情景，七言絶句主意事。

七言絶句

冰川子曰：七言始于漢武《柏梁》。▲七言絶句始自古樂府。詳見前▲後對、前對等格，記之如五言。

前散後對

寒食汜上　唐　王維

廣武城邊逢暮春，汶陽歸客淚沾巾。落花寂寂啼山鳥，楊柳青青渡水人。

前對後散

江南　唐　陸龜蒙

村邊紫豆花垂次，岸上紅梨葉戰初。莫怪煙中重回首，酒旗青紵一行書。

四句兩對

奉和聖製幸韋嗣立莊應制　唐　李嶠

萬騎千官擁帝車，八龍三馬訪仙家。鳳凰原上窺青壁，鸚鵡杯中弄紫霞。

四句不對

贈花卿　唐　杜甫

錦城絲管日紛紛，半入江風半入雲。此曲祇應天上有，人間能得幾回聞。

○按：前面五言絶句所引《酒家》詩，似非四句不對格，見此詩可見此乃常日所用之格也。

隔句扇對

絶句　同

去年花下留連飲，暖日夭桃鶯亂啼。今日江邊容易别，淡煙衰草馬頻嘶。

四句四意

絶句　同

兩箇黄鸝鳴翠柳，一行白鷺上青天。窗含西嶺千秋雪，門泊東吴萬里船。○冰川子曰：凡作七言絶句，如窗中覽景，立處雖窄，眼界自寬。題廣者取遠景，寸山尺水，愈覺其遥。取近景，一草一木，皆有生意。

三、律詩式

《詩體明辨》曰：按律詩者，梁陳以下，聲律對偶之詩也。蓋自《邶風》有「覯閔既多，受侮不少」之句，其屬對已工。《堯典》有「聲依永，律和聲」之語，其爲律已甚。梁陳諸家，漸多儷句。唐興，沈宋之流研練精切，穩順聲勢，號爲律詩。其後寖盛，雖不及古詩之高遠，然其詩一二名起聯，又名發句。三四名頷聯〔一〕，五六名頸聯，七八名尾聯，又名落句。▲冰川子曰：律詩有起有承有轉有合。起爲破題，或對景興起，或比起，或引事起，或就題起。要突兀高遠，如狂風捲浪，勢欲滔天。承爲頷聯，或寫意，或寫景，或書事，或用事引證，要接破題，如驪龍之抱珠而不脱。轉爲頸聯，或寫意寫景書事用事引證，與前聯之意相應相避，要變化，如疾雷破山，觀者驚愕。合爲結句，或就題結，或開一步，或繳前聯之意，或用事，必放一句作散場。如剡溪之棹自去自回〔二〕，言有盡

〔一〕頷：底本訛作「領」，據《文體明辨》改。
〔二〕如：底本訛作「加」，據《冰川詩式》改。

而意無窮。知此，則律詩思過半矣。▲凡律詩，起結不對，惟中間頷聯頸聯對。又起句對、中二聯對，結句獨不對有之。又有起句不對、中二聯對，結句亦對者。又起結、中二聯，八句四聯總對者有之，唐初多用此體。此數格大抵所用，故欠證詩。

八句一意順下通不對格

尋陸羽不遇五言　唐　僧皎然

移家雖帶郭，野徑入桑麻。近種籬邊菊，秋來未著花。扣門無犬吠，欲去問西家。報道山中出，歸來每日斜。

不對處對格

舟中晚望　唐　孟浩然

挂席東南望，青山水國遥。舳艫争利涉，來往任風潮。問我今何適，天台訪石橋。坐見霞色晚，疑是赤城標。

前四句隔句扇對格

弔僧　唐　鄭谷

幾思聞静話，夜雨對禪床。未得重相見，秋燈照影堂。孤雲終負約，薄宦轉堪傷。夢繞長松樹，遥焚一炷香。

蜂腰格

下第　唐　賈島

此詩頷聯亦無對偶，是十字叙一事，而意貫上二句。至頸聯方對偶分明，若已斷而復續，謂之蜂腰格。

下第唯空囊，如何住帝鄉。杏園啼百舌，誰醉在花傍。淚落故山遠，病來春草長。知音逢豈易，孤棹負三湘。

偷春格

溪行即事　唐　僧靈徹

此詩首二句先對，頷聯卻不對，似非聲律。然破題已先的對，如梅花偷春色而先開。

近夜山更碧，入林溪轉清。不知伏牛事，潭洞何縱横。野岸煙初合，平湖月未生。孤舟屢失道，但聽秋泉聲。

反格

田家元日　唐　孟浩然

此詩前四句對，後四句散，與蜂腰格相反。

昨夜斗回北，今朝歲起東。我年已强仕，無禄尚憂農。野老就耕去，荷鋤隨牧童。田家占氣候，共説此年豐。

送錢拾遺歸兼寄劉校書　唐　郎士元

墟落歲陰暮，桑榆煙景昏。蟬聲静空館，雨色隔秋原。歸客不可望，悠然林外村。終當報芸閣，携手醉柴門。

此詩頸聯不對，與偷春格相反。

○冰川子曰：五言律詩大法如此。管見欲將中二聯亦作扇對法，更是一奇格。但未之前聞，不敢强擬。雖然，確守格律，揣摩聲病，詩家之常。若時出度外，縱横放肆，外如不整中實應節，此非造次所能。

七言律詩又五言八句之變也。唐以前七言儷句如沈君攸已近律體，唐初始專此體，沈佺期、宋之問精巧相尚，開元間此體始盛。冰川▲七言律詩難於五言律詩。七言下字較粗實，五言下字較細嫩。若七言可截作五言，便不成詩。冰川○按七言律詩體又同五言。首尾不對，惟頷聯頸聯對。或起聯、中二聯對，結句不對。或起聯不對，他聯皆對。或八句四聯總對。這般是常常所用，故不録證詩。

八句不對格

題東峰驛用梁郎中韻〔一〕　明　以權

此詩八句一意順下，通不對。

香浮緑蟻山中醅，磁甌遠勝清蓮杯。不用笙竽爲佐酒〔二〕，松風一派從天來。半酣走筆寫新句，飛龍滿壁真雄哉。故人騎鶴幾時去，空庭寂寂官梅開。

蜂腰格說見前

鸚鵡洲　唐　李太白

鸚鵡來過吴江水，江上洲傳鸚鵡名。鸚鵡西飛隴山去，芳洲之樹何青青。煙開蘭葉香風暖，岸夾桃花錦浪生。遷客此時徒極目，長洲孤月向誰明。

〔一〕峰：底本訛作「岑」，據《雅頌正音》卷三改。
〔二〕竽：底本訛作「等」，據《雅頌正音》卷三改。

偷春格說見前

黄鶴樓　唐　崔顥

昔人已乘白雲去，此地空餘黄鶴樓。黄鶴一去不復返，白雲千載空悠悠。晴川歷歷漢陽樹，芳草萋萋鸚鵡洲。日暮鄉關何處是，煙波江上使人愁。

七言律詩其法如此。其他或有二十四格、十五格，凡格外之格，不暇于載録也。

四、排律式

排律之作，其源自顔謝諸人古詩之變。首尾排句，聯對精密。梁陳以還，儷句尤切。唐興，始專此體，與古詩差別。

長篇排律，唐初作者絶少。開元後杜少陵獨步當時，渾涵汪洋，千彙萬狀，至百韻千言，力不少衰。若韓柳亦未爲得體。

五言排律，自五韻十句至五十韻百句○或十韻二十韻盡極變態。山谷云：「凡始學詩，每作一篇，先立大意。若長篇須曲折三致意乃爲成章。」

作大篇當布置首尾停匀，腰腹肥滿。

長律妙在鋪叙，時將一聯排轉，又平平説去，如此轉换數匝，將數語收拾乃妙。

七言排律，唐人不多見。如太白《别山僧》、高適《宿田家》、子美《題鄭著》及《清明》二首、王仲初《寄韓侍郎》等作，雖聯對精密，而律調未純，終未脱古詩體段。若言從字順、音響沖和者，今録《品彙》集所載，以爲法式。

月夜有懷王端公兼簡朱孫二判官七韻　唐　僧清江

月照疎林驚鵲飛，羈人此夜共無依。青門旅寓身空老，白首頭陀力漸微。屢向曲池陪逸少，幾迴戎幕接玄暉。四科弟子稱文學，五馬諸侯是繡衣。江雁往來曾不定，野雲摇曳本無機。修行未盡身將盡，欲向東山掩柴扉。

〇按自七韻或八韻、九韻乃至五十韻，皆當如此體也。若□□而長者也，古詩異於此也。冰川子曰：「詩以古名，繼《三百篇》之後而作。」□□□□蓋未備之作也。以聯聯未對，淳□□□肆，於是律詩起者歟？見淵明詩及《文選》等作可知耳。故欠證詩。

五、和韻式

《詩體明辨》曰：按和韻詩有三體，一曰依韻，謂同在一韻中，而不必用其字也。二曰次韻，謂和其原韻，而先後次第皆因之也。三曰用韻，謂用其韻〔一〕，而先後不必次也。▲如唐韓愈《昌黎集》有《陸渾山奉和皇甫湜用其韻》。▲古人賡和，答其來意而已，初不爲句所縛。如高適贈杜甫云「草玄今已畢，此外復何言」，甫和之云「草玄吾豈敢，賦或似相如」。又如韋迢《早發湘潭寄杜甫》云：「相憶無南雁，何時有報章？」甫和云：「雖無南過雁，看取北來魚。」又如高適人日寄杜甫云「龍鍾遠屬二千石，愧爾東西南北人」，杜甫云「東西南北更堪論，白首扁舟病獨存」。又如杜甫、王維、岑參和賈至《早朝大明宫》詩，并其意不用，况於韻乎？中唐柳宗元《河東集》〔二〕，有《同劉二十八院長述舊言懷感時書事奉寄澧州張員外使君五十二韻之作因其韻增至八十》是也〔三〕。又有拾其餘韻，凡爲韻所用者置不取。如《河東集》載《酬韶州裴曹長使君因以見示二十韻》〔四〕，自序云「韶州幸以詩見及，往復奇麗，邈不可慕，用韻尤爲高絶，余因拾其餘韻酬焉。凡爲韶州所用者置不取〔五〕」。

〔一〕用：底本訛作「有」，據《詩體明辨》改。
〔二〕宗：底本訛作「完」，據《柳河東集》卷四十二改。
〔三〕州：底本脱，據《柳河東集》卷四十二補。
〔四〕韶：底本訛作「韻」，據《柳河東集》卷四十二改。
〔五〕韶州：底本訛作「韻」，據《柳河東集》卷四十二改。

六、回文體式

冰川子曰：回文詩，自晉温嶠始，或云起自竇濤妻蘇氏于錦上織成文，順讀與倒讀皆成詩句。今按織錦詩體裁不一，其圖如璇璣，四言五言六言横讀斜讀皆成章，不但回文。○按順讀與倒讀皆成詩句。縱横讀成章者，璇璣體也。有四言回文，有五言回文，有七言絶句回文，七律回文，和韻回文。今不枚舉。見《冰川詩式》

七言絶句回文

題織錦圖　蘇子瞻

春晚落花餘碧草，夜凉低月半枯桐。人隨遠雁邊城暮，雨映疎簾繡閣空。

七、雜體式

反覆體

舉一字而誦皆成句，無不押韻，反覆成文。唐《李公詩格》有此二十字詩，宋錢惟治亦有之。

今録以備一體。

春日登大悲閣二首　錢惟治

此詩二十字連環讀，反覆成詩四十首。

碧天臨迥閣，晴雪點山屏。夕煙侵冷箔，明月斂閑亭。

晨霞披迥殿，香霧擁輕簾。曉花歌静院，芳樹捧晴簷。徒點詩

離合體

亦回文離合　字相析合成文，孔融漁父屈節之詩是也。今録《玉連環》一首，以備一體。

玉連環

此詩原作連環寫之，以「花」字藏頭。其詩中「花」字「麻」字「沙」字「槁」字俱雙呼三喚，五七成文，左右通貫，兼回文、藏頭、析合三體而有之。▲詩中「麻」字上六字音琰。

花。飛螢聚亂麻，野闊接平沙。磯灘露荻槁，微翠近明花。

借字體

春景

皇家美景際春陽，「陽」氣繁華物物芳。「芳」艸和煙當砌好，「好」花笑日隔簾香。「香」風已趁

群生樂，［樂］歲應期萬載昌。［昌］運如期臻盛治，［治］平有永紹羲皇。

上句下一字，下句〔一〕

八、聯句體式并集句

冰川子曰：聯句者，在坐之人角其才力，率然成句，聯絡成章，對偶親切，類乎誇奇鬭戲。古無此法，自韓退之始，觀之《石鼎》《鬭鷄》可見。或云謝宣城、陶靖節、杜工部集中俱有聯句，聯句不自退之始。▲梁時有連句，即聯句。儀賢堂兼策秀才連句見《初學記》。三謂退之喜□□□，集中多有之。

昌黎東野城南聯句

竹影金鏁碎郊，泉音玉淙琤。瑠璃翦木葉愈，翡翠開園英。

如此二人兩聯，如□□□□□□法。

鬭鷄聯句

大鷄昂然來，小鷄竦而待愈。峥嶸顛盛氣，洗刷凝鮮彩郊。

如此一人一聯，自賈島、杜牧、張祜、柳公權之聯句皆此格。

〔一〕以下底本缺。

七言聯句

客淮南幕中赴宴，杜牧席上聯句

骰子逡巡裹手拈，無因得見玉纖纖杜牧。但須報道金釵墜，髣髴還應見指尖張祜。

集句體

冰川子曰：集句者，集古人之句以成篇。宋王安石始盛，石曼卿大著。是雖未足以益後學，亦足見詩家組織之工。

暮春閨意

幾度春眠覺令狐楚，開簾滿地花李益。眼看春又去令狐楚，長恨隔龍沙錢起。

九、奇格式

藁砧體

古詞　撰人闕

藁砧今何在言夫也，山上復有山言出也。何當大刀頭言還也，破鏡飛上天言月半也。

離合體

古人怨信次，十日眇未央離「口」字。加我懷繾綣，口詠情亦傷離「力」字。劇哉歸遊客，處子忽相忘離「刂」字。口力刂，合「別」。

即題離合

○按《本朝文粹》字訓體此也。

松間斟　陸龜蒙

子山園靜憐幽木〔一〕，公「木公」合成「松」字幹詞清詠華門。月「門月」「閒」字上風微瀟灑甚，斗「甚斗」「斟」字醪何惜置盈樽。

首尾吟

春日田園雜興　陳希邵

春來非是愛吟詩，詩是田園漫興時。無事花邊繙兔册，有時桑下課牛醫。乍隨父老看秧去，

〔一〕憐：底本脱，據《甫里集》卷十一補。

還共兒童鬭草嬉。偶物興懷渾不奈，春來非是愛吟詩。

菩薩蠻

賞園花隨句回文　魏偁明人

曉園花暖蒸香草，草香蒸暖花園曉。蜂蝶戀嬌紅，紅嬌戀蝶蜂。酒杯歡處有，有處歡杯酒。狂客醉春芳，芳春醉客狂。

禽言

因其自呼之名而名之。

不如歸去　宋　梅聖俞

不如歸去，春山雲暮。萬木兮參天，蜀山兮何處。人言有翼可歸飛，安用空啼向高樹。

脱布袴　蘇子瞻

南山昨夜雨，西溪不可渡。溪邊布穀兒，勸我脱布袴。不辭脱袴溪水寒，水中照見催租瘢。

蟲言

促織　魏偁

織織織，夜長機杼須勤力。舅姑非帛不成暖，秋寒莫怪蟲聲逼。織織織。

十、句法式

五言練句法，以第三字爲眼，古人練字只于句眼上練。五言詩第三字要響，數法中舉其切于句中之字，又有「音、意、故、新」四法。音者，順詩之聲高下中節。意者，詳文之意，隱顯得宜。故者，平穩之處宜求古字。新者，出奇之處宜下新字。但新字須求不經人道語，又須只在眼前，最忌在僻。

句中自對法

此自然對，未必要字對。

桑麻深雨露，燕雀半生成。

江流天地外，山色有無中。

交股對法

即蹉對。

舳艫争利涉，來往任風潮。

野老就耕去，荷鋤隨牧童。

借字對法

即假對

住山今十載，明日又遷居。
卷簾黄葉下，鎖印子規啼。

兩句一意法

即十字句法。宜于頷聯

如何青草裹，也有白頭翁。

翻案句法

遥知不是雪，爲有暗香來。
王安石翻案蘇子卿詩。

點化句法

野水無人渡，孤舟盡日横。

此唐韋應物詩，寇凖化作二句。

人名妝句法

疎鍾皓月曉，晚景丹霞異。澗谷永不變，山梁冀無累。

藥名妝句法

鄙性常山野〔一〕，尤甘草舍中。

詩眼用響字法

芹泥隨燕嘴，花蕊上蜂鬚。

〔一〕性：底本訛作「牲」，據《清江三孔集》卷二十六改。

孤燈然客夢〔一〕，寒杵搗鄉愁。

巧對法

行看子城過，却望女墻遥。

冰川子曰：琢對法，先須作三字對或四字對起，然後妝排成句，不可逐句思量，却似對偶不成作手。或二字對起亦可。

七言詩以第五字爲句眼。○又有練第一字、練第二字及練第三四五六字法。略見五言格。

借字對法

高樹夕陽過古巷，菊花梨葉滿荒渠。

高樹對夕陽，句中自對。

折腰句法

鸚鵡杯且酌清濁，麒麟閣懶畫丹青。

〔一〕燈：底本訛作「竹」，據《萬首唐人絶句》卷二十一改。

上三字，下四字。

靜愛僧時來野寺，獨尋春處過溪橋。

上四字，下三字。

永夜角聲悲自語，中天月色好誰看。

上五字，下二字。

叠七字法

岷峨之山中巴江，桂椒栴櫨楓柞樟。

鴉鵶鷹雕雉鵠鶤，燖炰煨爊熟飛奔。

與五言宜互見。

首句之末以仄字起平韻

俗謂之踏落。

憶東山　　李太白

不向東山久，薔薇幾度花。白雲還自散，明月落誰家。

首句末以平字起平韻例

魏宫詞　崔國輔

朝日照紅妝，擬上銅雀臺。畫眉猶未了，魏帝使人催。

七言詩亦如此。首句之末以平字起仄韻，以仄字起平韻，例在五言，不悉載。

絶句兩韻格，以「飛肥齊」爲韻等詩，又絶句後三句一韻首句不入韻。又絶句四韻前二仄後二平者。各格多在焉，今不□□□□□□□□格耳。又律詩用重韻，子昂《送客》第二句又第八句用生韻等。有律詩上下句各以平仄韻謂之變體格有□□□□之。▲古人詩押字或有語顛而于理無害者，不嫌倒押。▲換韻法有之。古人是容易爲之。▲冰川子曰：一詩中重韻非格，如曹子建《美女篇》用二「難」字，在唐以前詩。自沈約拘聲韻以來，不得重押韻云云。▲協韻，《離騷》多用之。借韻，如七虞可借八微十一齊一韻也。

十一、詩病式

大韻者，重叠相犯。如五言詩以「新」爲韻者，九字内若用「津」「人」字；及「聲」「鳴」字爲韻，九字内若用「驚」「傾」「平」「榮」字，是爲大韻，皆不可也。▲「胡姬年十五，春日正當壚」。「胡」與「壚」同在虞韻是也。小韻者，除本韻外，九字中不得兩字同韻。如「遥、條」同韻之類。▲如「客子已乖離，那宜遠相送」。子、己同在紙韻，五字内相犯。離、宜同在支韻，九字内相犯。五字最急，九字較緩。

正紐者，壬紝入一紐，一句内有「壬」字，更不得犯「壬、紝、入」字。▲「我本漢家女，來嫁單于庭」。家、嫁係正紐。

傍紐者，五言詩一句内有「月」字，更不可用「元、阮、願」字，此是雙聲即旁紐。五字内急，十字稍緩。十字内兩字雙聲爲正紐，若不共一紐而又有雙聲爲傍紐。如「流、久」爲正紐，「流、柳」爲傍紐。傍紐者，緣聲而來相忤也。然字從連韻而來，故相參。如「錦金禁急」與「陰飲蔭邑」，是連韻紐之。若「金」與「飲」及「陰」與「禁」，此傍會與之相參。此正紐、傍紐之不同也。

平頭，如五言第一字二字不得與第六字七字同聲，餘以例推。▲「今日良宴會，讙樂莫具陳」，今、讙字同平聲，日、樂字同入聲。

上尾者，如五言詩第五字不得與第十字同聲，餘以例推。▲「西北有高樓，上與浮雲齊」。樓、齊同平聲。

疑此方竊爲之格歟？抑有所據歟？

十二、作詩式總論

作詩有明暗二例。明例如老杜《房兵曹胡馬》詩、白居易《草》詩是也。□□□□□明言之也。暗例如老杜《螢火》、鄭谷《鷓鴣》詩是也。詩中藏題□□□□□□之藏題格也。

無題詩，隱諱其意，不欲明言，或隱意或隱字，使人自得之。□□□□如于李商隱無名氏，義見書□□□□無題□多是有所諷刺者，□□□□□□□。

《西清詩話》載少陵「作詩用事要如釋語，水中著鹽，飲水乃知鹽味」，此詩家秘密藏也。

冰川子曰：作詩貴知變，變之目有三。一曰字變，虛實死活是也。二曰句變，情景事意是也。三曰聲變，穩響起嘔細是也。字變，一句内忌併，一聯内非對者忌繁，隔聯忌字相似，一篇忌句相似。句變，情景事意四者相間，不得碎雜相從，不得過三聯，若全篇純一者不拘。聲變，兩句不得相併，兩聯不得相似。起宜重濁，承宜平穩，中宜鏗鏘〔一〕。二者篇篇欲變，若一題聯賦者，變製不變律。作詩之妙有六。一曰格。格者，古人未嘗有意如此，精神所到，不知其然而然耳，心悟者隨機而用之，不可執一。二曰體。諸家體製，古人未嘗有意如此，風俗才力有所拘限，不知其然而然耳，心悟者隨宜而象之，不可執一。三曰情。喜怒哀樂，人之至情，未嘗有意，事至物來，不知其然而然耳，心悟者隨感而應之，不可執一。四曰性。仁義禮智，人之本性，未嘗有意。理所當然，不知其然而然，心悟者隨理而用之，不可執一。五曰聲，六曰律。五聲十二律，八音之韻，物之至音，天籟自鳴，非人所爲，材各有適，不知其然而然耳。心悟者隨聲而叶之，不可執一。六者雖到化處，心當存於腔子中，自然出於精細，精細可造自然。

〔一〕鏗：底本訛作「錯」，據《冰川詩式》卷九改。

又曰：詩即事貴真，故事貴切，設事貴新。即事有四。曰正者以溫柔道之而藹然可愛，曰雅者以忠厚道之而凜然可畏，曰疑者以從容道之而斷在其中，曰妄者者以滑稽道之而辨在其中。故事有五。曰正用，的切本題，的然當用。曰反用，用其事而反其意。曰借用，本不切題，借用一端。曰暗用，用其語而隱其名。曰活用，本非故事，因言及之。此乃用事之妙。設事有六。曰夢寐，言夢必依約。曰古人，言古必依實。曰神祇，言神必依疑。曰仙，言仙必依想。曰鳥獸，托動物必依才。曰草木，托植物必依類。

又曰：詩有内外意。内意欲盡其理，外意欲盡其象。内外意含蓄，方入詩格。作詩不要有閑字。七言若減兩字成五言而意思足，便是閑字。作律詩情中有景，景中有情，以事爲意，以意融事，情景迭出。

詩之題，曰「送」者，留須戀戀，勉必拳拳。曰「別」者，前瞻戀戀，後顧懸懸。曰「逢」者，樂生于哀，喜極還感。曰「寄」者，萬里寄言，必有實惠。曰「酬」者，識曲聽真，無言不酬。曰「贈」者，贈人以言，非諂非刺。曰「答」者，答旨有歸，無雜采意。曰「遊」者立景，曰「宴」者立意。曰「行」者，行必有故，切忌嬌情。曰「至」者，至必有爲，不宜徒喜。曰「歸」者，歸人皆喜，必有我和。曰「與」者物輕意重，曰「謝」者物意俱重。曰「登」者，登峰詣極，所貴眼高。曰「覽」者，沈覽景物，意因有得。曰「思」者。思必有因，非徒悽愴。曰「題」者，題忌積物。曰「詠」者，詠忌粘題。曰「挽」者，忌似壽詩。曰「壽」者忌似挽詩。曰「賀」者，忌似攫客。曰「應制」者，氣欲嚴肅，辭貴曲麗。他如曰赴曰會曰遇曰賞曰示曰陪曰見曰謁曰偕曰同曰從曰訪曰聞曰問曰尋曰領曰簡曰戲曰上曰呈曰興曰懷曰思曰憶曰先曰守曰書曰述曰吟曰賦曰古意曰即事曰寓言曰出曰寓曰放曰泛曰進曰憩曰餞曰幸曰愁曰傷曰苦曰哭曰哀，其題不同，皆因感得意，因意得題。詩之大法有五。曰體製曰格力曰氣象曰興趣曰音節。詩之極致有一，曰入神。詩而至於入神，大而化矣，化而不可知矣，惟李杜得之。

唐上官儀曰：詩有六對。一曰正名對，天地日月是也。二曰同類對，花葉草芽是也。三曰連珠對，肅肅赫赫是也。四曰雙聲對，黄槐緑柳是也。五曰叠韻對，彷徨放曠是也。六曰雙擬對，春樹秋池是也。詩有取況，日月比君后，龍比君位，雨露比君德澤，雷霆比君刑威，山河比君邦國，陰陽比君臣，金玉比忠烈，松柏比節義，鸞鳳比君子，燕雀比小人。蟲魚草木各以其類之大小輕重比之。

馬伯庸曰：四方偏氣之語，不可通曉。惟中原漢音，四方可以通行，蓋中原天地之中，得氣之正，聲音散佈，各能相入，是以詩中宜用中原之韻，則便官樣不凡。押韻不可用啞韻，如五支、二十四鹽，啞韻也。

《驪唐文集》：危積逢吉曰：詩不可强作，不可徒作，不可苟作。强作則無意，徒作則無益，苟作則無功。

詩話外詩話

佚名

《詩話外詩話》一卷，佚名撰。據日本國文學研究資料館藏本校。按：此書多抄撮中國詩話，且註明抄自《百川學海》内《霏雪録》等書。

山與水本末不同。山一本而萬殊，水萬殊而一本。唐人詩一家自有一家聲調，高下疾徐皆合律吕，吟而繹之，令人有聞韶忘味之意。宋人詩譬則村鼓島笛〔一〕，雜亂無倫。

或問予唐宋人詩之别，余答之曰：「唐人詩純，宋人詩駁。唐人詩活，宋人詩滯。唐詩自在，宋詩費力。唐詩渾成，宋詩餖飣。唐詩縝密，宋詩漏逗。唐詩温潤，宋詩枯燥。唐詩鏗鏘，宋詩散緩。唐人詩如貴介公子，舉止風流；宋人詩如三家村乍富人，盛服揖賓，辭容鄙俗。」

唐人詩詠物詩于景意事情外，别有一種思致，不可言傳，必心領神會始得。此後人所以不及唐也。如陸魯望《白蓮》詩云：「素蘤多蒙别艷欺，此花真合在瑶池。還應有恨無人覺，月曉風清欲墮時。」妙處不在言句上。宋人都曉不得，如東坡詠荔支，梅聖俞詠河豚，此等類非詩，特俗所謂偈子耳。

唐人絶句有重複字而不恤者，如杜常《華清宫》云「曉風殘月入華清」，又曰「朝元閣上西風急」，皇甫冉《酬張繼》云「落日臨川問音信」，又曰「寒潮惟帶夕陽還」，此等别是一例。

唐人詩亦有不拘韻者，如王建《涼州歌》云「三秋陌上早霜飛，羽獵平田淺草齊。錦背蒼鷹初出按，五花驄馬餵來肥」。「齊」字不在「微」韻。

唐人悼亡詩「斷腸猶繫琵琶絃」，「琵」字當讀如「丞弼」之「弼」。

〔一〕島：底本脱，據《霏雪録》卷下補。

唐時婦女畫眉尚闊，故老杜《北征》云「狼籍畫眉闊」，或云女幼不能畫眉，狼籍而闊耳。余記張司業《倡女詞》有「輕鬢叢梳闊掃眉」之句，蓋當時所尚如此。諺曰：「宮中好廣眉，四方且半額。」

樊公時中爲淛江參政，觀潮嘗題詩樟亭云：「煙波閃閃海門開，平地潛生萬壑雷。大信不虧天不老，浙江亭上看潮來。」公之志可見矣。至正壬辰，紅巾賊亂，公張弓抽矢，馳射于其間，賊應絃而斃者甚衆。自卯至申，矢盡死之。

木綿花，唐人詩多用之，然與吴越所産不同。地理志：「交趾真定縣有木綿樹，實如酒杯，口有綿，如蠶之綿，可作布。」以上八條《百川・霏雪録》

海中有甲物如扇，其文如瓦屋，惟三月三日潮盡乃出，名海扇。四明任松鄉嘗有詩云：「漢宮佳人班婕妤，香雲一篋秋風初。網蟲蒼蒼恩自淺，猶抱明月馮夷居。至今生怕秋風面，三月三日纔一見。對人摇動不如烹〔一〕，肯入五雲清暑殿。」同上

藝祖微時，《日詩》云：「欲出未出光辣撻，千山萬山如火發。須臾走向天上來，逐卻殘星趕卻月。」國史潤飾之云：「未離海嶠千山黑，才到天心萬國明。」文氣卑弱，不如元作。

徽廟一日幸來夫人閣，偶灑翰于小白團扇，書七言十四字，而天思稍倦，顧在側璫云：「汝有能吟之客，可令續之。」因薦鄰里太學生。既宣入内侍省，恭讀宸製，不知指意，乞爲取旨。或續句

〔一〕底本脱「摇動不如烹」，據《松鄉集》卷八補。

呈，或就書扇左。上曰：「朝來不喜餐，必惡阻也，當以此爲詞以續於扇。」續進，上大喜，會將策士，生於未奏名，徑使造庭，賜以第焉。上御詩曰：「選飯朝來不喜餐，御厨空費八珍盤。」生續曰：「人間有味都嘗遍，只許江梅一點酸。」

唐李涉過皖口之西，遇大艦遏其征。數十人持兵仗，問是何人。從者曰：「李涉博士船也。」其豪首曰：「若是李涉，聞詩名已久，但希一篇，金帛非敢取也。」李乃贈一絶云：「暮雨瀟瀟江上村，緑林豪客夜知聞。相逢不用相迴避，世上于今半是君。」

明之象山士子史本有木犀，忽變紅色異香，因接本獻闕下。高廟雅愛之，畫爲扇面，仍製詩以賜從臣云：「月宫移就日宫栽，引得輕紅入面來。好向煙霄承雨露，丹心一點爲君開。」又云：「秋入幽巖桂影團，香深粟粟照林丹。應隨王母瑶池宴，染得朝霞下廣寒。」自是四方争傳其本，歲數百，史氏由此昌焉。一卉之微，香色稍異，能動至尊入品題，且昌其主。可以人而不如木乎？

端平甲午七月八日，我師克復彭城，麾下洪福得亡金人手抄詩。余於其中得一二篇，迺知河朔幽燕渾厚之氣，至此散矣。以上《百川・話腴》

白樂天詩「楊柳小蠻腰」即白公侍兒也。若《晚春酒熟尋夢得》云「還携小蠻去，試覓老劉看」，即酒榼也。《百川・鷄肋》

沈詹事特以坐葉丞相論恢復，貶筠州。沈方售一妾，年十七八，携與俱行。處筠凡七年，既歸，呼妾父母以女歸之，猶處子，時人以比張忠定公詠。會稽潘方仲矩爲安吉尉，獻詩云：「昔年單騎向筠州，覓得歌姬共遠遊。去日正宜供夜直，歸來渾未識春愁。禪人尚有香囊愧，道士猶懷炭婦羞。鐵石心腸延壽藥，不風流處卻風流。」

韓侂胄暮年以冬月携家遊西湖，畫船花輿，遍覽南北二山之勝，末乃置宴于南園，族子判院與焉。席間有獻牽絲傀儡爲土偶負小兒者，名爲「迎春黄胖」。韓顧族子：「汝名能詩，可詠。」即承命一絶云：「腳踏虚空手弄春，一人頭上要安身。忽然線斷兒童手，骨肉都爲陌上塵。」韓大不樂，不終宴而歸，未幾禍作。

唐小説記紅葉事凡四。其一《本事詩》：顧況在洛，乘閑與一二詩友游苑中，流水上得大梧葉，題詩云：「一入深宫裏，年年不見春。聊題一片葉，寄與有情人。」況明日於上流亦題云：「愁見鶯啼柳絮飛，上陽宫女斷腸時。君恩不禁東流水，葉上題詩寄與誰？」後十餘日，有客來苑中，又於葉上得詩，以與況，曰：「一葉題詩出禁城，誰人酬和獨含情。自嗟不及波中葉，蕩漾乘春取次行。」又明皇代以楊妃、虢國寵盛，宫娥皆衰悴，不願備掖庭。嘗書落葉，隨御溝水流出，云：「舊寵悲秋扇，新思寄早春。聊題一片葉，將寄接流人。」顧況聞而和之。既達聖聽，遣出禁内人不少，或五使之號〔一〕。況所和即前四句也。其二《雲溪友議》：盧渥舍人應舉之歲，偶臨御溝，見紅葉上詩云：「流水何太急，深宫盡日閑。殷勤謝紅葉，好去到人間。」其三《北夢瑣言》：進士李茵嘗遊苑中，見紅葉

〔一〕他本「或」下皆有「有」字。

自御溝出，上有題詩曰與盧渥詩同。其四《玉溪編事》：侯繼圖秋日於大慈寺倚闌樓上，忽木葉飄墜，上有詩曰：「拭翠斂愁蛾，爲鬱心中事。搦筆下庭除，書作相思字。此字不書名，此字不書紙。書向秋葉上，願逐秋風起。天下有心人，盡解相思死。」余意前三則本只一事，而傳記者各異耳。劉斧《青瑣》中有《御溝流紅葉記》最爲鄙妄，蓋竊取前説而易其名爲于祐云。本朝詞人罕用此事，惟周清真樂府兩用之。《掃花遊》云：「隨流去，想一葉怨題，今到何處。」《六醜・詠落花》云：「飄流處，莫赴潮汐，恐斷紅、尚有相思字，何由見得。」脱胎换骨之妙極矣。清真名邦彦，字美成，徽宗時爲待制，提舉大晟樂府。

嚴州壽昌縣道旁有朱買臣廟貌，其地有朱池、朱村，居多朱姓。朱謙之詩云：「貧賤難堪俗眼低，區區何事便雲泥。會稽乞得無他念，只爲歸來詑故妻。」「束薪行道自歌呼，越女安知有丈夫。一見印章驚欲倒，相看方悔太模糊。」以上《百川・談藪》

大曆中，澤潞有僧號普滿，隨意所爲，不拘僧相，或歌或笑，莫喻其旨。以言事往往有驗，故時人比爲萬迴。建中初，於潞州佛舍中題詩數篇而亡去。所記者云：「洮水連涇水，雙珠血滿川。青牛將赤虎，還號太平年。」此水者，洮字。涇水者，自涇州兵亂也。雙珠者，洮與弟滔。青牛者，興元二年乙丑。乙，木也。丑，牛也。是歲改貞元。二年，丙，火也。寅，虎也。是歲賊平故也〔一〕。

〔一〕歲賊平：底本脱，據《杜陽雜編》卷上補。

上西幸有二馬，一號「神智驄」，一號「如意騮」，皆耳中有毛，引之可長一尺云云。一日，花木方春，上欲幸諸苑。内廄控馬侍者進瑞鞭，上指二駿語近臣曰：「昔朕西幸有二駿，謂之二絶；今獲此鞭，可謂三絶矣。」遂命酒飲之，左右引翼而去，因吟曰：「鴛鴦赭白齒新齊，晚日花間落碧蹄。玉勒乍回初噴沫，金鞭欲下不成嘶。」中書舍人韓翃詩也。

大和九年，誅王涯、鄭注後，仇士良專權恣意，上頗惡之。或登臨遊幸，雖百戲駢羅，未嘗爲樂，往往瞠目獨語，左右莫敢進問。因題詩曰：「輦路生春草，上林花滿枝。憑高何限意？無復侍臣知。」

宣宗製《泰邊陲曲》，其詞曰：「海岳晏咸通〔一〕。」及上垂拱，而年號咸通焉。以上五條《百川學海·杜陽雜編》

杜牧之《阿房宫賦》云：「六王畢，四海一。蜀山兀，阿房出。」陸參作《長城賦》云：「千城絶，長城列。秦民竭，秦君滅。」參輩行在牧之前，則《阿房宫賦》又祖《長城》句法矣。牧之云：「明星熒熒，開妝鏡也。緑雲擾擾，梳曉鬟也。渭流漲膩，棄脂水也。煙斜霧横，焚椒蘭也。雷霆乍驚，宫車過也。轆轆遠聽，杳不知其所之也。」盛言秦之奢侈。楊敬之作《華山賦》云：「見若咫尺，田千畝

〔一〕岳：底本作「岱」，據《杜陽雜編》卷上改。

矣。見若環堵，城千雉矣。見若杯水，池百里矣。見若蟻垤，臺九層矣。蜂窠聯聯〔一〕，起阿房矣。小星熒熒，焚咸陽矣。」《華山賦》，杜司徒佑已常稱之，牧之乃佑孫，亦是傚敬之所作矣。信矣！文章以不蹈襲爲難也。

白樂天詩云：「倦倚繡床愁不動，緩垂緑帶髻鬟低。遼陽春盡無消息，夜合花前日又西。」好事者畫之爲《倦繡圖》。

王平甫云《花蕊宫詞》三十二首，今考王恭簡《續成初集》紀纔二十八首，盡筆於此。庶真贋了然。其一：「五雲樓閣鳳城間〔二〕，花木長新日月閑。三十六宫連内苑，太平天子坐昆山。」其二：「會真廣殿約宫墻，樓閣相扶接太陽。浄甃玉階横水岸，御爐香氣撲龍床。」其三：「龍池九曲遠相通，楊柳緑牽兩岸風。長似江南好春景，畫船來去碧波中。」其四：「東内斜將紫禁通，龍池鳳苑夾城中。曉鐘聲斷嚴妝罷，院院紗窗海日紅。」其五：「殿名新立號重光，島上池臺盡改張。但是一人行幸處，黄金閣内鎖牙床。」其六：「安排諸院接行廊，水檻周回十里强。青錦地衣紅繡毯，盡鋪龍腦鬱金香。」其七：「夾城門與内門通，朝罷巡遊到苑中。每日中官袛候處，滿堤紅艷立春風。」其八：「厨船進食簇時新，侍坐無非列近臣。日午殿頭宣索膾，隔花催喚打魚人。」其九：「立春日進内

〔一〕蜂：底本脱，據《唐文粹》卷六補。
〔二〕閣：底本脱，據《賓退録》補。

苑花，紅蕊輕輕嫩淺霞。跪到玉階猶帶露，一時宣賜與宮娃。」其十：「三面宮城盡夾墻，苑中池水白茫茫。亦從獅子門前入，旋見亭台繞岸傍。」其十一：「離宮別院繞宮城，金板輕敲合鳳笙。夜夜月明花樹底，傍池長有按歌聲。」其十二：「御製新翻曲子成，六宮才唱未知名。盡將觱篥來抄譜，先按君王玉笛聲。」其十三：「旋移紅樹劚青苔，宣使龍池再鑿開。展得綠波寬似海，水心樓殿勝蓬萊。」其十四：「太虛高閣淩波殿，背倚城墻面浸池。諸院各分娘子位，羊車到處不教知。」其十五：「修儀承寵住龍池，掃地焚香日午時。等候大家來院裏，看教鸚鵡念宮詩。」其十六：「才人出入每相隨，筆硯將行繞曲池。張向彩箋書大字，忽防御製寫新詩。」其十七：「六宮官職總新除，宮女安排入畫圖。二十四司分六局，御前頻見錯相呼。」其十八：「春風一面曉妝成，偷折花枝傍水行。卻被內監遥覷見，故將紅豆打黃鶯。」其十九：「梨園弟子簇池頭，小樂携來候燕遊。旋把銀笙先按拍，海棠花下合梁州。」其二十：「殿前排燕賞花開，宮女侵晨探幾回。斜望花開遥舉袖，傳聲宣喚近臣來。」其二十一：「小球場近曲池頭，宣喚勳臣試打球。先向畫廊排御幄，管絃聲動立浮油。」其二十二：「供奉頭籌不敢争，上棚專喚近臣名。內人酌酒才宣賜，馬上齊呼萬歲聲。」其二十三：「殿前宮女總纖腰，初學乘騎怯又嬌。上得馬來纔似走，幾回抛鞚抱鞍橋。」其二十四：「自教宮娥學打球，玉鞍初跨柳腰柔。上棚知是官家認，遍遍長贏第一籌。」其二十五：「翔鸞閣外夕陽天，樹影花光水接連。望見内家來往處，水門斜過罨樓船。」其二十六：「内人追逐採蓮時〔一〕，驚起沙鷗兩岸飛。蘭棹把來齊拍水，並船相鬥濕羅衣。」其二十七：「新秋女伴各相逢〔二〕，罨畫船飛别浦中。旋折荷花伴歌舞，夕陽斜照滿衣紅。」其二十八：「月頭支給買花錢，滿殿宫娥近十千。遇著唱名多不應，含羞急過御床前。」

有稱中興野人和東坡《念奴嬌》詞，題吴江橋上，車駕巡師江表，過而睹之，詔物色其人，不復見矣。詞云：「炎精中否，嘆人才委靡，都無英物。胡馬長驅三犯闕，誰作長城堅壁。萬國奔騰，兩宫幽陷，此恨何時雪？草廬三顧，豈無高卧賢傑？天意眷我中興，吾皇神武，踵曾孫周發。河嶽封疆俱效順，狂虜會須灰滅！翠羽南巡，扣閽無路，徒有衝冠髮。孤忠耿耿，劍鋒冷浸秋月。」

壽聖太上皇帝，當内修外攘之際，尤以文德服遠，至於宸章睿藻，日星昭垂者非一。紹興二十八年，將郊祀，有司以太常樂章篇序失次，文義弗協，請遵真宗仁宗朝故事，親製祭享樂章，詔從之。自《郊社》《宗廟》《原廟》等，共十有四章，肆筆而成，睿思雅正，宸文典贍，所謂「大哉王言」也。至於一時閒適遇景而作，則有《漁父辭》十五章，又清新簡遠，備《騷》《雅》之體。其辭有曰：「薄晚

〔一〕採：底本脱，據《賓退録》補。
〔二〕各：底本脱，據《賓退録》補。

烟林淡翠微，江邊秋月已明輝。縱遠梔，適天機，水底閑雲片段飛。」又曰：「青草開時已過船，錦鱗躍處浪痕圓。竹葉酒，柳花氈，有意沙鷗伴我眠。」又曰：「水涵微雨湛虚明，小笠輕蓑未易晴。明鏡裏，縠紋生，白鷺飛來空外聲。」以上五則《百川・江行雜録》

公言：「《爾雅》《文選》，待文士之秘學也。使人知之，必譏其所習淺末。至規橅裁取，不習或闕。」嘗戲曰：「韓愈詩多用訓故，而反曰『《爾雅》注蟲魚，定非磊落人』，此人滅跡也。」

公言：古七言詩自漢末，蓋出於史篇之體。

公言校書之例。它本有語異而意通者，不取可惜，蓋不可決謂非昔人之意，俱當存之，但注爲「一云作某」一字已上謂之「一云」；一字謂之「一作」。公自校杜甫詩，有「草閣臨無地」之句，它本又爲荒蕪之「蕪」，既兩存之。它日有人曰：「爲『無』字，以爲無義。」公笑曰：「《文選》云『飛閣下臨于無地』，豈爲無義乎？」唐鄭顥自云夢爲詩十許韻，有云「石門霜露白，玉殿蕪苔青」，意甚惡之。後遇宣宗山陵成，因復職。公嘗笑曰：「此杜工部《橋陵詩》也。顥以爲貞陵之祥，而更復綴緝，亦嗤鄙之一也。」

公言：舊嘗得句云「槐杪青蟲緦夕陽」，因思昔人似未曾道。後閲杜少陵詩，有云「青蟲懸就日」，尤嘆其才思無所不周也。

公言：近人別傳杜甫詩《杜鵑行》一篇云「誰言養雛不自哺」，此語亦足爲愚蒙，此正破前篇非甫作也。

王建宫詞云「如今池底休鋪錦」。公言，此即文公對李公石云云，開元中舊宫人盡在，問之，無此事者。

公言：唐世詩僧得名者衆，然格律一體，乏于高遠，顔延之所謂「委巷中歌謡」耳。唯皎然特優。

公言：祥符中，日本僧寂照來朝，後求禮天臺山。先中令守會稽，寂照經由來謁。寂照善書，跡習二王，而不習華言，但以筆札通意。時長兄爲天臺宰，中令以書導之，兼贈詩云：「滄波泛瓶錫，幾月到天朝。鄉信日邊斷，歸程海面遥。秋泉吟裏落，霜葉定中飄。爲愛華風住，扶桑夢自消。」既至天臺，致書來謝，累幅勤至，其字體婉美可愛。楊文公在禁中識之，亦嘗序其事。

耀州三寅人。狄國寅自云仁傑之後，有告身數通。及代宗時，御史中丞狄歸昌，請復御膳表，具携以示公，仍請詩，云：「每讀梁公傳，青編日屢開。神交慕英烈，自喜見雲來。一命頒朝禄，連章薦楚材。凡昇黄綬秩，世代乃身媒。」國寅向以龍圖閣直學士狄棐論得官。

公言，杜甫爲詩多用當時事，所言「玉魚蒙葬地」者，事見韋述《兩京記》云云。有言「鐵馬汗常趨」者，昭陵陵馬助戰是也。此類甚多，此篇不全。

歐公云：「凡作詩，並選中唐之名士衆作格式〔一〕，每作三五篇，雜於其間〔二〕。文字亦然。」以上

〔一〕作：底本作「則」，據《王氏談録》改。
〔二〕間：底本脱，據《王氏談録》補。

十條《百川・王氏談録》

羽本遺小兒，爲竟陵龍蓋寺僧收養至成人。後他適，聞所養僧卒，作歌曰：「不羨黄金罍，不羨白玉杯。不羨朝入省，不羨暮入台。千羨萬羨西江水，曾向竟陵城下來。」

韓愈能古文，孟郊長於五言，時號「孟詩韓筆」。

李賀作歌詩多屬意於花草蜂蝶間，竟不能遠大。以上三條《百川學海・因話録》

杜牧《華清宮》詩云：「長安回望繡成堆，山頂千門次第開。一騎紅塵妃子笑，無人知是荔枝來。」尤膾炙人口。據《唐紀》，明皇常以十月至驪山，至春即還宮，是未嘗六月在驪山也。然荔枝盛暑方熟，詞意雖美而失事實。

蘇瓌初未知頲，常處頲於馬廄中，與傭僕雜作。一日，有客詣瓌，候於廳所。頲擁篲趨庭，遺墜文書。客取視之，乃詠崑崙奴詩也。其詞曰：「指頭十挺墨，耳朵兩張匙。」客心異之。久而瓌出，與客淹留。客笑語之餘，因詠其詩，並言形貌，問：「何人？非足下宗族庶孽耶？若加禮收舉，必蘇氏之令子也。」瓌自是稍稍親之。適有人獻瓌兔，懸於廊廡間。瓌乃召頲詠之，立呈詩曰：「兔子死闌殫，持來挂竹竿。試將明鏡照，何異月中看。」瓌大驚奇，驟加禮敬。頲由是學問日新，文章蓋代。及上平内難，一夕間制詔絡繹，無非頲出，代稱小許公也。

上幸蜀回，車駕次劍門。左右巖壁峭絶。上謂侍臣曰：「劍門天險若此，自古及今，敗亡相繼，豈非在德不在險耶？」因駐驛題詩曰：「劍閣横空峻，鑾輿出守回。翠屏千仞合，丹障五丁開。灌

木縈旗轉，仙雲拂馬來。乘時方在德，嗟爾勒銘才。」其詩至德二年普安郡太守賈深勒於石壁，今存焉。以上二條《傳信記》

東坡詩「三郎官爵如泥土，争唱弘農得寶歌」。註皆不載出處。《嬾真子録》嘗記開元中有劉朝霞獻俳文於明皇云：「遮莫你古來五帝，怎如我今代三郎。」明皇兄弟六人，一人早亡，故明皇爲太子時號「五王宅」。寧王、薛王，明皇兄也；申王、岐王，明皇弟也。

杜牧之《息夫人廟》詩「至竟息亡緣底事，可憐金谷墜樓人」，至竟，畢竟也。詩人習用「至竟」字。按《後漢·樊英傳論》「朝廷若待神明，至竟無他異」。其餘史書，未見用此字。

周邦彦小詞有《蘇幕遮》之曲，按《唐書·宋務光傳》：「比見都市坊邑相率爲渾脱，駿馬胡服，名曰《蘇莫遮》。」蓋本於此。今誤爲「幕」。以上四則自《希通録》

先人嘗任三司檢經官，以親老，求知吴江縣。將之官，名公多作詩送行，而吴正憲、王中甫詩工。吴詩云：「全吴風景好，之子去絃歌。夜犬驚胥少，秋鱸餉客多。縣樓疑海蜃，衙鼓答江鼉。遥想晨凫下，長橋正緑波。」王詩云：「乍被軒綏寵，新辭計省繁。三江吴故國，百里漢郎官。煙水蕁牙紫，霜天橘顆丹。優遊民政外，風月即清歡。」

王中父名介，以制舉登第，性聰悟絶人。所嘗讀書皆成誦，而任氣多忤物，以故不達，終於館職知州。其作詩多用助語足句，有送人應舉詩落句云：「上林春色好，携手去來兮。」又贈人落第詩云：「命也豈終否，時乎不暫留。勉哉藏素業，以待歲之秋。」此格古未有也。

杜甫之父名閑，而甫詩不諱「閑」。某在館中時，同舍屢論及此。余謂甫天姿篤于忠孝，於父名非不獲已，宜不忍言。試問王仲至討論之，果得其由，大抵本誤也。《寒食》詩云：「田父邀皆去，鄰家閑不違。」仲至家有古寫本杜詩作「問不違」，作「問」實勝「閑」。又《諸將》詩云：「見愁汗馬西戎逼，曾閃朱旂北斗閑。」寫本作「殷」字，亦有理，語更雄健。又有「娟娟戲蝶過閑幔，片片驚鷗下急湍」，本作「開幔」，「開幔」語更工，因開幔見蝶過也。惟《韓幹畫馬贊》有「御閑敏」，寫本無異說，雖容是「開敏」，而《禮》「卒哭乃諱」，《馬贊》容是父在所爲也。

先君嘗從趙周翰授《易》，與周翰稍密。先君嘗與客語，周翰作詩極有風味，據此風流，是温飛卿、韓致光之流，而世以樸儒處之，非也。嘗作《梅詩》，有一聯云：「霜女遺靈長著素，玉妃餘恨結成酸。」又有一詩，以《向來》爲題，其詩曰：「向來精思已陳陳，旅思無端不及春〔一〕。潘子形容傷白髮，沈郎文字暗丹唇。」此詩奇麗之極，豈野儒所爲乎？

七言、五言、四言、三言，雖論詩者謂各有所起，然《三百篇》中皆有之矣，但除四言不全章如此耳。韻雖起沈休文，而自有《三百篇》則有之矣。但休文四聲，其律度尤精密耳。余嘗讀沈休文集中有九言詩，休文雖作者，至牽於鋪言足數，亦不能工，僅成語耳。黄九説《雄雉》詩何以見取于夫子？應是取趁韻耳。謂「瞻彼日月」以下至篇終，韻極不倫也。韓吏部「此日足可惜」詩，自「嘗」

〔一〕思：《宋詩紀事》卷十三作「恨」。

字入「行」字，又入「江」字、「崇」字，雖越逸出常制，而讀之不覺，信奇作也。子瞻説讀吏部古詩，凡七言者，則覺上六字爲韻設；五言，則上四字爲韻設：如「君不强起時難更」「持一念萬漏」之類是也。不若老杜語韻，渾然天成，無牽强之跡。則退之於詩，誠未臻其極也。韓退之窮文之變，每不循軌轍，古今人作七言詩，其句脈多上四字而下以三字成之，如「老人清晨梳白頭」「先帝天馬玉花驄」之類。而退之乃變句脈，以上三下四，如「落以斧斤引纆徽」、「雖欲悔舌不可捫」之類是也。退之作詩，其精工乃不及柳子厚。子厚詩律尤精，如「愁深苑猿夜，夢短越鷄晨」「亂松知野寺，餘雪記山田」之類，當時人不能到。退之以高文大筆，從來便忽略小巧，故律詩多不工，如陳商小詩，叙情賦景，直是至到，而已脱詩人常格矣。柳子厚乃兼之者，良由柳少習時文，自遷謫後，始專古學，有當世詩人之習耳。

蘇長公有詩云：「身行萬里半天下，僧卧一庵初白頭。」黄九云「初日頭」，問其義，但云：「若此僧負暄于初日耳。」余不然，黄甚不平，曰：「豈有用『白』對『天』乎」？余異日問蘇公，公曰：「若是黄九要改作『日頭』，也不柰他何。」

讀書有義未通而輒改字者，最學者大病也。老杜《同谷》詩有「黄精無苗山雪盛」，後人所改也，其舊乃「黄獨」也，讀者不知其義，因改爲「精」。其實黄獨自一物也，本處謂之「土芋」，其根唯一顆而色黄，故名黄獨耳。饑歲土人掘食以充糧，故老杜云耳。鄭玄解經，以緑爲禄，以檥爲莎，亦此類也。

古説黄目，乃尊上畫人目，而禁中有古樽，乃畫黿。或言蟲中惟黿目最黄，不然。人目黄乃病也。

杜子美有《問人求小猢猻》詩曰：「聞説夔州路，山猿樹樹懸。」猢猻與猿兩物也，而子美乃聞猿而覓猢猻，亦大鹵莽矣。

潞公以太尉鎮洛師，遇生日，僚吏皆獻詩，多云五福全者，潞公不悦，曰：「遽使我考終命耶？」有一客詩云：「綽約肌膚如處子。」蓋用《莊子》姑射仙人事也。洛人笑之曰：「願爾得婦色若此。」潞公色黔也。

蘇惠州嘗以作詩下獄，自黄州再起，遂遍歷侍從，而作詩每爲不知者咀味，以爲有譏訕，而實不然也。出守錢塘，來别潞公，公曰：「願君至杭少作詩，恐爲不相喜者誣謗。」再三言之。臨别上馬笑曰：「若還興也，便有箋云。」時有吴處厚者，取蔡安州詩作注，蔡安州遂遇禍，故有箋云之戲。興也蓋取毛、鄭、孫詩分六義者，又云：「願君不忘鄙言。某雖老悖，然所謂者希之歲不妨也。」

善之言，某謫監黄州市征，有一舉子惠簡求免税。書札稍如法，乃言：「舟中無貨可税。但奉大人指揮，令往荆南府取先考靈柩耳。」同官皆絶倒。

余游洛陽大字院，見歐公、謝希深、尹師魯、聖俞等避暑唱和詩牌，後有一和者，稱鄉貢進士王復。有一聯押「權」字特妙：「早蟬秋有信，多雨暑無權。」後不甚顯名。洛人云：「仕亦至典郡正郎。」

古人作詩，賦事不必皆實。如謝宣城詩：「澄江淨如練。」宣城去江近百里，州治左右無江，但有兩溪。或當時謂溪爲江，亦未可知也。此猶班固謂「八川分流」。

蘇舜元字才翁，舜欽字子美，兄弟也。舜欽名籍甚，才翁人少稱之。然才翁字清勁老健，實過子美，至爲詩有嘉句，子美亦不逮也。才翁有《宿僧院》詩一聯云：「斷香浮缺月，古像守昏燈。」可謂嘉絶。以上十一則，以上《明道雜志》

論作詩法

漢魏質厚於文，六朝華浮於實。具文質之中，得華實之宜，惟唐人爲然。故後之論詩，以唐爲尚。宋人以議論爲詩，元人粗豪不脱氈裘童酪之氣，雖欲追唐邁宋，去詩益遠矣。詩有別長，非關書也。詩有別趣，非關理也。不落言論，不涉理路，如水中月鏡中象相中色。學詩者如參曹溪之禪，須使直悟上乘，勿墮空有斷生之論，可謂得其三昧。

又曰：學詩先除五俗，後極三來。五俗，一曰俗體，二曰俗意，三曰俗句，四曰俗字，五曰俗韻。此幼學入門事。三來者，神來、氣來、情來是也。蓋神不來則濁，氣不來則弱，情不來則泛。而不關於神，不屬於氣，不在於情，去此外道也，似是而非也，非真所謂不濁不弱不泛也，非得心得髓之妙也。此後世之説，愚謂異于古者此也。

《詩三百篇》之作，當時閭巷小子能之。後世之作，雖白首巨儒莫臻其至。豈以古人千百于今世遽如是哉？必有説矣。前人之詩未暇論，爰以國朝枚舉之。劉基起于國初，極力師古，鍛練其詞旨〔一〕，能洗前代氊酪之氣。且其位置俱在前列，僕向集選，故首推重。樂府古調，較之新聲尤勝。江右則劉崧擅場，彭鏞、劉永之相望而稱作者。《春雨雜述》

麥金

《梁鴻傳》載鴻詩二首，「麥含含兮方秀」，刻本皆如此。《藝文類聚》引之，作「麥含金」爲是。「金」與「含」相似而衍爲二字也，此當表出之。

紫濛

宋人送中國使臣使契丹詩，以「青瑣」對「紫濛」，人多不知其出處。按《晋書》慕容氏自云：「有熊氏之裔，邑于紫濛之野。」蓋以慕容比遼。是時宋、遼方結好，故雖使臣送別紀行之詩，略不涉譏刺之言。此用紫濛字，亦隱而妙矣。方虚谷注云：「紫濛，遼中館名。」妄猜語爾。

〔一〕煅：底本訛作「鄒」，據《文毅集》卷十五改。

二庭

唐詩「二庭歸望斷，萬里客心愁」。二庭者，沙鉢羅可汗建庭于雖合水，謂之南庭；吐陸建牙於鏃曷山，謂之北庭。二庭以伊列水爲界，所謂南單于、北單于也。近有注《唐音》云：「二庭未詳。」明顯如此者尚昧焉，何以注爲？

仁祠

《後漢·楚王元英傳》「遠黄老之微言，尚浮屠之仁祠」。仁祠指佛寺。唐時多以寺爲仁祠，權載之詩「逸氣凌顥清，仁祠訪金碧」是也。温公《通鑑》及《綱目》以祠爲慈，並非。

側生

左思《蜀都賦》「旁挺龍目，側生荔支」，故張九齡賦荔支云「雖觀上國之光，而被側生之誚」，杜子美絶句云「側生野岸及江蒲，不熟丹宫滿玉壺」。諱荔支爲側生，雖本之左思、張九齡，然以時事不欲直道也。黄山谷《題楊妃病齒》云「多食側生，損其左車」，則特好奇爾。

鏡聽

李廓、王建皆有鏡聽詞。鏡聽，今之嚮卜也。

平楚

謝朓詩「寒城一以眺，平楚正蒼然」。楚，叢木也。登高望遠，見木杪如平地，故云平楚，猶詩所謂平林也。

落月

「落月滿屋梁，猶疑照顔色」。言夢中見之，而覺其猶在，即所謂「夢中魂魄猶言是，覺後精神尚未回」也。詩本淺，宋人看得太深，反晦矣。

鋃鐺

鋃，音狼；鐺，大鏁也。《後漢書》「崔烈以鋃鐺鏁」，今多訛作銀，至有「銀鏁三公腳，刀撞僕射頭」之句。其傳訛習舛如此。

檀暈

東坡梅詩「鮫綃剪碎玉簪輕，檀暈妝成雪月明。肯伴老人春一醉，懸知欲落更多情」。按畫家七十二色有檀色，淺赭所合，婦女暈眉色似之。人皆不解檀暈之義，何也？

書雲

詩人冬至用書雲事，宋人小説以爲分至啓閉，必書雲物，獨以爲冬至事，非也。余按《春秋感精符》云「冬至有雲迎送日者，來歲美」，宋忠注曰：「雲迎日出，雲送日没也。」冬至獨用書雲事指此，未爲偏失也。

神瀵

陳希夷詩「倏爾火輪煎地脉，愕然神瀵湧山椒」。神瀵，出《列子》，即《易》所謂「山澤氣相蒸，雲興而爲雨」也。

硲眠

《楚辭》「遠望兮阡眠」，吕延濟曰「阡眠，原野之色」。按《説文》「硲，山谷青硲硲也」，則「阡眠」

字當作「裕眠」。

亭堠

升菴有紀行詩「山遮延鷺堠，江繞畫烏亭」，用事甚僻而不知出處。按元魏改官制，以候望官爲白鷺，取其延望之意，其時亭堠多刻鷺像也。下句用漢明帝起居注，明帝巡狩過亭障，有烏鳴，亭長引弓射中之，奏曰：「烏烏啞啞，引弓射洞左腋。陛下壽萬年，臣爲二千石。」帝悦，令天下亭障皆畫烏。下句用此。以上《百川學海·枕譚》

徽宗遜位前一年，中秋後在苑賦晚間景物，一聯云「日射晚霞金世界，月臨天宇玉乾坤」，寫示宰臣，甚謂得意。皆稱贊「取對精切，格韻高勝。聖學非從臣可及。」右一條《宣政雜録》

洪武中，浙江都司徐司馬令郡城人家植冬青樹于門，數年後街市緑陰匝地，張輿賦詩云：「比屋冬青樹，人皆隱綺羅。春風十年後，惟恐緑陰多。」

錢氏時，西湖漁者日納魚數斤，謂之「使宅魚」。其捕不及者，必市以供，頗爲民害。一日羅隱侍坐，壁間有《蟠溪垂釣圖》，武肅王索詩，隱應聲曰：「吕望當年展廟謨，直鈎釣國更誰如。若教生在西湖上，也是須供使宅魚。」武肅王大笑，遂蠲其征。

吴越王妃每歲歸臨安，王以書遺妃云：「陌上花開，可緩緩歸矣。」吴人用其語爲歌，含思宛轉，聽之凄然。蘇子瞻爲之易其詞，蓋《清平調》也。詞云：「陌上花開蝴蝶飛，江山猶是昔人非。遺民幾度垂垂老，遊女長歌緩緩歸。」「陌上山花無數開，路人争看翠軿來。若爲留得堂堂去，且更從教緩緩回。」「生前富貴草頭露，身後風流陌上花。已作遲遲君去魯，猶歌緩緩妾回家。」

西湖雖有山泉，而大旱之歲亦嘗龜坼。宋嘉熙庚子，西湖水涸，茂草生焉。官司祈雨無應，李霜涯戲作一詞云：「平湖千頃生芳草，芙蓉不照紅顛倒。東坡道，波光瀲灧晴偏好。」邏者廉捕之，遁不知所往。

元至正間，西湖冰合。故老云：「六十年前曾有此異。」張仲舉賦詩云：「西湖雪厚冰徹底，行人徑度如長川。風吹鹽地結陰鹵，日射玉田生暖煙。魚龍穴裏寒更縮，鷗鷺沙頭饑可憐。安得長冰通滄海，我欲三島求神仙。」

曹元寵《題村學堂圖》云：「此老方捫虱，衆雛争附火。想當訓誨間，都都平丈我。」語雖調笑，而曲盡社師之狀。杭諺言，社師讀《論語》「郁郁乎文哉」，訛爲「都都平丈我」，委巷之童習而不悟。一日，宿儒到社中爲正其訛，學童皆駭散，時人爲之語云：「都都平丈我，學生滿堂坐。郁郁乎文哉，學生都不來。」曹詩蓋取此也。

杭人言「寧可」曰「耐可」，音如「能可」。《漢書》「楊越之人耐暑」，註「與能同」。李太白詩「耐可乘明月」，又「耐可乘流直上天」，皆讀如「能」。言人愚不省事者曰「儓」。魏萬詩「五方造我語，知我非儓癡」。言人猶與不前猛者曰「墨尿」，音如「眉癡」。皮日休《反招魂》「上曖昧而下墨尿」。言人進退不果曰「佁儗」，音如「熾膩」。司馬相如賦「仡以佁儗」，柳子厚《夢歸賦》「紛若倚而佁儗兮」。言人聆言不省曰「耳邊風」。杜荀鶴詩「百歲有涯頭上雪，萬般無染耳邊風」。卒起曰「痒噤」。韓退之《鬭鷄》詩「礫毛各噤痒」。日光微暖曰「温暾」。王建《宮詞》「新晴草色暖温暾」，白樂天詩「池水暖温暾」。言已是如此曰「隔是」。元微之詩「隔是身如夢，頻來不爲名」。遷居而鄰友治具過飲曰「暖屋」，亦曰「暖房」。王建《宮詞》「太儀前日暖房來」。女子及笄曰「上頭」，而娼女初薦寢於人亦曰「上頭」。花蕊夫人《宮詞》「新賜雲鬟使上頭」。呼女子之賤者曰「丫頭」。劉賓客詩「花面丫頭十三」。言人作事無據者曰「没雕當」，又曰「没巴鼻」。蘇長公詩云「有甚意頭求富貴，没些巴鼻使奸邪」。言人不通時宜者曰「方頭」。陸魯望詩「頭方不會王門事，塵土空緇白紵衣」。右七條《委巷叢談》

高祖游食天下時，嘗露宿野中，作詩自述曰：「天爲羅帳地爲氈，日月星辰伴我眠。鞠躬不敢高伸脚，恐踏山河社稷穿。」

又《詠日》一首云：「東頭日出光乍生，逐盡殘星與殘月。驀然一轉麗中天，萬國山河皆照著。」

右《在田録》

初逸時，由地中出，雲遊河南江淮間既久，入汴梁某寺題詩曰：「寥落東南四十秋，而今霜雪已盈頭。乾坤有恨家何在，江漢無情水自流。長樂宮中雲影散，朝元閣上雨聲愁。新蒲細柳年年緑，野老呑聲哭未休。」

建文在儲時，與燕王同侍太祖。太祖出一對以睹其志曰「風吹馬尾千條線」，建文對曰：「雨濕

羊毛一片氈。」燕王則曰：「日照龍鱗萬點金。」太祖意以燕王氣象爲不小。以上二則《東朝記》

孝廟人才之盛，好事者取其父子同朝，作對聯云「一雙探花父，兩個狀元兒」云云。

國初高啓季迪侍郎，與袁海叟皆以詩名。而雲間與姑蘇近，殊不聞其還往唱酬，若不相識然，何也？玄敬嘗道季迪有贈景文詩曰：「新清還似我，雄健不如他。」今其集不載是詩。玄敬得之史鑑明古，史得之朱應祥岐鳳。岐鳳吾松人，以詩自豪于一時，爲序《在野集》者。其事雖無考，然兩言者，蓋實録云。已上二則出《金臺紀聞》

圭齋論「風雅」取名最有理，前輩説詩者之所不及也。其言曰：「風即風以動之之風，雅即雅烏之雅，以其聲能動物也。」又曰：「風雅惟其聲，不必惟其辭。故有聲而無辭者有之，無聲而有辭者無有也。」

俞貞木，洞庭人，石澗先生之孫，年九十六而卒。嘗見其題趙仲穆畫馬一絶，頗有風致。「房星方墮墨池中，飛出蒲梢八尺龍。想像開元張太僕，朝回騎過午門東。」

陳東字約之，以翰林編修出官二司。今以參議捧表入京，過余問近世詩體，予未及答。明日以所作《高子業集序》爲贄，其持論甚當。但詩貴性情，要從胸次中流出。近時李獻吉、何仲默最工，姑自其近體論之，似落人格套，雖謂之擬作亦可也。楊載有云：「詩當取裁漢魏，而音節以唐爲宗。」殆名言也。

太祖時，南京官僚想用傘蓋，襲封誠意伯劉基有《華蓋殿侍宴退朝》詩云「團團褐羅傘，被服金文章」可見。

襄陽大堤曲，有「倒著接羅花下迷」，蓋用白紗作巾。南朝雖帝王亦服白紗帽，沈攸之所謂「大事若克，白紗帽共著耳」。又別有白疊巾、白綸巾，後世惟凶服乃用白。已上五則出《玉堂漫筆》

宣宗坐朝，次對官趨至，必待氣息平均，然後問事。令狐相進李遠爲杭州，宣宗曰：「比聞李遠詩云：『長日唯銷一局棋』，豈可以臨郡哉？」對曰：「詩人之言，不足有實也。」仍薦遠廉察可任，乃俞之。

白尚書應舉，初至京，以詩謁顧著作。顧睹姓名，熟視白公曰：「米價方貴，居亦弗易。」乃披卷，首篇曰：「咸陽原上草，一歲一枯榮。野火燒不盡，春風吹又生。」即嗟賞曰：「道得箇語，居即易矣。」因爲之延譽，聲名大振。

李藩侍郎嘗綴李賀歌詩，爲之集序未成。知賀有表兄與賀筆硯之舊者，召之見，託以搜訪所遺。其人敬謝，且請曰：「某盡記其所爲，亦見其多點竄者，請得所葺者視之，當爲改正。」李公喜，並付之，彌年絕跡。李公怒，復召詰之。其人曰：「某與賀中外，自小同處，恨其傲忽，常思報之。所得兼舊有者，一時投於溷中矣！」李公大怒，叱出之，嗟恨良久。故賀篇什流傳者少。

李賀以歌詩謁韓吏部，吏部時爲國子博士分司，送客歸極困，門人呈卷，解帶旋讀之。首篇《雁門太守行》曰：「黑雲壓城城欲摧，甲光向日金鱗開。」卻援帶命邀之。已上四則《幽閒鼓吹》

王維右丞〔一〕，年未弱冠，文章得名，性閑音律，妙能琵琶。遊歷諸貴之間，尤爲岐王之所眷重。時進士張九皋聲稱籍甚，客有出入于公主之門者，爲其致公主邑，司牒京兆試官，令以九皋爲解頭。維方將應舉，具其事言於岐王，仍求庇借。岐王曰：「貴主之强不可力争，吾爲子畫焉。子之舊詩清越者，可録十篇，琵琶之新聲怨切者，可度一曲。後五日當詣此。」維即依命如期而至，岐王謂曰：「子以文士請謁貴主，何門可見哉？子能如吾之教乎？」維曰：「謹奉命。」岐王即出錦繡衣服，鮮華奇異，遣維衣之，仍令賫琵琶同至公主之第。岐王入曰：「承貴主出内，故携酒樂奉讌。」即令張筵，諸伶旅進。維妙年潔白，風姿都美，立於前行。公主顧之，謂岐王曰：「斯何人哉？」答曰：「知音者也。」即令獨奏新曲，聲調哀切，滿座動容，公主自詢曰：「此曲何名？」維起曰：「號《鬱輪袍》。」公主大奇之。岐王曰：「此生非止音律，至於詞學無出其右。」公主尤異之，則曰：「子有所爲文乎？」維即出獻懷中詩卷，公主覽讀，驚駭曰：「皆我素所誦習者，常謂古人佳作，乃子之爲乎？」因令更衣，升之客右。維風流藴藉，語言諧戲，大爲諸貴之所欽矚。岐王因曰：「若使京兆今年得此生爲解頭，誠謂國華矣。」公主乃曰：「何不遣其應舉？」岐王曰：「此生不得首薦，義不就試。然已承貴主論託張九皋矣。」公主笑曰：「何預兒事？本爲他人所託。」顧謂維曰：「子誠取解，當爲子力。」維起謙謝，公主則召試官至第，遣宫婢傳教，維遂作解頭而一舉登第。

〔一〕底本「王維右丞」後衍「相」，據《集異記》删。

開元中，詩人王昌齡、高適、王涣之齊名。時風塵未偶，而遊處略同。一日天寒微雪，三詩人共詣旗亭，貰酒小飲。忽有梨園伶官十數人，登樓會讌。三詩人因避席偎映，擁爐火以觀焉。俄有妙妓四輩，尋續而至。奢華艷曳，都冶頗極。旋則奏樂，皆當時之名部也。昌齡等私相約曰：「我輩各擅詩名，每不自定其甲乙。今者可以密觀諸伶所謳，若詩入歌詞之多者，則爲優矣。」俄而一伶拊節而唱，乃曰：「寒雨連江夜入吴，平明送客楚山孤。洛陽親友如相問，一片冰心在玉壺。」昌齡則引手畫壁曰：「一絶句。」尋又一伶謳之曰：「開篋淚霑臆，見君前日書。夜臺何寂寞，猶是子雲居。」適則引手畫壁曰：「一絶句。」尋又一伶謳曰：「奉帚平明金殿開，强將團扇共徘徊。玉顔不及寒鴉色，猶帶昭陽日影來。」昌齡則又引手畫壁曰：「二絶句。」涣之自以得名已久，因謂諸人曰：「此輩皆潦倒樂官，所唱皆巴人下里之詞耳，豈陽春白雪之曲，俗物敢近哉？」因指諸妓之中最佳者曰：「待此子所唱，如非我詩，吾即終身不敢與子争衡矣。脱是吾詩，子等當須列拜牀下，奉吾爲師。」因歡笑而俟之。須臾，次至雙鬟，發聲則曰：「黄河遠上白雲間，一片孤城萬仞山。羌笛何須怨楊柳，春風不度玉門關。」涣之即揶揄二子曰：「田舍奴！我豈妄哉？」因大諧笑。諸伶不喻其故，皆起詣曰：「不知諸郎君何此歡噱？」昌齡等因話其事，諸伶競拜曰：「俗眼不識神仙，乞降清重，俯就筵席。」三子從之，歡醉竟日。已上二則《集異記》

和文詩話

［六十七種 一百十七卷］

日本和文詩話六十七種，計一百一十七卷。以作者生年爲序排列，生年不詳者參照卒年或刊行年代插入相應位置。首列底本版本。漢文序跋及漢、和文目録筆者已録釋者附列於後。序跋凡不列數目者均爲一首。晚近出版一册不分卷者以一卷計。末附作者簡介（漢文詩話已有者見前）。

《詩法正義》一卷

石川丈山

〔《日本詩話叢書》第十册。〕

按：首以漢文列述「規式總論、意匠總論、結構總論、指摘總論、附詩源總論」。後以五言詩爲例，用日文與「●○」符號列舉二四不同、二六對、三五不同、下三連忌等律詩平仄問題。後依次介紹四言詩、六言詩、七言詩。

〔作者簡介：見漢文詩話《老杜詩格》。〕

《詩教》一卷

石川丈山

〔元禄五年（一六九二）華雒娸教軒繡梓，書林植村藤右衛門、同藤五郎梓行《北山紀聞》卷一。《北山紀聞》總序，《詩教》自序〕

摠序

一書林頃間袖《北山紀聞》一卷來，乞投余閲之，且復作叙。余愕然曰：「昔在關左之日，聞之耕齋津氏，其説謂初有《梅關餘芳》一卷，淝陽鷗波自記自序，授弟道全者，即今所傳之《北山詩教》是也。又有《嘯月詩話》二卷，翠筠主人子幹之自録，而攝江子默序之，時偶存乾卷，而失其坤卷者尚矣。其他脱落散佚不爲文義者間夥焉。後來漸補綴收拾而爲一書，即今《北山詩話》是也。余亦借嚮之兩書誦之，其烏焉帝虎之差紛紛，而甚苦看過。今與所傳大同小異。《詩抄》一册，杜詩之鈔解者，委曲丁寧也。不知厥所作之由，事見各卷之首。今不贅。《詩格》《詩摘》二書，橘正岑序之而述其據。此書初號《群體詩格》《老杜詩摘》，後呼爲今名，併《詩評》之卷，號《北山紀聞》，或稱《四明六書》。惜哉！或脱簡，或差誤，或蟫食，或寫誤，不得其全者，不正其緒由。然觀此卷，辨其事取慊己意者，捨與己相違者，則何論彼真僞而勞其口吻乎？ 翁已入地下而爲修文，鷗波、翠筠今則亡也。 嗚呼！ 日月逝矣，歲不與我延，只讀遺卷記遺事，徒滴懷古之老淚而已。 仍書始末，爰塞劂工之需云。 元禄辛未仲冬朔旦，卯木翁水胡子書。

詩教序

余之爲生質也，常好閑淡，放浪於雲霞泉石之境，魄落于水樹煙竹之間。 樵隱耶？ 漁隱耶？ 真乎？ 贋乎？ 君其問水濱矣。 淝水之鶴，攪清夜之睡；日陽之波，洗塵聞之耳。 嗚呼邈哉！ 逐兔曠莫之野，釣鰲寂寞之濱，漾漾乎蕩蕩焉，誰識冥鴻之跡？ 嘻矣！ 時欲拾詩林之殘葉，寓于洛者已十驥焉，時時往徠於梅關，而執謁大拙翁者爰迨三秋也。 然受其口授者數回，倏起寶山空手之嘆。 而記其所見，録其所聞，歸時以當青氈。 吁！ 合眼則無邊風月半照襟懷，支頤則千里交接自生几席。 一以爲先生之遺珠，一以爲吾輩之繩尺。 書以付弟道全，豈寬永曆中冬日也。

日陽釣徒鷗波題。

《北山詩話》一卷

〔同上《北山紀聞》卷二。序。〕

北山詩話序

石川丈山

《北山詩話》一卷者，西洲之翠筠軒主之所纂録也。蓋軒主有志風騷之道，而邃得李杜之頤〔一〕，故竟來于華洛，而時時敲大拙翁之山房，受其指揮者不少焉。然洛之滯居僅二年而西歸，故不得高升凹凸之堂而詳罄其肯綮。故得之便詩訓者，雖片言隻字而無有不收録艾採也。或有聞同志者，或有世間傳聞者，或有親聞而身記者，或有就書端而見之者，或有取楮尾記之者，可謂軒主之於詩能勤也矣。然秘而不出，唯巾襲而藏之櫃中者蓋有年也。既而軒主捐館，其子孫相續，而無文學之嗜，後流傳而落或人手，彼又作詩不得，投之篋中，而殆欲中蠹魚之食。余一日看

〔一〕頤：疑「賾」之訛。

之，駭然曰：「惟北山之詩話也，常聽翠筠軒主之所纂録也，始秘而爲一家之弊帚。何處傳來，而爲吾子之有？」或人以實而答，則請之携歸而點檢之，則一卷詩話，字下有「乾」字。憶是必有坤集偶遺失之耳。問之，無知其所在人已。而于西肥，于播陽，于攝江，于東武旁求，遂不獲其坤集者。以爲先生惜之，以其所存之卷，净書縹妝而置之座右。偶藤生政利來，而請謄寫焉。藤生實有六義之好，漱《二南》之流，不得啬而授之。即日寫之，而還元本，便呈請書其始末冠卷端。余不得止，而嘉厥志，誌其所得之由爲叙。翠筠軒者，號也，諱貞，字子幹，蓋淝之産也，後隱蘇山而歿。攝江釣徒嘿嘿叟子淵把毫於難波之浴日泉，時明曆四年昔三月上幹也〔一〕。

〔一〕幹：疑「澣」之訛。

《老杜詩抄》一卷

石川丈山

〔同上《北山紀聞》卷三。〕

按：逐聯評釋杜甫《秋興八首》《詠懷古跡五首》《曲江二首》。

《詩律初學鈔》一卷

梅室洞雲

〔《日本詩話叢書》第三册。目録、跋。〕

目　録

跋

詩者，心之符也。心之邪正，言之是非，不可得而掩焉。則詩豈可不學耶？是以諸老先覺之論詩也，亦既籍甚。然初學之士，往往擾乎孟浪。余暇之日掇五七言絶句同四韻之法，畫以便於雕蟲。若夫能言之士，我豈敢云乎？延寶戊午季春，難波教授梅室洞雲跋。

［作者簡介：梅室洞雲（ばいしつ とううん BAISHATSU TOUUN），著者傳記不詳，因「跋」中有「延寶戊午難波教授」，粗知其所處時代與身份（延寶六年八月上梓文臺屋次郎兵衛）。此書乃爲初學者講述五七言絶句作法，故謂「初學鈔」，内容極爲平易，觀其目録可一目瞭然。延寶六年（一六七八）八月刊。《日本詩話叢書》第三卷所收。

一説：山本洞雲（やまもと とううん YAMAMOTO TOUN），？——？，江户時代前期儒者，大和（今屬奈良縣）人。名泰順，字三徑，號洞雲，别號梅室。天和二年（一六八二）嘗與朝鮮通信使一行贈答漢詩。其著作有：《老子林註諺解大成》十卷、《禮記月令諺解》、《太極圖説注》一卷、《太極圖説抄》二卷、《太極圖説諺解》四卷、《元白絶句》二卷、《和漢兩鏡録》二卷、《四家絶句》四卷、《浪華十二景》一卷、《酒詩選》一卷、《浪華十觀》一卷、《節序詩集》十二卷、《洛陽名所記》、《山城名所記》十二卷、《三重韻首書》二卷、《古今軍林一德鈔》、《和漢印盡》三卷等。］

《詩法要略》一卷

〔享保二年（一七一七）浪華書鋪、備陽書鋪刊本。序、尾語。〕

松井河樂

詩法要略序

夫作詩之要，風體與法律而已矣。風體高雅則氣象不俗，法律嚴整則語意有倫。然流俗之弊，專事風體、偏廢法律者夥矣。此猶不因規矩而求方圓，不用權衡而量輕重，徒勞其力耳。松井河樂先生者，爲風月主人、文章司命矣。其於詩也，依法律以正風體，不馳虚遠，不限卑污，可謂詩家者流之棟梁也。先生嘗憂初學晚進，或飾風體不顧法律，或拘于法律忘風體，了不知詩道之恰好焉。於兹拔出漢魏已降諸名家之法言，譯以國字手記，自命曰《詩法要略》。授之吟徒，爲騷壇之階梯矣。看其爲書，體分法備，綱提目張，諒可爲詞客之繩尺矣。今也門人欲謀剞劂氏，賜四方之童蒙，亦不盛舉乎！先生命序，賤子仍題俚語，謹塞其責云爾。

享保丁酉二月既望，泮水書生和田正尹識。

詩法要略尾語

同志風雅之士數輩，有頻頻請于愚之事曰：「以和語録一流之詩法，即可以作初學之筌蹄也。」其言鄭重，不能逃避之。一旦起草，浹旬而收筆，及呈之，乃諗衆士曰：愚少弱之際，曾賈涉于此技，頗累多曆。中歲有故，背鋭鈍亦數十周矣，以故遺忘之餘於心裏幾希。况又窮老多病，旦暮待死之年，何以得委曲書之？纔探舊呑之胸墨，强寓新吐之手筆。且夫古來諸家詩法之書，大率多煩蕪虚遠之論，而却易成初學之眩惑矣。因兹今只録至近至切之義，以略爲要，以備初學之急務耳。因名之，號《詩法要略》。嗚呼！初草任筆，布置無序，異類間雜，非無遺憾焉。雖然，老病深甚，决然不能改書之，枉主取實忘花之意，而其餘在隨衰憊之使然耳。諸賢憐恕，勿以情懶罪我云。

正德五曆初秋上浣，松井河樂艸。

［作者簡介：松井河樂（まつい からく MATSUI KARAKU），一六四三——一七二八年，江户時代前期至中期儒者。備前（今屬岡山縣）人，名良直，世稱「七右衛門」，號河樂、幽軒。博學强記，精通諸子百家。嘗仕於播磨（今屬兵庫縣）山崎藩池田家，然於延寳六年與池田家斷絶，作爲浪人出遊江户。後仕於備前岡山藩池田光政和池田綱政，任藩校教官、副監，直至學監。寛永二十年生，享保十三年殁，享年八十六歲。其著作有：《詩法撮要和抄》、《詩法要

略》二卷、《文法要略》一卷、《語助譯辭》三卷、《桑韓唱酬集》三卷、《和歌題百首詩》一卷、《餘齡長律集》二卷、《東行日記》一卷、《東行別記》一卷、《東山日記》一卷、《東山別記》一卷、《南遊紀行》一卷、《筑紫紀行》一卷、《山道紀行》一卷、《吟窻雜記》等。]

《詩法授幼抄》三卷

榊原篁洲

〔延寶七年（一六七九）己未二月吉日，青木勝兵衛、文臺屋治郎兵衛刊行。目録、後記〕

目録

前開後合格/叠字格
字應格/句應句格
明例/暗例

授幼鈔引

一日有來問作詩之法者，予雖不素肄詩，以平昔之所聞答焉。彼猶不一面話理會，故採前言，信手劄記，遂成帙，稍可授幼兒使誦之。唯恐予謭陋，杜撰牽合往往有之。然騷人之活法，儒先之議論，間有存者，當不以予膚淺而廢也。在讀者擇而用之而已。時延寶六年歲次戊戌季秋之吉，勃窣散人惕惕子謹書于洛陽之僑居。

［作者簡介：榊原篁洲（さかきばら こうしゅう SAKAKIBARA KOSHU），一六五六—一七〇六年，江户時代前期儒學者。名玄輔，字希翊，號篁洲、惕惕子、勃窣散人。世稱「小太郎」「元輔」。出生於和泉（今屬大阪府）。本姓下山，因幼時喪雙親，爲外祖父榊原氏收養，遂改姓榊原。早年赴京都覓官未得，入木下順庵門。居木下順庵家三年，返回故鄉和泉，耽於讀經，不好漢詩。後隨外祖父赴江户，協助指導弟子。其時偶遇木下順庵受江户幕府招聘來至江户，復入其門。自此與新井白石、室鳩巢、雨森芳洲、祇園南海並稱「木門五先生」。因與

其師木下順庵關係深厚，貞享四年（一六八七）受師舉薦出仕紀州藩（今屬和歌山縣和歌山市）任儒官。嘗於元禄九年（一六九六）請畫工住吉氏爲木下順庵畫古稀肖像。木下順庵亦謂「汝與我，有如陰與陽」，喻互補之關係實超師弟。其學爲漢魏傳注，兼用宋明疏釋，立場乃所謂「折衷學」，被視爲日本「折衷學派」之開祖。其因詳悉中國歷代法律制度而著《明律釋解》，乃荻生徂徠等律學政書之先驅。且明曉天文、曆學，與天文學之大家澀河春海相交甚密。汲取歸化僧心越流習篆刻，可謂日本文人篆刻嚆矢。其它槍術、劍術、射御、書法、算術、醫術、卜占、茶道、香道、圍棋、猿樂等盡皆通曉。其門弟中有書法家、篆刻家池永道雲。明曆二年生，寶永三年一月三日歿，享年五十一歲。其墓在東京青山墓地。其子榊原霞洲，其孫榊原青洲。其著作有：《藝窻詩稿》二卷、《榊巷談苑》一卷、《榊巷雜記》八卷、《文法授幼鈔》五卷、《篁洲雜記》十二卷、《篁洲詩集》一卷、《篁洲文集》十卷、《易學啓蒙諺解大成》八卷、《古文真寶前集諺解大成》、《大明律例譯解》三十一卷、《明律譯解》三十六卷、《明律譯解補遺》十卷、《唐律和字解》四十二卷、《山谷詩集注抄》二十卷、《老子諺解大成》五卷、《疊字訓解》二卷、《書言俗解》六卷、《增續詩法授幼抄》一卷、《藝窻醉鐵》（印譜）、《印章備考》（附日本古印考）三卷、《續印章備考》等。］

《白石先生詩範》一卷

新井白石

〔《日本詩話叢書》第一册。序二首、跋。〕

白石先生詩範叙

蓋予也，與仙臺儒官源子敬氏爲友乎天涯者，三十年一日也。夫仙臺之距帝京者三千里而遠矣，所謂各天一方，風馬牛不及也。而神交之久而弗偷，維膠維漆以視焉。古人云「海内存知己，天涯如比鄰」，於乎實矣哉。屬者，子敬鴻信存問之，序阪白石源先生之《詩範》者以見投焉。曰：「此是先生手澤之所存也。子其鐫而弘於世焉。」夫子敬者，先生同族所系，而况乎其父子嚴氏，先生之門人也。則《詩範》之書收諸家者，固其所也。予一粲而謂：「是作家之至寶，豈敢可私乎？」乃授與弊門下之士鳥山輔堯者，以謀上木。輔堯謹厚從事於此，遂得梓功矣。夫唐詩之行乎吾大東也舊矣，蓋以先生爲古今最第一人耳，餘皆斗筲不足數焉。今也斯書雖區區小册子乎，教諭之重，萬金弗啻。則學者宜奉戴而謹承也。是爲叙。天明壬寅秋日，皛川漁儒龍公美譔。不肖男龍世華書。

白石先生詩範叙

蓋詩，言志也。雖然，言不善則志不達，其善言達志，在慎所由矣。南宋嚴滄浪曰：「學詩者，入門須正，立志須高。」凡學詩者，舍之奚適從也？我思古人，實獲我心。我先人昔嘗有問詩學於白石先生，先生有答問書，我家帳中秘也。頃者患蠹害，開篋之次取讀之，乃知先生善誘，使人入門正立志高也。因今謄寫别爲一卷，以爲請余詩學者之範。由之學詩，則自得善言達志歟？明和庚寅夏五月，仙臺源義質。

目録

跋

本邦先哲名流的詩教火够，只這《白石詩範》，片玉最爲操觚士所珍了。雖然恁地，争奈坊間謄稿忒罕，個個未曾記誦收貯，豈不可惜麽？ 喈艸盧龍學父活之囊中久了，頃者百様的懇求而得之。雖然其所裁録零齣的些兒册，連編終弖，淪底簡易平實，竝不用没巴鼻腐勦的絮辭。能彀吁讀的悟得入戾入㦜的肯綮了，真個是詩學的壁衩哩。冀當世趨李步杜的徒輩之，死心塌地爲模爲樣，則經臻盛唐的淵源，剪雪且裁冰，以做他天機錦也昭彰。只怕劍老燕山，珠沈滄海，久後，阿堵册兒爲蟲煤塵鼠埋没了。因此自家不敢霸佔，隨即鋟版而施張于天下呢。天明壬寅歲仲秋，櫟軒主人烏較蕘謹識。

按：此跋非古文，乃口語體。

［作者簡介：新井白石（あらい はくせき ARAI HAKUSEKI），一六五七——一七二五年，江户時代前期至中期儒者。名君美，字在中、濟美，世稱「與五郎」、「傳藏」、「勘解由」，號白石、紫陽、錦屏山人、天爵堂。上總（今屬千葉縣）久留里侯臣下新井正濟之長子，自幼明敏，有「神童」之稱。曾仕於久留里侯，貞享元年（一六八四）二十八歲時入木下順庵門學習，元禄六年經木下順庵推舉成爲甲斐（今屬山梨縣）侯德川綱豐府中儒臣。寶永六年，德川綱豐成爲第六代征夷大將軍改名德川家宣，其成爲侍讀，與間部詮房一同輔佐大將軍，力勸改善幕政，並參予一系列政治改革：改良通貨、限制貿易、改革司法等。正德二年（一七一二），德川家宣殁，及至德川吉宗成爲第八代大將軍，其因政治地位喪失而退隱，晚年專心於著述。信奉「朱子學」，對於史學、地理學、典故故實和其他方面，以及《同文通考》中之文字和《東雅》所見「國語」（日語）語源之研究，功績甚偉。且擅長詩文。明曆三年二月十日生于江户柳原，享

保十年五月十九日殁于千駄谷家中，享年六十九歲。其著作有：《藩翰譜》十二卷、《藩翰譜續編》十二卷、《折取焚柴記》三卷、《東雅》二十卷、《同文通考》四卷、《讀史餘論》三卷、《古史通》四卷、《古史通或問》二卷、《東音譜》一卷、《采覽異言》五卷、《西洋紀聞》三卷、《坐問筆語》一卷、《白石詩草》一卷、《白石先生遺文·白石先生遺文拾遺》二卷、《白石先生餘稿》三卷、《鬼神論》一卷、《白石建議》八卷等，還有《新井白石全集》。另外，傳有詠誦自己之《自題肖像》詩「蒼顔如鐵鬢如銀，紫石稜稜電射人。五尺小身渾是膽，明時何用畫麒麟」。]

《讀詩要領》一卷

伊藤東涯

〔東洋圖書刊行會（日本東京）昭和三年（一九二八）關儀一郎編《日本儒林叢書》第三册。〕

按：和文詩話二十八則。

〔作者簡介：伊藤東涯（いとう とうがい ITO TOGAI），一六七〇—一七三六年，江户時代前期至中期儒者，京都（今屬京都府）人。名長胤，字原藏，號東涯、慥慥齋。伊藤仁齋之長子。因博學强記，深通經學，繼守其父所創家塾「古義堂」，不受紀州侯召仕，一生於堀川從事教育弟子之事業，努力刊行其父著作，使古義學得以集大成。除經義外，通曉字義訓詁、制度典章、史傳等。而且善詩文，詩中推尊杜甫。且將中國之儒教史、語學、制度与日本進行比較研究，著述規模龐大。寬文十年四月二十八日生，元文元年七月十七日歿，享年六十七歲。被稱爲「紹述先生」。与其父伊藤仁齋同葬於京都嵯峨二尊院。其著作有：《論語古義標注》四卷、《孟子古義標注》一卷、《大學定本釋義》二卷、《中庸發揮標釋》二卷、《語孟字義標注》二卷、《四書集註標釋》二十卷、《經史博論》四卷、《經史論苑》一卷、《童子問標釋》二卷、《經學文衡》三卷、《辨疑録》四卷、《古學指要》二卷、《古今學變》三卷、《刊謬正俗》一卷、《通書管見》一卷、《太極圖説管見》一卷、《太極圖説十論》一卷、《聖語述》一卷、《學問關鍵》一卷、《天命或問》一卷、《鄒魯大旨》二卷、《訓幼字義》八卷、《釋親考》二卷、《復性辨》二卷、《制度通》十三卷、《唐官抄》三卷、《三奇一覽》一卷、《名物六帖》三十二卷（僅刊行十八卷）、《助字考》二卷、《用字格》（一名「訓蒙字譜」）五卷、《操觚字訣》十卷、《操觚字訣補遺》五卷、《讀史要領》一卷、《秉燭譚》五卷、《閒居筆録》四卷、《輶軒小録》二卷、《當世詩林》一卷、同續編一卷、同補遺一卷、《古學先生行狀》一卷、《東涯漫筆》二卷、《東涯談叢》二卷、《東涯詩話》一卷、《東涯自警》一卷、《東涯座右銘》一卷、《東涯日記・作文真訣》一卷、《紹述先生文集及附録》二十一卷、《紹述先生詩集》十卷、《慥慥齋外集》三十二卷等。」

《東涯詩話》一卷

〔《紹述雜抄》卷廿二〕

伊藤東涯

按：詩話三十七則。多記中國詩事。

《詩學逢原》二卷

祇園南海

〔《日本詩話叢書》第二册。序、目録、跋。〕

詩學逢原序

南海祇伯玉氏，年始十四客於東都，遊於木恭靖之門，與源白石、雨芳洲、南南山之輩，日夜馳驅詞壇，皆是其門先鳴，海内知名也。伯玉夙慧艷發，嶄然見頭角，與此輩抗衡，才名大振於都下云。後一日，詩酒高會，俱賦《擣衣》，伯玉乃有「夜夜凰城月色高，朝朝燕山雪華重」之句。白石輩評曰：「此句大佳，惜乎失題意。」伯玉曰：「此乃述擣衣之時景者，而影寫之法於是乎在矣。」既而議論紛焉。是非未分，質諸恭靖。恭靖大嘆曰：「是則深得鏡華水月之趣，優入不即不離之域者，實詩家本來面目也。孺子夫以是影寫法，建赤幟於騷壇，風靡來學，勉乎哉。」於是樹立一家，主張此門。既已轉向上關捩子，則縱横自在，遊戲三昧，加以才之敏捷，遂至一夕賦百首矣。余嘗所序《一夜百首》是也。其詩奚翅腐臭化神奇而已哉？能拈一莖艸，而爲丈六金身以用焉。後每有以詩參者，輒以此影寫法啓發之矣。且與子弟夜話之次，引諸家詩話，參以自家之説，講究斯旨，以俚言方語筆以爲册，題曰《詩學逢原》。余嘗聞此事，知有此書，而未獲寓目焉。

今兹壬午夏，五瀨田德卿齎此書來，謀余梓之。時適書肆玉樹堂亦持來請序之，蓋會之奇哉。嗟虖！數十年來未得見者，而一朝竝至，何其幸哉。乃展讀之，則言近旨遠，循循善誘，實詩家正法眼藏也。於是讐校二本，取捨從宜。又且謂之曰：「嘗聞伯玉平生自謂『不欲以此兔園册子落於大方之門』，今也梓之，則得罪伯玉是懼。雖然，若使之泯没，則非無遺珠刖璞之憾矣。方今海内操觚之士，仰伯玉也不啻泰山北斗，家尸而户祝之。此書流衍，人隨其步趨，則脱野狐窠臼，破庸腐漆桶，左右逢原，其證詩之第一義諦也，其功豈鮮少哉？且古稱存人亡書。嗚乎！九原不可起，則以此書誘導嚮往者可。然則此舉，亦庸何傷？」乃書之爲序。寶曆十二壬午冬，金龍道人釋敬雄撰。

目録

跋

此書是南海祇園先生所著，開示詩學蘊奥，令人左右逢原，故題曰《詩學逢原》。蓋其珍於世也亦已久矣，予嘗獲一本，祕之帳中。察其所見，考其所言，其所以啓迪後學者，誠不尠焉，是以欲公之天下也。庶幾有一厄梨棗，則先與金龍尊者謀之。而未必就緒，姑囑諸尊者，以竢時之至矣。已而書林某亦得一本，致之尊者。尊者乃以前本校讐訂治，爲序冠之，遂以梓之。於是予亦自慶志之有成，因綴數語以附卷尾云爾。寶曆癸未冬十月，五瀨田德卿敬跋。

［作者簡介：祇園南海（ぎおんなんかい GION NANKAI），一六七六——一七五一年，江户時代前期至中期漢文詩人及畫家，紀伊（今屬和歌山縣及三重縣南部）人。名正卿、瑜，初名與一郎，字伯玉（一説「白玉」）、汝珉，世稱「餘一」（本姓源，是以仿中國風格修稱爲「源瑜」、「阮瑜」），號南海、逢萊（一説「蓬萊」）、觀雷（一説「觀雷亭」）、鐵冠道人、箕踞人、信天翁、湘雲主人。其家爲紀伊藩之藩醫。貞享二年（一六八五）被其父帶至江户；元禄二年（一六八九）入木下順庵門下；元禄十年（一六九七）繼其父之後成爲紀伊藩之儒官。詩歌方面排宋範唐，繪畫方面獨具一格，因作詩優秀，故與新井白石、梁田蛻巖一起被稱爲「三大家」；又因其善書畫，尤其長於山水与墨竹，故與服部南郭、柳澤淇園、彭城百川一起被稱爲「文人畫之祖」。又因仕於紀州藩（和歌山藩），與野呂介石、桑山玉州一起被稱爲「紀州三大南畫家」。延寶五年

（一說延寶四年）生，寶曆元年九月歿，享年七十五歲。其著作有：《詩學逢原》二卷、《明詩俚評》一卷、《湘雲瓚語附録》三卷、《南海詩訣》一卷、《南海詩法》二卷、《一夜百首》二卷、《鍾秀集》一卷、《南海詩集》一卷、《南海先生集》五卷、《江南竹枝》一卷、《題詠捷吟》一卷、《賓館縞紵集》二卷、《忠説和解》一卷。其格言有「畢竟詩乃人情聲，天誠自然寫真情」。]

《詩訣》一卷

〔《日本詩話叢書》第一册。序四首。〕

詩訣序

祇園南海

是爲祇伯玉《詩訣》，蓋嘗所口授其門人小子者，門人以國字録之，以爲帳秘。書肆某氏因緣得之，遂梓公於世，需序于余。余謂伯玉錦心繡腸，詩名顯赫海内，固不俟余言。亦唯其人跌宕，天才超凡矣，是以人嚴其氣焰。今閱斯册子，規規乎字法，切切乎音響，其丁寧告誡，全似於小心謹飭之士所爲者，是伯玉之所以爲伯玉歟？其人可想也，要之忠實耳。人苟無忠實，則百般藝業不足稱焉。宜乎其人已没，宰木將拱，而人猶思慕之欽稱之，瑣瑣詹言如斯册子亦竇重之，以比諸桂林一枝崑岡片玉者，誠有以哉。然則某氏梓之以公於世，亦復可嘉稱。是爲序。天明丁未仲冬，北海江邨綬撰。

序

《詩訣》，南海先生與子弟茗話之餘論也。傍人私筆稾，名之謂《詩訣》也，而歸於烏有氏者十餘年矣。偶都下之書肆搜得於敗紙中，而秘藏之者復有年矣。終慮免於懷寶之責，苦請上梓也。然而祖君固惡於上梓，家大人亦不肯之也。徙倚立岐路，其可以北可以南之懼，而顧之從所他欲亦可也耳。蓋不用諸讐校，文字之誤，語之鄙拙，亦不少也。冀君子嘗一臠，得不捨鼎肉，幸甚也。

天明丁未秋八月，劣孫祇園長幹識。

南海詩訣序

亡友葛子琴，於詩爲浪華一名家。嘗語余曰：「吾於本土詩人，不必屬意。唯南海阮先生所欣慕焉，恨不同其時耳。」乃已校刻其集。噫！賞音之士哉。先生自少小最善詩，其私試前後一夜百首，膾炙人口，况於其集之行乎？不獨善詩，其論亦高。近歲出於散逸之餘者，千金享之，以布於市，已二三矣。若《南海詩訣》亦是也。余爲人囑，寓目於此。亡論夫解人頤，其所自得可以知已。不使子琴受讀，憾甚。蓋其嗣餐霞先生，前已一言付余《小南游草》，今藉人題以完璧，亦不爲無因也。河曲合離撰。

序

皎皎練絲，在所染之。染之匪正，則即江漢以濯之，秋陽以暴之，雖求其素也，不可得矣，固亡論乎法故而已。學詩之道，概類於此。一入汙之，綠衣黄裳，遂爲終身之累。故大匠不爲拙工改廢繩墨，豈可以初學忽之哉？詩話詩叢，詩家法故也。於我桑域紹之者，祇南海《詩訣》有是哉。其旨約而溥，簡而緊，公而正。講之習之，載玄載黄。粲然五采，從意所適。焕乎文章，隨筆而成。是之謂依法故。丁未仲冬，浪華筱應道撰。

《明詩俚評》一卷

〔寶曆丙子(一七五六)浪華書肆抱玉軒刊本。序二首、目録、跋一首〕

明詩俚評序

祇園南海

《詩》《騷》徂以屢變,唯開元、大曆之間彬彬者。唐而降,法度嚴密雖一,然氣象風骨漸遠寖變,近論入窟。明興,模寫唐人,始履其正步,似望其面目。而譬之冰與水精,非不光,自有不可偶抗者。故蒙學引其象胥,而後可會通焉,南海君爲之啓發學詩之路廓如也。

蓋君之學出於新井白石先生之門,白石先生者,當時文宗,名滿天下。身入政,砥礪風靡。抑我皇和,自往古雖多有詩名者,皆不得其粹矣,自先生出,而後詩實始明于世也。繼南海君,其詩大震于世,人稱曰「藍謝青」。自是以來,國朝之詩洋洋乎起于海内,諸家左右之,以日分派,月立流,桃李靡然成其囿。雖然,皆不過首鼠盤桓二先生之跡已矣。可謂先生之功偉矣。

於戲! 今聖代教化及宇内,寒村鄙夫思解字,幽谷頑夫知挾書。繇是又老魅巧僞之師,繽紛雜遝於此時,論道釋經,碎義喋喋,爲陸居仁夢尼父之談。則白面後進、好事晚學,擲鳳質以隨老鴉，可憐邯鄲之步，爲書癡迷左轍。習而成性，有不知口堯舜而心盜蹠者，如斯不如無學乎？不佞雖固不就師于正承，故不聽聖學淵源之據所傳，察諸儒言行之跡而可知焉爾。且又不知詩，嘗適得見此篇，不圖論詩之至於斯也，宜傳憾難得。屬日梧桐館主人携來，請爲之考訂，且題一語于卷冠。予曰：「此書也，甚希而不易見焉。子安得之耶？」答曰：「閲市得沽，故鋟梓以垂不朽。」予曰：「善矣哉！」由是宿之，猶投薰以復于浪華也。蓋明詩大意盡于此，非明詩大意盡于此而已，唐詩大意亦盡于此。學者不可不讀。竊謂本朝之人，詩不可能得作，能得解是可，而後始可與言詩已矣。

琉曆五年暮春中二日，新井白蛾祐登題。

明詩俚評叙

漢唐之詩難學難解，明人之詩易學易解。漢唐之詩不可不學而不可不解，明人之詩未必不學而未必可解。然學詩者初讀漢唐之詩，猶夢中聽鈞天樂，非不知其音之靈妙，但其茫然不能識靈妙之所在，不如先讀明詩之易成功耳。予評釋明詩，以便初學，爲此故也。蓋《千家詩》，明詩中之最平易者也。其詩大率清爽澹雅，近而易見，淺而易識，所謂奇奇怪怪深奥雄傑者，不載一篇焉。若使學者常效此體，恐其流于柔媚也。嘗聞子瞻曰：「凡學文必先可學絢爛，絢爛之極，平淡可致。」予以爲學詩須先學平淡，平淡之極，進而入奇怪于深奥于雄傑，千態萬貌，唯其所欲爲。譬諸行步未能正倚側，便欲學楚舞；言語未能辨侏離，便欲賡郢歌，難矣哉。若夫周旋中規，應對合宜者，可不煩讀此篇。《白苧》《陽春》，當自師焉耳。

旹享保辛丑季冬之日，南海祇園瑜汝斌甫題。

目録

明詩俚評後序

《詩三百》以還，《楚辭》、《選》詩，至漢魏樂府與古詩，其觀其調各不同，而皆上世之口氣，真情流出，造化之妙，固非後世之所髣髴也。乃若唐近體，則法度緊嚴，風格高邁，雖非古調，而興象逼真，情思優長，亦有未造之難企及者矣。若夫後進或易模倣者，其唯明而後可以庶幾耳。然明人競勝于字句之間，彫琢嬌飾，佶屈鈎棘之流，亦不爲不多。吁！詩豈易識耶？世趨浮靡，人厭漸修，輓近初學之士未窺門墻，輒爲入室。白面生腹，而欲咳唾之爲珠璣；口尚乳臭，而漫議老成之金玉。自負樸樕之才，獨謂造詣之熟。擅列詞場，扼腕言詩。傍觀其所作，非剿經道之套語，則吐小兒之戲言，信口而誦，隨手而録，醜態滿紙，而自以爲得，適不揣其量，反供識者之哄堂者，非亦可羞之甚也耶？南海祇園氏哀其如此，就明詩撮鈔其絶句，解之以國字，爲迷徒指其方。予閲之恆鄙懷，乃謂可傳之書也。此間之髦士，登詩壇之階梯，舍此而他求哉。頃梧桐館主人將上梓，遂請予跋，因叙平素所蘊，爲題于卷尾云。寶曆甲戌年三月，穗積以貫伊助父跋。

《彩巖詩則》一卷

桂山彩巖

〔《日本詩話叢書》第四册。〕

按：目録二十一條。内容僅存一則。此書爲答信濃（長野縣）村上某詢問作詩之法所作，專舉學作近體詩必要之心得。

［作者簡介：桂山彩巖（かつうやぱ さいがん KATSURAYAMA SAIGAN）一六七八—一七四九，江户人。名義樹，字君華，號彩巖、天水漁者。初稱三郎左衛門，後改稱三郎兵衛。受業林鳳岡，精究理學。工草隸，善樂律。與高瀨學山、梁田蛻巖、中村蘭林友善。著有《琉球事略》《彩巖詩集》。］

《詩家用字格》四卷

〔享保五年（一七二〇）京華書坊奎文館刊本。序、目録。〕

詩家用字格序

西成千秋

詩家所法者三焉，曰詩法也，曰句法也，曰字法也。所體者四焉，曰有唐體，有宋體，有元體，有明體也。而諸體亦隨世而變，逐時而異也。法者不然，萬古不變，遠邇不異。蓋如盛唐體，不得與佗體混雜，所謂最上乘也。

我睹熙朝上自賢哲之倫，下抵愚瞽之徒，喜於言詩。若彼童蒙，猶未得辨同訓字義，況於三法四體茫乎不識所嚮方？余久有嘆於此。京兆一隱士，與余有詩酒交，近示其鄉人津南西成喜千秋甫所著《詩家用字格》。開卷見之，則舉詩家用來虛字若干，且以國字解説義趣，摘鈔唐詩盛確者爲例證，如佗詩不必證。編者用心可謂勤矣。余劉覽請之，竟梓以行之，庶使童蒙知文字義趣，而辨其謬誤。則推而引之，源而流之，矻矻自攻，則知所謂其法體之所在，而自然吐出奇言妙句，又感天泣鬼不可思議者也。豈不亦詩家之妙機歟？享保五年庚子月正元日，奎文館主人謹題。

詩家用字格目次

慫/借/假/言/云/謂/見/視/看/觀/瞻/睹/ —— 思/憶/想/懷/念/逢/值/遭/遇
覽閲/顧省/聞/聽听聆/愁/憂患/謗傲矜/ ——

［作者簡介：西成喜（にし なりよし NISHI NARIYOSHI），江户時代人，生平不詳。其著作有《詩家用字格》四卷，分類解釋詩歌所用彼、此、他、是、斯、伊等虚字，並以唐人用字格之古句爲證。享保五年（一七二〇）刊。一説西千秋（にし せんしゅう NISHI SENSHU），江户時代人，生平不詳。著有《詩家童習用字格》。］

《南郭先生燈下書》一卷

服部南郭

〔《日本詩話叢書》第一册。序。〕

南郭先生燈下書序《鶴台先生遺稿》所載文字有異同，今詳録之句間。

才難，不其然乎？竊見照代右文之教，光被四表。粤西粤南，鬱鬱乎嚮於風化。文學之行，於斯爲盛。則大化之所陶，隆運之所蒸，誠當作者濟濟，述而文，永以詩，大雅炳焉，方軌漢唐，張皇時運，以復大東之盛也。《遺稿》作「固當有作者如雲，述以文，永而詩，大雅炳焉。比隆漢唐，張皇時運，以鳴大東之盛也」而猶且寥寥乎千載之下，能庶幾乎彼選固李杜者，千里而一士，猶比肩也。則何以對揚國家文明之運乎？才難其然。雖則其然，海内之大，人物之殷，豈盡如斯之難矣哉？《遺稿》「豈」上有「亦」字。蓋其學之不得方也。

夫人之欲善《遺稿》「人」上有「不然」二字誰不如吾，何其于今寥寥乎？譬之行邁，雖有夸父之儇，飛廉之捷《遺稿》「有」作「使」，使之北向而圖南《遺稿》無「使之」二字，則窮日之力，奚能至矣？不渴而斃，疲而已也已。方其學之急也乎，雖然乎多岐之易惑，能知其方，是爲難爾。楊朱之所以哭耶？

指南之所以造耶？其斯所以待其人也。

余既辭南郭先生，西遊京師，書賈某將梓此書，求余序之。余取而閲之，乃學詩文之方，先生答人書無疑也。《遺稿》「其斯」以下作「其斯南郭先生之所以筆此書也，是學詩文之方也。答問者，答遠人之問也。以國字者，意在發蒙也。辭之脩不姑置焉」竊謂後進之士《遺稿》無「竊謂」二字由道於斯，能用其極，則千載之下，即彼遷固李杜可得而庶幾矣夫。《遺稿》無「即」字而後作者濟濟，大東文章如揭日月，世運之隆於是乎可見也。才豈盡如斯之難矣哉？《遺稿》「豈」上有「亦」字然則此書之行也，後進之士賴焉。且國字書，亦有神發蒙，何其可已也？遂私題以首端之語，且序以公之海内云。若夫不受命之咎，無所逃於先生也，乃不恤焉《遺稿》「難矣哉」下作「余既辭先生，西遊京師，書賈某將梓此書，齎來求余序之。余竊謂此書行也，後進之士賴焉，何其可已也？遂序以公之海内云。若夫不受命之咎，無所逃於先生也，乃不恤焉」。享保癸丑春，長門瀧長愷彌八，書於平安城寓舍。

［作者簡介：見漢文詩話《離情詩話》。］

《南郭詩話》一卷

服部南郭

〔静嘉堂藏書。跋。〕

右《南郭詩話》十七則，答其門人所問之書者，輯以爲一卷。南郭子，姓服部，名元喬，字子遷。受學於徂徠物先生云。

享保十三年戊申六月既望，書于昌平尚古堂，東海平維章跋。

《唐詩平側考》一卷

盧松江

〔《日本詩話叢書》第一册。序。〕

唐詩平側考序

唐詩名以律，其嚴可知矣，然拗换之法亦多端。徒爲拘攣之具，不知其爲遣辭之活法，不亦左乎？余嘗謂山林廊廟，無往不詩。詩者，天地自然之音也，豈無自然和諧之律耶？若夫心之所之，與律抵牾，則詩非其詩，尚何自然和諧之有？正亦是律，拗亦是律，自一篇一聯至一句一字，各有其律，活變百出，正拗得宜，能通於此，而後始可與言志也已。

水户有松江翁著《唐詩平側考》，論之盡矣。一編盛推《詩律兆》。《律兆》，吾友浪華竹山居士所著，人多病之以煩苛，曰：「居士取其可徵而成説，唐詩恐未必然也。」是獨囿於流俗苟簡之式，而昧於正拗得宜之律，弗思甚也。余在江都，有一詩客來，舉或人説曰：「《兆》足以行矣。苟非再檢四唐之詩，獨照數計，别陶鑄一竹山，則《律兆》之編，孰容可否。」是言似淺，而其要深矣。今於翁之《詩考》亦然。夫翁之與居士，東西千里，未嘗有一日之雅，隻字之交，而其識見暗合，可謂奇矣。

吾聞之也，翁之立藁已久，及《律兆》遠播，睹之擊節曰：「東方有人，迴狂瀾於既倒，是先獲我心者。」乃比比援引，以證其説云。《律兆》其辭尚雅，議論縱横，固表于士林。《詩考》乃國字小册子，而按據詳密，辨正精確，最便於初學，且併及古體，所該亦廣矣。正德、享保之間，大手輩出，言偶及詩律，不逮竹山、松江之精詳也遠甚。自餘作家，一切瞶瞶不足道耳。詩而不唐則已，苟欲其唐乎，《律兆》《詩考》，其津梁也。豈可廢諸？

今兹丙午季冬，水府侍講赤水長先生寄《詩考》，屬以題言，且將問梓焉，皆以挂劍之義云。翁，水户松岡邑人，已没二年。名玄淳，字子朴，松江其號。姓鈴木氏，轉爲鱸，又去魚爲盧，蓋仿東晳之去足乎？是爲序。天明六年歲次丙午冬十二月，藝州賴惟完撰。

［作者簡介：盧玄淳（ろげんじゅん RO GENJUN）鈴木玄淳（すずきげんじゅん SUZUKI GENJUN）一七〇〇—一七八四年，江户時代，常陸（今屬茨城縣）人。原姓鈴木，後改姓鱸、盧，名玄淳，字子朴，號松江。據賴惟完撰《唐詩平側考序》載：「翁水户松岡邑人，已没二年，名玄淳，字子朴，松江其號，姓鈴木氏，轉爲鱸，又去魚爲盧。」與長久保赤水親交。元禄十三年生。其著作有：《唐詩平仄考》（即《唐詩平側考》）三卷、《詩語考附録》一卷、《絶句解考證》一卷、《和漢年代考》一卷、《百姓日用訓》一卷。

據《うわづら文庫》（别名《責空文庫》）介紹，此書應與中井竹山之《詩律兆》合謂雙璧之作，彼書專論律詩，此書則律詩與古體併論；彼書以漢文書寫，此書則以真字（指漢字）假名兼書。皆因我邦詩人疎於聲律，往往犯唐詩之嚴禁。今此書逐例舉之加以明辯，論述古詩之平仄，先於翁方綱叙述王漁洋之説約二十年，可謂此乃先鞭之著。」

《藝苑談》一卷

清田儋叟

〔《日本詩話叢書》第九册。〕

按：和文序一首，和文詩話四十八則。後附和文《孔雀樓筆記抄》十一則。

〔作者簡介：清田儋叟（きよたたんそう KYOTA TANSOU），一七一九—一七八五年，江户時代，播磨（今屬兵庫縣西南部）人。名絢，字君錦、元琰，世稱「文平」，號儋叟、孔雀樓主人。伊藤龍洲之季子（第三子），江村北海之弟。因其父成爲伊藤坦庵之養嗣子而繼伊藤氏，故其本人繼承清田氏之本姓。初承家學，專研服部南郭門下齋宫静齋與荻生徂徠之學，修古文辭，後轉向程朱，善文。成爲福井藩儒。天明五年三月二十三日歿，享年六十七歲。其著作有：《唐土行程記》四卷、《藝苑談》一卷、《五經旁訓》十四卷、《論語徵評》十卷、《資治通鑑三編批評》十卷、《史記律》六卷、《五雜俎纂注·唐詩府·儋叟淇園北邊一夜百詠》二卷、《限時百詠》二卷、《千秋齋稿鈔》一卷、《孔雀樓筆記》四卷、《孔雀樓文集》七卷、補遺一卷、《孔雀樓遺稿·淺間山記》一卷。另外，「清田」亦可讀作「せいた SEITA」。〕

《藝苑譜》一卷

清田儋叟

〔《日本詩話叢書》第六册。序、跋。〕

藝苑譜序

清君錦先生撰《藝苑譜》既成，命太玄序之。太玄謹序曰：嗚呼！藝文之爲業也，廣矣大矣。夫經史者，藝文之大本，不敢論也。而雜家之辯，詞流之藻，或浮誇自恣，謂修辭在於斯；或草野不飾，謂達意宜若是。文勝質，質勝文，俱不免其弊也。傳曰：「博學於文，約之以禮。」禮者何也？式是已。是以知學者不患不博，而病不能約也。若夫貴賤之等，親疏之殺，官階職掌之辨，姓名字號之分，百爾稱呼，豈無式而可哉？乃文房器用，亦宜各有式。先生嘗論藝文之式，隨録成一册子，名之曰《藝苑譜》，其不謂之式，蓋謙辭爾。先生嚮者撰《藝苑談》，概其大旨爲救時弊也。喻之於醫方，《藝苑談》泛論世之嬰疾病者。而至其論治，是編有之，其所以教喻人最爲深切也。嗚呼！先生於藝文有大本，故其約言之如此云。明和己丑夏四月，柚木太玄謹序。

按：和文詩話一百四則，無標題。

跋

清君錦先生撰著諸書，其既梓行者數種。迨乎《藝苑譜》成，受業諸子請而版之，使聖訓跋焉。嗚呼！先生之業能博能約，大不遺小。於先生之業，是特其小小者，抑亦砥柱急流，藥石沉痾者，功豈不偉哉？序既悉焉，因謹記版成歲月爲跋。明和己丑夏六月，姪伊藤聖訓拜。

《詩家推敲》二卷

〔寬政戊午（一七九八）平安書林出雲寺、博文堂、文錦堂、竹苞樓合刊本。序、目録。〕

詩家推敲序

釋大典

甚矣，余之屑屑文辭也。然以倭學華，非屑屑莫能致也。向者余著《詩語》《文語》二《解》，既而檢之，猶有遺之與誤。夫既屑屑如斯，而遺之與誤其可以已乎？是所以有此編也。吾《金剛經》有「此人」「是人」，《普門品》有「受此瓔珞」「受是瓔珞」，又如「情存妙法故」「如日虛空住」「有因非無緣故」，此類不一，皆字義所關，豈徒文辭哉？刻成，走筆書其端與之。戊午八月，竺常撰。

目録

上卷目録

○足、多○曾、嘗○向本作曏，通作鄉、嚮○別、殊、絶、特○最、尤○偏○及、至○初、始、新○獨、唯、惟○但、第○秖通作多○徒○只、止○直、徑○不啻通作翅○閑、散○空、虛○皆、咸○盡、悉○全○都、総、渾○蓋○一○已、既、業、格○先○纔、僅、劣○正、當、方、端、的○恰、宛○剛○欲、擬、要○將、垂、向○使、令、教○遣、放、容、許、占○任、信、儘通盡、饒○從、聽○縱通作総○雖○向○於、于○在、逗、落○因、緣、由、藉○爲○自、從○堪、耐、勝、禁、忍○真、實、誠、情、信、諒、良○幾○何、那、奈、胡、惡、曷、詎、焉、安○底、甚○誰、孰○寧、爭、競○豈、敢、肯○可○當、合、應、須、宜、容、像○好○饒、多○蓋○聊○且○暫、少○頗○漸○稍○較、差○粗、略○些○似、像○如、若○儻○或○見、看○行○坐

下卷目録

○頻○數、屢、累○忽、欻、倏○遽○頓、陡○乍、瞥○俄、須臾、斯須○幾、危○尋、旋○每○動○近○比、頃○以、用○將○取○把○勞、煩○益、倍、添○彌、逾同愈，又通作踰○轉○甚、劇、太、煞、忒○苦、酷○更平聲、互、遞○遠、遥○杳、迥○無、亡○莫○微、沒○勿、毋○休○少、稀○多、半○强、多、過、慳○猶、尚○仍○與、將○兼○和、同○共、俱○併通并○兩、竝○交○相○終、竟○遂○了、訖○言、云○道、謂○此○是○斯、茲○之○伊○恁○箇通個○許○爲○作○成、就○乃○即○便○則○載○輒○爾○然○而○夫、其○他○謾○漫○浪○妄○被、逢、遭、受○見○能○巧○解○得○知、省、識○況○幸○賴○憑○暗○細○預○常、

恒○長、永、鎮○强、慭○錯、誤、謬○叨、濫、竊○枉○恐、怕○貪○慣○嬾亦作懶○請○試○借、假、倩○除○判○劃○拚○剗○處○所○却、著、殺○來、去○畢、罷、了○耳○也、焉、矣○未○不、否、無、麽○生○大抵、大都○從令、從遣、放教、任教、儘教、從它、從教、從渠、饒渠、遮莫○隨意、任意○遮渠○何言、何知、何謂、那知、那意、那看、誰知、誰識、誰見、誰言、誰念、誰料、豈意、豈料、豈謂、焉知、安知、寧知、不知、不言、不意、不謂○不用、何用、安用、無用、不須、何須、那須、寧須、詎假、何假、可假、無煩、何煩、何勞、不勞、無勞、無爲○何妨、不妨○何限、無限○因聲、寄聲、寄語、寄言、寄謝○不忿、不憤、生憎、赤憎○側聞、側聽、側見、側想○聞道、聞説、見説○無端○非關○居然○窣地○埒地、撲地、蹟地○揭來○難道、難爲○苦死、抵死○匹如、匹似○立地○容易○依約、約略○等頭、平頭、從頭○斷送、斷當、斷定○殷勤○子細、細意○思量、斟酌、料理、點檢、檢校○惆悵○慚愧○辜負○勸君○第一○上番○這度○今來、而今、于今、如今、只今、秖今、方今、從今、凡今、即今○此中、可中、箇裏、箇時、此際、此外、就中、這邊、那邊○往往○到日、到時、到頭、明到○早晚、曉夕○裏許、旁邊、諸餘

［作者簡介：釋大典（しゃくだいてん SHAKU DAITEN），一七一九—一八〇一年，江戸時代近江（今屬滋賀縣）人。俗姓今堀，法名顯常，字梅莊，一名淡海竺常，號大典，雅號蕉

中、東湖、小雲樓、北禪書院等。初，入黄檗山修禪，漢學學於宇野明霞，漢詩學於釋大潮。後成爲臨濟宗相國寺第一百一十三世傳人，被稱爲「京都禪林中最高詩僧」。享和元年二月八日殁，享年八十三歲。其著作有：《詩語解》《詩家推敲》《文語解》《皇朝事苑》《初學文談》《昨非集》《北禪文草》《北禪詩草》。」

《詩轍》六卷

三浦梅園

〔天明乙巳（一七八五）大阪書林松根堂刊本。《日本詩話叢書》第六册、第七册。序二首、跋一首、目録。〕

詩轍序

詩可教歟？可教也。世有不用其教而爲之者，或直情徑行，或索隱行怪，有韻而文，其爲君子言何辨焉。然推椎輪之始，葛天氏八闋，唐虞《明良》《卿雲》，其猶效蓬象星乎？感事而哦，觸物而賦，未見儵爚環潏，七香五采之華，亦惟直情徑行，有韻而文，是爲大輅之質也。蓋黄帝造焉，殷人質焉，周人飾焉。智創巧述，古詩有漢魏，近體有李唐，其軌既立矣。其軌既立，則一器工聚，六材以良，坎坎然用其力，惟日不足，審曲面勢，甘苦應手，直者如生焉，繼者如附焉，規之以視其圜也，萬之以視其匡也，縣之以視其輻之直也，水之以視其平沈之均也，量其藪以黍以視其同也，權之以視其輕重之侔也。蓋軫梁輈輗軏具焉，玉象木革丹雘備焉，厹茅重英龍旂載焉，騤騤然四牡駕焉，雝雝然八鸞和焉，步趨有式，軒輊得所，是爲大輅之全矣。於是後君子不能變其軌，乃範吾藝苑。其心以爲，與其以不吾知者嘗吾技，則豈不得已其無以嘗吾技者乎？則病者乎寧爲之詭遇一朝而獲十禽，不如不詭遇而終日不獲一之愈也。無有乎爾，則亦無有乎爾。惟其有之，惟以似之。故世代雖邈矣，則殷輅周輿斯石焉，縱令超乘而上者，猶且謂能不爲殷輅周輿者，乃能爲殷輅周輿者，是竟不能廢殷輅周輿矣。而彼自暴自棄者相誇相安曰：「生斯世爲斯世，何世無情？何世無言？吾有真性情，吾有活手段，吾不欲澆淳散樸，吾自我作椎輪之始而已。夫椎輪之始豈有成軌可守、文飾可尚者乎？直情徑行，索隱行怪，無可忌避焉。何必役役然敝精神，徒爲不可嘗之技，乃所成不過假漢魏，似李唐，而争髣髴於與骨已朽之人哉？」是無他焉，徒知大輅之質，而未知大輅之全也。乃不分虎豹之鞟與犬羊之鞟異，易豆屨以璧珪，有君子彬彬之言，獨拾其齵者、甈者、歒者、柞者、掔者、材不完者、肉不稱者、轂不眼者、幬不廉者、蚤不正者自爲珍焉耳，一何陋也。

三浦山人以其塵垢粃糠陶鑄此編，不遑顧夫自暴自棄者，乃憫將用其教而苦未得之者，而不秘，授之剞劂氏焉。且以余託名於末契，乗使訂金根，又啓行其首。余於山人幸同時，竊有遂秣馬執鞭之忻慕，則不欲辭也。

嗚呼！此編也，其幎爾而下迤者，其說圜也；其掔而纖者，其說精也；其樸屬而微至者，其說正也；其殷畝而馳不隊者〔一〕，其説確也；其積理而堅、疏理而柔者，其説明也。若讀此編者，執古御今，則澤而杼，山而侔，以廟以郊，國中以策彗郵勿驅，塵不出軌，輪轉輸成，不僨於大風，城門嗑焉，鮒魚處焉，奚仲家伐，而合天下之轍。轍乎轍乎，其始可與教詩已矣。天明改元之冬陽月，友人日出藩文學喬維岳撰，吴超程赤城書。

詩轍叙

蓋今之詩猶古之詩也。周家《三百篇》之與李唐近體，厥制裁雖異乎，厥温柔敦厚之旨，則同揆而無二致也。我聖和亡論乎古昔矣，近世至治百五十年矣，於是乎大雅之音勃興，而海内作家日月隆隆乎，夫盛也矣。是亡他，昭代雍熙之化之所致也哉。其既如斯，則其際有二三之才俊者，深乎其道，熟乎其教，而能俾益學者也。

予之所識，豐後國東三浦安貞氏，實其人也。博覽多識，文辭惟富，譔著惟夥，故嘗有「關西夫子」之稱焉。近著一書，名曰《詩轍》。自夫周詩楚騷漢魏六朝之作，逮唐之近體以來宋元明清，及我聖和之上世至今日，大凡所關係於詩之綍，盡其藴，究其奥，細大亡殘，而論之評之，遂大成斯書

〔一〕殷：底本訛作「段」，據《周禮・考工記・輪人》改。

矣。寔可稱詩家之金科玉條也哉。

弊門下平野元仗生，亦豐人也。幼而從學於安貞氏，故以客冬携斯書來，傳安貞氏之意，問叙於不佞公美。公美一粲卒業，擊節嘆曰：「勤矣哉斯書也。誠邦家之光也哉。夫龍劍之瘞乎豐獄也，和璧之没乎荆岫也，世無識者也。予之一讀斯書也，豈不雷焕陵陽乎？繡梓之舉胡晚哉？速焉速焉。」乃蕪陋之言冠卷首，以完上元仗氏云。天明甲辰花朝，彦子前文學伏水人草廬龍公美譔併書，於時行年七十也。

詩轍目次

卷之三

變法

異體

卷之四

篇法

題名/無題名/題著詩字/命題/絶句偶成/
無題/雜詩/詠懷/詠史/樂府題/竹枝詞/子
夜吳歌/送別留別/以句入題/顧題/獨脚鼎
足/單題/鼎足/雙脚/歸題/樂府/歌行/書
名不書/應制/應令/應教/應需/應試/題法
詳略/題法正倒/題用注法/簡走/即事/即
興/即席/慶賀/壽/過訪/贈呈/人名題法/
同姓自稱/同姓稱佗/僧稱/氏/名字/單名/
復名/生日壽/晬/詩貴著題/書韻書句/題
用日月/擅場/壓卷/名家/大家/詩料/宿
構/宿製/正/推敲/潤筆/吟社/敵手/批
點/塗抹/批/白戰/詩筒/詩牌/鼓吹/横吹/
挽歌/傚擬/代作/古意/長歌/短歌/警策/
斧鑿之痕/妥貼/斤兩/三處思量/地名/都/
官號/諸侯/太守/姓氏/名諱/釋氏稱呼/印
章/印具/朱印/青印/詩箋/僭稱/佳節三

作/和製/用事/故事/詩癖/妙悟/驚人/戲
調/口占/口號/口詩/詩讖/詩妖/詩禍/詩
福/鬼詩/摘用/贈答詩體/澀體/唐明/唐明
之異/三變/格字/韻字/間剩套/贏得/取
次/拚/逗/阿/欺/蒼　茫/司/相/琵/中/煙/
若爲/叵耐/閑/等閑/懇/苦/慇勤/丁寧/
芳/冷/兮/當/應/須/消/合/與/兼和/坐/無
端/早晚/曉夕/明到/慇勤/謝/向/向來/見
説/聞説/耐可/其奈/其如/隔是/不分/生
憎/卻取/取/看來/不會/看/破/碧桃/殺/
殘/殘雪/初月/多少/隨意/任佗/儘教/遮
莫/終古/行矣/好去/足/撲/不管/只管/
更/轉/且/姑/自/猶/唯獨/切/頻/忽乍/依
好/望/將/故/也/卻/如　若/儻/莫/斗/如/
風塵/芙蓉/詩歌/童謠/祝辭/諺/語/駢語/
掩韻/和詩/梵詩/蠻詩/國字詩/助聲/詩教

詩轍跋

山人閑居，童子在側曰：「願聞詩文之别。」山人曰：「善哉問也。蓋古者書與畫不遠，觀之於籀文而可識焉。詩與文相近，誦之與於《詩》《書》而可考矣。於是散爲贊銘，爲歌辭，爲《離騷》，詩之變也。自漢而後，字句始定，詩與樂府，或分或合，而詩則五言爲宗。漢焉而魏，混然散行。齊梁以下，儷語諧音，其風大變。唐人取二者，儷散音韻，麗華雄渾，雕琢以爲律，七言繼盛也。律體已立，而唐以前者總爲古詩，以分近體。其所謂古詩，非古之古詩也。自後世等上之，則漢魏六朝大不類其體焉。於是混然散行者與律祖相隔。唐人制律，而後行不拘律者，乃唐之古詩也。是時未有模擬之門，則其慕古風者，亦與今之優孟者異也。夫詩文原未遠，則其流派亦伴。六朝之文法駢儷，厥後聲音抑揚，宛然長篇之詩也。及韓昌黎氏興，知其不然，竟去其陳言，行以古道，詩雖硬語盤空，而對語聲律，驅馳由其範，則詩文之别以遠焉。初盛之諸公，方其草創，聲音自從容。晚唐因循，詩律漸細。至明李滄溟氏，以極其嚴焉。嗚呼！書畫非他技，詩文本同胞。明體雖詩文異其趣，而同出於摘用，則江漢共歸東流。今胡清氏矯其弊，文風再變，則詩亦從之。」

童子曰：「唐律之從容，明律之整嚴，不識孰適從焉？」曰：「昔者李廣之行師，軍無部伍，營無刁斗，就善水草則止舍；程不識則正部曲，治營陳，至明軍士不睡：而各立威於邊郡，爲一時之名將也。未能李廣，則爲不識；若能李廣，則李廣奚不可焉？」曰：「律分則有絶，總則絶歸律。亦有説乎？」曰：「律之立以四韻焉，唐之造也。絶則來遠，終行之以律法，故總之於律。考之《南史》，宋劉昶奔魏之二韻，謂之斷句。梁正德之奔魏，以内竹火籠之詩『楨幹屈曲盡，蘭麝氛氳銷。欲知懷炭日，正是履霜朝』曰一絶。則蓋二韻而斷絶，止於一解之謂也。絶之來遠矣。」童子唯唯而退。

維天明乙巳秋，久旱得雨，早涼初動，二三子告《詩轍》刻成，申記與童子語者，以履其終。三浦晋安貞。浪華藤世衡寫。

［作者簡介：三浦梅園（みうらばいえん MIURA BAIEN），一七二三—一七八九年，江户時代，豐後國東郡富永村（今屬大分縣）人。名晋，字安貞，號梅園、洞仙、攣山、季山、東山、二子山、無事齋主人。最初學於杵築藩儒綾部絅齋，遂爲中津藩儒藤田敬所門下，遊學長崎。持關心於追究天地造化之理，三十歲時知曉天地之間具有條理，親言「天地唯是，一氣物也。氣外無物，物外無氣。一條妙理，貫徹宇宙，玄界無際，神化莫測。」即倡導「條理學」，寶曆三年（一七五三），三十一歲著《玄語》八卷二十八編，歷時三十七年歲月完成，論陰陽消長之度，述氣物融化之道。次著《贅語》《敢語》，合謂「梅園三語」。天明（一七八一—一七八九）中，應召杵築侯，受「家老格」待遇。其學廣博，兼通天文、物理、經濟、博物、醫學等，善詩、書。其中，詩學概論有《詩轍》，經世論有《價原》，醫學有《身生餘譚》《造物餘譚》，讀書日記之《浦子

手記》中所載書名甚衆(自道家哲學概論《淮南子》、西洋天文學説《天經或問》始,至《莊子》《列子》、宋學、朱子學、佛教等)。傳其仰慕中國陶弘景與韓康伯。三浦梅園除三度外遊以外,未曾離開開故鄉——大分縣國東半島,傳曾有數位藩主招聘於他,均被拒絶,邊行藝邊默默思考,終其平凡一生。享保八年八月二日生,寬正元年三月十四日歿,享年六十七歲。其著作有:《梅園全集》二册,收録有《玄語》八卷、《贅語》十四卷、《敢語》一卷、《通語》一卷、《寓意》一卷、《垂綸子》一卷、《元熙論》一卷、《死生譚》一卷、《造物餘譚》一卷、《身生餘譚》一卷、《丙午封事》一卷、《價原》一卷、《豐後跡考》一卷、《五月雨抄》二卷、《東遊草》一卷、《歸山録》二卷、《名字私議》一卷、《先考三浦虎角居士行狀》一卷、《梅園叢書》三卷、《梅園拾葉》三卷、《梅園後拾葉》一卷、《梅園拾英》一卷、《愉婉録》二卷、《養生訓》一卷、《塾制》一卷、《梅園讀法》一卷、《詩轍》五卷、《子歲漫録》一卷、《獨嘯集》一卷、《春遊草》一卷、《梅園詩集》二卷、《梅園詩稿》一卷、《梅園文集》一卷、《書翰集》一卷。〕

《示蒙詩話》一卷

齋宮静齋

〔清熙園藏書本。静齋先生著〕

按：共十一則，十一頁。

〔作者簡介：齋宮必簡（いつきひっかん ITSUKI HIKKAN），一七二九—一七七八年，江户時代中期「古學派」儒學者。安藝（今屬廣島縣）人，本姓齋藤，别姓齋宮，名必簡，字大禮，號静齋，自稱齋必簡（さいひっかん）、齋静齋，少年時代曾用名齋藤少助，世稱「第五右衛門」或「五右衛門」。出生於藝州沼田郡中調子（今川内村）。九歲從鄉師素讀《論語》，並向鄰村大寺借漢籍四書。五經乃至《文選》獨習，世人驚訝，稱爲「神童」。寬保元年（一七四一），十三歲上京，師事宇野明霞。十五歲赴江户師事服部南郭。逾三年業成，經南郭推舉赴和泉（今屬大阪府和泉市）松平家講學五年，禄二百石。寬延二年（一七四九）辭官禄再赴京都寄宿於儒醫吉益周助東洞之家，滯留約五月餘。復返和泉，於富豪食野伯玉家書庫涉獵諸子百家等萬卷之書，特别沉潛於六經，樹立獨自之訓詁學。其學被稱爲「齋子學」。後定居京都，指導門弟，專念著述。享保十四年正月元旦生，安永七年一月八日歿，享年五十歲，謚號「文憲先生」。其著作有：《論語次序》（《齋子學叢書》所收）一卷、《論語解》一卷、《大學小朱安》四卷、《孟子文法》一卷、《易大意》一卷、《周易講義》三卷、《周易繫辭傳釋義》二卷、《老子贅語》一卷、《孫子解》一卷、《詩開卷義》一卷、《周南召南次序》一卷、《小雅旻解》一卷、《文談》一卷、《初學作文法》二卷、《靜齋文集》十卷、《雜品》一卷、《論語端解》一卷、《論語二字解》一卷、《孝經傳》三卷等。」

《太沖詩規》一卷

畑中荷澤

〔《日本詩話叢書》第九册。目次、墓碣。〕

太沖詩規目次

荷澤先生墓碣

寬政丁巳冬十一月乙酉，荷澤先生歿矣。邦人識與不識，傳嚮噪咻，無不皆咨嗟嘆息於其不世出者也。蓋先生木鐸於文苑，斗山於東表，令聲藉甚，爨孀牧兒亦知仰焉。夫學博則業不精，撰速則辭多累。或長於詩而短文，或純於華而略和，是世誠所難於雙美。而至其集玉振者，特於先生乎睹焉。

先生諱盛雄，一名太沖，字沖卿，姓藤氏，荷澤其號。奥仙臺人，世仕本藩矣。其考淡也君，以善和歌有名。先生實其次子，兄夭而繼家也。淑靈秉衷，岐嶷夙成。髫齔既善詩歌，藩甲族每有盛會，皆争迎請，一時以「麒麟兒」稱焉。忠山公召見，愛其才，命與諸儒同就東廂，校寫墳史，先生時年十三矣。尋使得抽芸閣之秘，丹鉛群編。及冠，博洽多識，邦人莫出其右者焉。東山蘆先生，奥碩儒也，以其女妻之。蘆氏賢也，能讀古典，工書，世謂俊媛相匹，伉儷良稱焉。先是淡也君恒愛賓客，邑入不給饌，貲財貸罄，僮僕散逸。先生與蘆氏百計辨供，莫不適其意也。淡也君既殁，家貧甚，而先生學益勤焉。方此時，穀城源子既周旋上國而還。穀城子者，好學善古文者也。先生以爲一敵國，輸攻而墨守，絶塵於藝苑，往往擬策道世務，皆解肯綮、刺膏肓，多經國之要，可施而仁者也。徹山公舉置郎署，以備顧問。俄從朝聘之東都，與都下名士太室、金峨、南宫喬卿、紀世馨等輩芬蘭相驩。芝邸之讌，命侍臣賦和歌百首，獨命先生爲二百首，一時使成。先生攬筆速奏，連章皆麗。每其詩歌會，列侯貴遊特請先生之稿去，於是其名藉藉於列卿間焉。及其還國，疾屢爲劇，命使侍醫就家視疾，因免從覲，後不復西矣。撰《法門類題》《源氏彙事》及《彙言》數十卷，皆記和歌之學，究其該博。其他蘭臺命賦、兔苑授簡者，不一而足，其賜衣襲金帛者數矣。寬政二年，公告疾，老於大崎。於是先生亦疾乞老，遂得居間，涣焉遊詩棋之間。先生丰采魁偉，磊落善談，恒以豪傑待人，而不憚爲經世之言。然至講經析義，則發揮藴奥如燭照。至如其雜家修多羅之文恠僻難曉，或叩問之，若發於硎解，議論踔勵，扇動後進。凡邦髦士學爲名，高才稱劇職者，率多生於其善誘。其他和歌及聯歌之學，皆能傳西京之秘，一時操觚之徒，莫不儦然仰挹餘論矣。著作敏捷，如不經意而就，然雄麗沛溢，咳唾爲則，蓋得之於天倪，以是詩文甚富。而壯歲不留稿，晚年稍收散逸，文集成，凡文八十餘篇、詩三百五十餘首，存十一於千百也，亞相久我公錫序藏於家。嗚呼！先生以天資豪傑之才，文宗於東表，其業雖固由己乎，然而如其初成浩瀚之器，遂顯播於薦紳，則忠山公提之於始，徹山公揭之於終，寵異之所渥，其益有光。先生以享保甲寅生，得年六十四矣。方其疾，手不釋卷，殁前三日，猶講經賦詩，其篤於道優於藝，有如斯矣。舉三男三女，長子白華，蘆氏之出也，能文善詩，有父風。銘曰：「非潛非蜚，抑徜徉群。一龍一蛇，孰知其分。傲弄藝苑，振華披藴。溘逝者魂，炳存者文。」奥直輔謹識。

［作者簡介：畑中荷澤（はたけなか かたく HATAKENAKA KATAKU）一七三四——一七九七年，江户時代，陸前仙臺（今屬宫城縣）人。名冲卿，世稱「多忠」「太冲」，號荷澤（注：據《荷澤先生墓碣》載「先生諱盛雄，一名太冲，字冲卿。姓滕氏，荷澤其號。奥仙臺人，世仕本藩矣。其考淡也君，以善和歌有名，先生實其次子，兄夭而繼家也。」未提及其姓「畑中」。「畑中荷澤」見於《日本漢文學大事典》）。學於别所穀城，通諸子百家，善詩歌文章。當時被稱爲「東國第一儒宗」，成爲仙臺藩儒。寛政九年十一月二十日殁，享年六十四歲。其著作有：《貨

殖論》一卷、《聯壁集·太沖詩規》一卷、《菏澤文集·菏澤和歌集·菏澤雜著》一卷、《菏澤稿》一卷、《法門類題》、《源氏彙筆》、《源氏彙言》。］

《葛原詩話》四卷

釋六如

〔天明丁未（一七八七）三都書林廣文堂、五車樓、群玉堂、崇高堂合刻本。《日本詩話叢書》第四冊。序二首、目次、跋二首。〕

葛原詩話序

近世以詩名家者，施行其製作比比不絶，莫不自謂比唐擬明，列作者之林。獨六如上人之撰異乎是矣。余向叙其集言之。比端文仲齋《葛原詩話》謁余言曰：「此上人所論説，隆纂而謄之爲卷者四。願冠以一言而施行之。」余披而覽之，涉獵諸家語，聚其類而演繹之疏解之。夫考明字義，學之始也。况倭而學華者乎？及檢字書，止曰「某，某也。某，某也」，苟非博覽而究之，旁引而例之，安得而盡諸乎？於是乎益知上人之淵潛有素也。蓋上人於詩，掇奇拔新，不必調協，亦各從其所好也。彼其比唐擬明因仍相襲者，必以是爲異端焉。然其有益於後學，吾寧取此不取彼也。文仲斯舉，不亦善乎？遂序與之。天明七年丁未孟秋，淡海竺常撰。

葛原詩話序

惠恩院六如尊者，塵表高逸，才識淵博，夙耽永言，翱翔於名都才俊之圃。其詩不必拘繩墨，自有宏深微妙之韻，人以爲鉢盂中陸務觀也。而今静居於葛原精廬，禪榻篆煙，翛翛然將終其身，不復唱酬於塵世矣。是編乃嚮尊者之所抄輯，以供消閒自娱，而無意視人也。頃端文仲得諸其廢簏中，校訂繕寫，附以二三舊聞，名曰《葛原詩話》焉。書賈某介文仲請上梓，尊者曰：「既陳芻狗，恐眯後生。」余偶在坐，自傍勸之曰：「刻之哉，刻之哉。塵垢粃糠，亦將有足以陶鑄藝苑俊秀者也。」尊者一笑以許之。天明丙午冬至日，龍溪巖垣彦明撰。

葛原詩話目次

卷一

卷二

林/斷車/住字例/暖熱/温暖/詩國/著/藞
苴/懡儸/劣能/盍/微/爲花/眼看/鐺脚/品
字/掌似/葉似/格是/隔是/李青蓮/王半山/
白鳥/小茶/一杴泥/天狗舞/揉柏爲獸形/紙
針/黄篾舫/黄篾樓/健/瘦/肥/嬾/勁/脆/
泥/業/朱墨/雲和/著急/著忙/壓尾/婪尾/
一搭/一派/一桁/一梳/一閧/一掩/數掩/奈
爾何/始奈何/停待/清平調/剛/剛道/三絃/
殢/斐然之作/花杵/泖/平欺/平交/平視/平
添/平臨/平沉/平填/平翻/撚指/僂指/倒
指/下程/破程/駐程/等/不道/可煞/坪/蓋/
抑/渾頭/何似/重慶/偏侍

卷三

種/齒/落/斂昏/火閤/火籠/柳箱/布襆/殺
更/殺點/惡春/頓著/安著/安頓/渠伊/款/
款段/約/賒/一併來/作茶/落磑/頭茶/又/

再/更/摘索/窑煙/惱損/惜春御史/買春錢/
墨君/何似生/生/誤馬/醉馬/弄花一年/野
燒瘢/一絇絲/履絇/淚雨/恰恰/半仙/邀勒/
酒孱顔/耳鑒/耳學/耳食/目食/梵放/梵腔/
漁梵/此字用法/㬎㰞/燪筆/劉寄奴/牢晴/
上牢晴/釃晴/堅晴/酣晴/爛晴/老晴/買空/
平/都盧/都來/平頭/等頭/偷風景/柴户/曾
來/副取/家江/家山/達摩贊/移寫/罯/春
粘/鵝/詩省字法/生/危/最是/新奇句/清權
堂集/詠物詩/吾妻鏡跋/櫻花詩/乾隆帝机/
日本裘/聚文韻略/驛路鈴/無籍/多/過/廉
纖/苦相/劣相/端相/平相/渲/插柳/賣柳/
白面/蒲鴿/狸首/金釵/枕頭/斬新/斬齊/上
番/頭番/新番/白道/白路/慳/碧桃/重字平
去/鄭花/窣地/埒地/撲地/歌莫哀/楓花/春
楓/借言/借如/成褫/綻衣/無籍在/女郎花/

晋張翰之翰平去二聲/塔樹/菊樓/積漸/遥/破/尾/卸/殘/續/白著/法鼓/亞/華/花/老褦/破械/紫邏/聞健/聖得知/探請/探支/初鶯/初雁/初雪/送雪/新鵲/海色/高花/高葉

卷四

决明/披風/學田，學糧/沙户/挨拶/繡成/繡出/纈就/日給藤/八行/相輪樸/都合/滾/禽聲/青秧露/破卯/犯卯/緑油天/幕天/茶天/小梅/雁奴/幼圃/半凉/半風/還扇/寄所寄/雲煙過眼録/尺吴寸楚/獨立禪師/清忙/乾忙/窨/刷墨/流鶯/一向/何所如/笥月/恨月/無處/荅/猶字乃字皆字押韻/嬌饒/早月/笭箵/詩本/畫本/人間萬事塞翁馬/行窠臼/案山子/番/番僧/圓屋/團蕉/團茅/蒲/蕉葉盃/蕉葉量/茅柴/無名/叢祠/蒖花/罡步/攘捧/茶歌/涌金門外有輕輿/青腰/吟味/占景盤/向道/金迷紙醉/憑仗/雲日鍍金/日香/晝三更/彈易/圓/輥雪毬/河身/店身/樹身/酒海/耄丹/壯青/眊矂/花宅/紙瓦/頑麻/酸麻/拜殺/香殺/清殺/曬殺/冰殺/渴殺/雌甲辰/小戊子/雌甲子/花甲子/勾/豁除/可愛/爲憶/狎恰/洽恰/平章/詎/怎/薊花/料理/料簡/檢校/昆布/還嬾去/笑鹽/柵鑠/彩筆/强半/軟半/半段/絓/以/留春/抳/擉/鐙/攏/紉/抖/趧/閑閣/梱束/差排/驅排/撥捩/抵敵/慳/苛/懋僝/噤/轢/分擘/拗/剪刻/勝/僧稱

跋

古人用字使事必有來處，以杜工部之才博，猶援據何遜詩而後敢使用「昏鴉」字，其慎而嚴如此。惠恩院六如師，經禪之暇，以歌吟肖萬物情狀，委曲纖悉，皆人之不能道者。人見其尖新也，輒疑或出於師胸臆杜撰，而不知其皆有來處也。端文仲與師至密，一日倒師祕囊，得其積年抄録詩料數十卷，就中選數百頁輯成四卷，命曰《葛原詩話》，梓以公共。夫而後，世人乃知必有師之博，而後師之尖新可學矣。不則謬妄杜撰，與誹歌諺謡何擇焉？豈可得列藝林而與古作者齒乎？柴邦彦彦輔書。

跋

真葛原在京師東山之下，六如上人居焉。上人夙有文字之嗜，其所爲歌詩傳詠朝野。且博涉諸家集，若得奇事瓌語，如獲洪寶，即便鈔録，積漸成二十餘卷。一旦幡然深悔翫愒，乃迴於從來工夫，一歸之義觀，風情月思於是乎蕩然矣。即其所鈔録者，亦棄置簏底，視之如礫片然。隆借而讀之，覺其可惜也，遂請上人，竊自取捨，以别成編。且以一二所見聞謬附之。上人業已悔風流罪過，不復欲露其名。然攘人之功以爲己有焉，則於隆亦所不敢爲也。遂題以《葛原詩話》，請傳於同社君子，以供一夕茶話云爾。天明丁未中秋，春莊端隆拜書。

［作者簡介：釋慈周（しゃくじしゅう SHAKU JISYU）一七三七——一八〇一年，江户時代，近江（今屬滋賀縣）人，詩僧。名慈周，字六如，號葛原、無著庵、白樓。本姓苗村氏。自幼好讀書，跟隨彦根（今屬滋賀縣彦根市）野村東皋學習詩文。初住于比叡山北谷善光寺，明和四年（一七六七）被削除僧籍，安永元年（一七七二）被召還如正覺院。後赴江户從宮瀨龍門學修辭。未久，因悟所學之非，厭惡當時流行之僞唐詩而提倡宋詩，成爲專學陸放翁而進行詩風革新之先驅者（如山本北山便是聞此詩風而成長起來之其中一人）。喜用尖新奇字，林蓀坡（一七八一——一八三六）《梧窻詩話》道：「近人好用奇字，蓋六如老衲爲之張本」。晚年於京都真葛原（今屬京都市東山區圓山町）惠恩院閑居，或住於愛宕山（今屬京都市右京區山西部）白雲教寺。享和元年三月十日歿，享年六十五歲（一説六十七歲）。其著作有：《葛原詩話》四卷、同後編四卷、《六如庵詩鈔》六卷。］

《葛原詩話後編》四卷

〔《日本詩話叢書》第五册。序、目録。〕

葛原詩話後編序

釋六如

六如上人晚居桃花坊，謝客養痾，所往來者，獨備後菅信卿及余二人焉耳，相知最晚而交最親也。二人往，則忻然下榻，揮麈玄譚竟日云。上人學德淵博，其詩最稱釋門亡雙焉。蓋上人平素與同志吟哦也，遂至香爐燈炧之時，亦自擁鼻鼓膝爲嗚嗚聲，每得一篇，乃視余及信卿評焉。信卿嘗謂：「襟韻沉鬱，英英乎霞舉，何其肖蘇眉山歟？氣岸瓌偉，琅琅然玉振，何其類陸渭南歟？」上人笑曰：「否。二子之詩，其源出於少陵而拔其萃者也。跛鱉之行，不可以追逸驥，我何望哉？吾唱宋詩者，欲折明人之弊也。滄溟不取唐以下，弇州踶其説，遂無敢談宋詩者，況於南渡以後乎？吾邦享元之間，蘐園之徒輩出，李王之毒流于海内。今也點竄蘇李曹劉，刻畫王楊沈宋，卓犖乎衆楚之咻者，千百人中無一人也。挽近雖有梁景鸞、祇伯玉稍覺其非，然不能脱其窠窟。上人始讀宋詩，而知蘇、陸之詩，實爲少陵之階梯也。古人稱少陵爲『詩史』，立言忠厚，可以垂教萬世。

《傳》曰：『温柔敦厚，詩之教也。』又曰：『可以興觀群怨，邇事父，遠事君。』詩關係於世教者大矣。少陵詩出肺肝，咸切於忠孝大義，不當以字句體裁論之。少陵數遭屯蹇，挺節不撓，其奔走流離，或酬知遺懷之作，有一不係屬朝廷，不恫瘝斯民者乎？至情之所激發，可興可觀，可群可怨，豈不立言忠厚者耶？古所謂『頌其詩不知其人可乎』，是以論其世，想其爲人，以意逆志，斯之爲得焉。讀詩者必沉潛反復，求淵源所在，庶幾得作者苦心於千百年之上。既已知少陵之苦心，見其光焰萬丈，所謂龍遊天門，鳳翔雲衢，奇語妙境，自然發露，可謂詩家之大上乘也。」是上人之言也。蓋其學德淵博，詩之有源委可以見矣。

嗚乎！上人逝矣，緒論不可復聞。上人向著《葛原詩話》已行於世，摭拾其餘，以爲《後編》，命信卿録且託余序。既而信卿歿，近書肆請刻之，乃謂此編上人禪餘之緒言，以遺興已。余及信卿之言插入編中，固無公世之意，是以紬繹不完，論説闕如。二公已作土中人，余復何言！余復何言！獨悲此編爲蠹魚滅，因應其請貽之同志，弁以上人平昔之言，追感之情無已，拈毫之時，淚落紙上。文化紀元甲子春二月，橘洲畑元禎撰。

葛原詩話後編目次

卷二

翁，渠我，我儂，吾儂，箇儂，儂/純/茅柴/雨子，月子，雪子，杏子花，片子時，柰子花/村步，弄，濱/小清明/雁户，雁臣/俯字/嬲字/末下/么鳳/碧花，澹泊花/之字/翠如何其/小步馬/年頭，年内/近體全首用通韻例/拚字押韻

卷三

半鋤雨/粗才，粗使，粗官，粗人，粗山水/金曲巵，玉屈巵/畫胡/薄相，賤相，窮相/過，多，幾何多，深，奇/碧梅/紫梅/歌莫哀，滿眼酟/蠶官，蠶娘，園婆，婆官，土公，孟婆，社翁，田神，蠶神，田祖/合殿，通殿/索性，索鬧/笭箵，箵字平上二聲/擇勝亭，移春檻，丁字亭/太半，少半，小半，半分/中/眼中人/圮橋/黄花菊，菜花亦稱黄花/歸遺/乾雪，煎白，愁白/如馨，爾馨/草人/破/續/沙/唐劉叉冰柱雪車詩/思字去聲訓悲，思字兩音/向道/缸面，甕頭/有有無無句中迭用/紅塵，軟紅/一川/重複語/是字/産字/直置，挑脱/頭上，當頭，當中/他日，他年，異日，明月，來朝/雪中騎驢孟浩然/古韻，通韻/連/研北/除是/教料/眼看，眼/不似湘江水北流/屋舍間數/煙草詩/揉柏爲物形/小茶/鏡聽詞，響卜，琵琶卜，油花卜，繭卜，瓦卜，擲錢卜/泥，𧧝，妮/梨花雲，梨花夢，梨花盞/蠶三幼

卷四

假字/無粥/捉迷藏詩/熟食，寒節/也字置於句末/唐花/稱僧爲褐，寄褐/元和腳，元佑腳，宣和腳/老罷，阿囝，郎罷/干/掃取/留春亭/御所/正使，正令，直令/茱萸煙，牡麴煙，水屏風，胡皴，竹驂褭，竹驊騮/三絃/自鄶，既灌，絶麟/噓，吉噓，噓涕/紫陌二所/月泉

《藝園鉏莠》二卷

〔《日本詩話叢書》第八册。自序、跋。〕

藝園鉏莠自叙

松邨九山

文化庚午之春，予應召遠來，在勤于江户之邸，於今六閲月矣。年垂七袠，功業未成，齒已齵，髮已皤，况復秋光將盡，寒露瀕霜，鳴雁落木，感老生之深乎？歸心頻動，不可奈何。且夫聞見東都之世化，聽觀時豪之風聲，大都文物磊落參差，人人各自振藻，家家各自展技，然至崇道尚德、慕忠厚之跡、述先賢遺文者，則千百人中僅一二而已。雖有時以文章鳴者，不斷斷相誇，則樸樕自守。其教育子弟也，貪多衒博，不知遵古之教。於是文逐殊俗，而不存典雅；詩好新奇，而靡擇侏俚。乃唯小説劇話、俳優綺語是尚是效，於是乎黼黻之文，温厚之風，索然殆掃地矣。僅崇古文修唐詩者，亦十分而不得二三焉。則將誰與論文，誰與言詩？

于嗟古之道，吾聞以雅興風俗也，未聞隨流俗能興雅也。夫雅譬如嘉穀，流俗譬如稂莠。《詩》不云乎：「無田甫田，維莠驕驕。」觀今之大都，其如甫田乎？陶靖節有言云：「歸去來！田園將蕪。」予也藐焉鄙生，將去終老於故園也，何爲徒悲時世，以事杞人之憂乎？唯恐我舊園之荒蕪，而冀歸去修田疇耳，而未可遽得也。頃者得北山山喜六所譔《文率》及《詩話》者讀之，其説蔓延繁蕪，萋萋焉芊芊焉，《甫田》所云驕驕者耶？非耶？予益畏其害嘉穀焉。余亦有《詩話》《文説》〔一〕，欲以示子弟者若干條，以用舍未定，不成之篇次。老身妄以爲年齒猶有餘也，因私蓄而俟時已。故欲先鉏其害嘉穀者，以備樹藝之一助。輒取之胸次，任筆録之，名曰《藝園鉏莠》，因自叙其由爾。文化七年季秋，操筆於昌平橋南寓舍，越前松邨良猷。

題刻藝園鋤莠後

北山氏數著書，以非世爲唐詩者，因目于鱗選者曰僞《唐詩選》。予以爲其所目悖其所見矣。何則？加唐以僞，是嫌於僭僞李唐，而非所以毁夫選也。《選》果非其選，則當曰《唐詩僞選》。彼徒不察，吠聲和之，開口輒曰「僞唐詩選，僞唐詩選」。僭僞後唐，選詩於何有？而又何傷於夫《選》哉？予故曰「其所目悖其所見」矣，豈其不然乎？

家大人生於醫家，幼小好學，奉教於祖君膝下，誦習不倦。年十五六講經義，且能屬文賦詩。

〔一〕《詩話》《文説》：底本訛作「詩文説話」，據書後《題刻藝園鋤莠後》改。

刀圭之暇，講授諸生不怠，五十餘年如一日。其所著有《方罫》《治筌》，有《中篇》《醫窖》《闢醫斷》《豈好辯》《天民耦語》《義臣解難》《管仲孟子論》《論語古訓餘義》《詞壇骨鯁》《讀經譚》《詩話》《文説》《九山初稿》等若干卷，聲名藉甚於加越之間，雖逖矣南勢、西肥之人，或已知其名，有時通書信者。然以其僻在於北地也，未得知交於大都，是以無顯於東都。今玆偶衹役於此地，因暇日著此書，其志蓋在撥除文章之阨焉。平素所志，以業餘講究經術，時亦遊藝園，如此書則寔其緒餘耳。雖然，其論所關不小，能讀者服善徙義，則將有大益於後學者。欽也冀之切矣，是以慫慂乃成事，微志所存，未可遽行也，因公于世而見同志之人，以俟河清。國字小著，何足以概量乎？識者幸勿徧視焉。爲之跋。文化庚午復陽月，男松邨良欽誌並書。

［作者簡介：松邨九山（まつむら きゅうざん MATSUMURA KYUZAN），一七四三—一八二二年，江户時代，越前（今屬福井縣嶺北地區及岐阜縣西北部）人。名良恭，字良猷、孔凱（一爲「公凱」），世稱「棲雲」，號九山。越前勝山藩之醫官，松村元暢之子。雖承父業以醫官仕於勝山藩，然於明和元年（一七六四）獲罪免官，作爲儒醫仕於大野藩。且開設家塾執教。文政五年五月三十日殁，享年八十歲。其著作有：《論語古訓餘義·續九經談》一卷、《字義訓》四十五卷、《管仲孟子論》一卷、《唐宋詩論》一卷、《天民耦語·詞壇骨鯁》一卷、《藝園鉏莠》二卷、《義臣解難》一卷、《痘疫論》二卷、《豈好辯·有中篇·詩語及文説·方罫治筌·九山初稿·九山遺稿·讀經談》一卷。］

《詞壇骨鯁》一卷

松邨九山

〔《日本詩話叢書》第八册。自序、跋。〕

序

雨森牙卿者，予舊時友弟，而今乃東都之聞人、操觚之名家也。其爲人好學貴賢，豈弟自喜，可謂後進之領袖矣。屬者有北山先生山本君者，少壯而博學，剛毅尚志，自稱撥亂反正之學，誘士會徒。牙卿見而悦之，與圖南山田君俱首歸於其門，於是東都人士靡然向風，北山氏之業將大有爲焉。

今兹癸卯之秋，牙卿陪從君侯，來省慈君於大野，留再旬餘，以故與予舊交相尋，以得慰十年索居之懷焉。牙卿乃齎北山子所撰《作文志彀》及《作詩志彀》者來贈予及二三子，以示北山氏之風概。交誼之厚，一何至矣哉。且夫牙卿之於北山先生，蓋亦可謂奔走前後之良友也矣。

予取其二《志彀》而讀之，持論俶儻，出於前人所未發者，固後行之嚆矢、先進之起予矣哉。雖然，文章者經國大業，不朽盛事，而載道致遠，移風易俗，國家之治亂係焉，豈不亦重且大乎？譚何容易！孔子曰：「君子義以爲質，禮以行之，遜以出之，信以成之。」子張問行，子曰：「言忠信，行篤敬。」夫北山子未從事於此乎？其說之奇可悅，假令皮相耳食之徒一旦倡而和之者多也，彬彬東都，豈無有識乎？切惜其門少骨鯁之人也。然予於北山子未有半面之識，則其行與否，固非所關也，獨奈牙卿之誼何哉？夫交友之道，忠告而善道之，不可則止，毋自辱焉。若夫善道，則非予之所敢當也。

予姑忠告於牙卿，牙卿無不可之色焉，則不可以止。豈啻不可止哉，牙卿亦懇求不已，予乃肯聽焉。遂援筆以代口語，鄙諺諄諄，聊以報牙卿。而牙卿豈辱予哉？予將以此爲骨鯁乎北山氏云爾。松邨良猷。

跋

予聞之牙卿也曰：「北山子爲人，外寬而内明，平居不好與人争辯，其性又任勇義，而忼慨救人之危難若己之事，豁達不拘，聞義能遷。」果爾，則其人才可欽而可慕矣。何其人之如此，而其所撰如彼也？甚可怪矣。而愈益可惜也。予所爲筆此書以報牙卿者，豈唯爲牙卿之忠告焉哉？冀得北山子之一顧，以玉成其人，而後得聞其餘論焉，猷之願也。敢布腹心，牙卿其可徒已焉乎哉？牙卿其可徒已焉乎哉？天明三年癸卯秋九月，九山松邨良猷識。

《談唐詩選》一卷

市河寬齋

〔《日本詩話叢書》第二册。目録。〕

談唐詩選總目

十七　改正五七絶文字

十八　五七絶拗體

十九　崔惠童詩開生面

廿　崔氏兄弟置卷末之誤

廿一　崔氏兄弟可入盛唐

廿二　初盛中晚要大概言之

廿三　七言四句稱絶句辯

〔作者簡介：見漢文詩話《詩燼》。〕

廿四　後世作者不知勒韻

廿五　五律排律以對起爲正體

廿六　南郭誤用「含杯」字

廿七　太白絶句用意不用意辯

廿八　《古今詩删》非僞書之證

廿九　總論一則

《詩學還丹》二卷

川合春川

〔《日本詩話叢書》第二册。序、目録。〕

詩學還丹序

世雖有精鐵，冶師不加陶鎔，則不能成湛盧；雖有良木，梓人不施斤鋸，則不能成宫室矣。近世詩材之書，刊行于世者繁且多也，率如精鐵良木也。然或志于詩者索其數書，將學之而不成，則以爲不可跂而及之。余每憾焉。

三野源襄平夙齡而有逸才，一入吾龍先生之社，竭精覃思，淬厲甚窮，頃日著《詩學》之一書。其爲書也，述摹擬古人之詩，或以國歌爲詩句，以和言爲詩語等之事，將俾初心易入于學詩之境。於戲！可謂最哉。是猶冶師梓人之教人成陶鎔斤鋸之術也。貫習於陶鎔斤鋸，而後得精鐵良木，能察銛鈍、視細巨，施之巧，則庶乎成湛盧之利、宫室之美矣。然苟且而安於卑近，以爲詩易成者，余之所不取也。丁刻成，是爲序。安永丁酉夏五月，盧門平信好師古譔。

目録

［作者簡介：川合春川（かわい しゅんせん KAWAI SHUNSEN），一七五一——一八二四年，江户時代中後期儒者。美濃（今屬岐阜縣）人，實名孝衡（或衡），字襄平，世稱「丈平」，號春川。別名川合孝衡、川合襄平、川合丈平、川合文、源春川、川合衡。本姓佐竹，其父佐竹一鷗。十五歲時過繼爲京都醫者川合龐眉之養子。師事「徂徠學派」彦根藩（今屬滋賀縣彦根市）儒學者龍草廬，以文章著名。和歌學於尾張藩（今屬愛知縣）植松有信。安永九年（一七八〇）任紀州藩（今屬和歌山縣）儒官，文化二年（一八〇五）始任紀州藩領學問所教授，爲紀州藩文學之興隆盡力堪讚。與菊池五山、川内當當、松尾東來、岡田新川、千賀範卿、松平君山等從交甚密。寬延四年（一説寬延三年）十月二十二日生，文政七年九月二十五日歿，享年七十四歲。其著作有：《周禮考工記圖解》四卷、《儀禮釋宮圖解》一卷、《儀禮質疑》八卷、《周官質疑》八卷、《三禮説統》、《立禮教纂》、《詩經正名編》四卷、《五禮類纂》二十二卷、《國朝詩

韻》一卷、《作文圖箋》一卷、《文法圖例》二卷、《讀韓文法》、《四等則字例》二卷、《詩學還丹》二卷、《選詩材》二卷、《梅花百絶》一卷、《鶴樓文集》十卷、《日課新題》一卷、《嚴滄浪詩集》二卷(校)、《林和靖詩集》二卷(校)、《九經補韻》一卷(校)、《帝王承統譜圖》一卷、《親族母黨合成圖》一卷、《分應名解》八卷、《春川詩集》一卷、《春川詩草》四卷、《勢遊艸》一卷等。」

《作詩志彀》一卷

山本北山

〔《日本詩話叢書》第八册。序、目録、跋。〕

作詩志彀序

門人山田正珍宗俊撰

余嘗聞射之道，調弓停矢，如古人之法，支左之直，詘右之平，亦盡同古人所爲，不知志於彀，未失正鵠者鮮矣。故羿之教射甘蠅，必先致精於斯，甘蠅亦必致精於斯，能傳受其妙，於是彎弓則走獸伏、飛鳥下。唯於執弓持矢之狀也，甘蠅不能同乎羿，羿亦不能同乎羿以前人矣。是可以通而言之詩。

詩之所以爲詩者，特在乎清新耳。詩之清新，猶射之志彀。明李于鱗不知詩之所以爲詩者，字字擬唐人，句句同唐人，自以爲得唐正鵠。近時物茂卿眩其形似，稱爲唐後一人。吠聲之徒靡然從之，奉其詩爲金科玉條，唯摸擬是務，豈不亦傷乎？奚疑夫子著斯編，名以《志彀》，其意在使夫後學不失詩正鵠也，蓋得伏獸下鳥之妙，亦索於斯，豈難得哉？夫子之業，以經濟有用爲本，至如詩與文，抑亦其末耳矣。吾恐世之讀斯編者，或視以爲夫子本色，因並及此云。天明壬寅九月癸卯，頑庵道人書。

北山先生作詩志彀標目

仄起平起/起承轉合/律/拗體/排律/絶句/聯句/詩餘/押韻/格調/剽襲詩十首/性靈/清新詩十五首/天門中斷/絶句解/蘭陵美酒/徂徠詩誤/唐詩歸/瀟湘何事/宮女如花/懷中白壁/諸家本集/唐詩選/秋浦歌/洛陽道/秦時明月/已見寒梅發/漢國山河在/滄浪詩話/三家詩話/徂徠不知詩道/體裁/含蓄發露/言志詩/老杜詩/三家絶句/春臺南溟命題杜撰/列朝詩集/擬議成變化/元美定論/世論不知韓袁/佳詩暗合/中郎集/絶句解拾遺/幸不幸/弇園泌園/詩變總論

附　録

徂徠文章謬誤/南郭文章謬誤/南郭詩誤

作詩志彀跋

《詩三百》以降，前賢詩作各各不同也，如其面相異矣。蓋詩道之正在乎斯。明二李氏不知詩爲何物，欲以後今復乎前古，以我同乎人，詩道之亂莫甚焉。一二李而果是，則不若直就古人詩集而諷詠之爲愈也。吾北山先生唱反正之學，曩者有《作文志彀》之作，而操觚之士始知文章之正矣。今茲復作爲此書，以援世溺時詩者，亦是撥亂之一端耳。此書之行也，不特吾黨諸子之幸，海内言詩者又始知詩道之正矣。嗟呼！先生固不淫詞章以競勝於一時，亦唯稽古餘力，自逮於此耳。

天明壬寅仲冬朔，門人陸奥高井邦淑謹譔。

［作者簡介：山本北山（やまもと ほくざん YAMAMOTO HOKUZAN），一七五二——一八一二年，江戸時代，江户（今屬東京都）人。名信有，字天禧，世稱「喜六」，號北山、孝經樓、奚疑翁。自幼隨山崎桃溪學習素讀（無論理解與否先行朗讀），後從「折衷學派」井上金峨而奉折衷學。經學則以《孝經》爲本，二十二歲時著《孝經集覽》二卷。著《作詩志彀》《作文志彀》排擊荻生徂徠等之「古文辭派」，文據韓柳，詩倡「性靈説」主張清新，所創詩社名「竹堤吟社」，遊學入門者達數百人，門下有市河寬齋、大窪詩佛等，令詩風一轉。「寬政異學之禁」時，因與龜田鵬齋、冢田大峰、豐島豐洲、市川鶴鳴等共同反抗，被稱爲「江户五鬼」。寬政四年（一七九二），應秋田藩主佐竹義和之聘成爲儒臣，任江户藩邸日知館教授。其家境殷實，常購求奇書而博覽。寶曆二年生，文化九年五月十八日歿，享年六十一歲歲。亦被稱爲「述古先生」。爲人豪邁卓絶，重然諾，具俠客風範，其印章刻有「儒中俠」三字。其著作有：《作文志彀》一卷、《作詩志彀》一卷、《詩藻行潦》四卷、《作文率》四卷、《作文例證》一卷、《文用例證》三卷、《作文例證續編》三卷、《文事原始》三卷、《文事證據》五卷、《文事考》五卷、《文事證誤》七

卷、《文藻行潦》三卷、《廣文藻行潦》七卷、《詩藻行潦》四卷、《詩率》一卷、《作文率》四卷、《助字率》十卷、《孝經樓詩話》二卷、《孝經樓漫筆》四卷、《孝經樓文集》五十卷、《論語正義·北山先生論語説》二十卷、《學庸正義·大學辯》二卷、《北山先生大學説》一卷、《中庸辯》一卷、《北山先生中庸説》二卷、《孝經集覽》二卷、《校訂孝經》一卷、《古文尚書勤王師》三卷、《尚書後辯辯》十卷、《經義掫説》一卷、《古今學派考》等。〕

《孝經樓詩話》二卷

〔《日本詩話叢書》第二册。序二首、總目、題詞五首。〕

孝經樓詩話序

山本北山

姬周之《雅頌》，則姬周之詩，而非我詩也。漢魏六朝之歌行，則漢魏六朝之詩，而非我詩也。李唐三百年之諸體，則李唐三百年之詩，而非我詩也。取非我詩者以爲我詩，吾則弗知也。夫天道運而不處，日月争所，四時相代乎前，山川草木變而不窮，禽獸蟲魚舟車器械化而無極，百億萬劫，揭故趨新。古人既逝，今人復繼，其旋轉運動須臾不止，則耳目聞見亦逐世而新矣。故古人所無，今人或有之。古人所不見，今人或見之。古人所不言，今人或言之。其所言者，非必前人有遺，而今人拾之也。然則今日之詩，取之於今日而足，何須求之於古耶？後世人心離，實自欺。片言支語不出於己肺腑，假古之詞，屬今之事，剽竊踏襲，粉飾極巧，妍者媸之，活者死之，神奇者臭腐之，如王則、邵青用田單之火牛，居然無所施也。龍文劍角，嚴則嚴矣，不知神機妙用之不在於此，宜矣其自取奔敗也。今夫假裘於人，著而弗反，則人謂之賊。而彼假詞於古而爲我詩，於其心慊乎？剽竊踏襲，古人以爲賊，而彼以爲程焉，何自欺之甚。鈞是人也，則無喜怒憂悲之動於心乎？則又無觸物感時，見天地事物之變，而可喜可愕乎？苟出於此而求其辭，則眼觸於今日之物，心感於今日之時，而天地事物之至美至怪，皆可以述矣。夫如是，則其辭之出於我者，亦如鑿井得泉，汲而不竭，靈通變化，觸境流出，是之謂我詩。又奚爲垂涎於飣餖，而嘗其殘膏剩馥以自厭焉哉？

我邦享保、寶曆之間，詩人並起，大唱于鱗氏僞唐詩之風，迺奉僞《唐詩選》爲于鱗氏之玉牒，而撫弄後學，一時海内流傳成習，詩道遂壞矣。余友北山先生有所見於詩學，惡其風之僞，恒極口而痛駁之。前著《作詩志彀》一書，大駭藝園之耳目。初則皆怪之，久而彼自知其非，而脱舊習者衆，於是重爲詩話一篇，其論極新奇，頗出人意表。傍及于鱗氏僞《唐詩選》之事，其言足再駭海内之耳目，掃舊習而盡之矣。嗚呼！海内言詩者，因其言而知所謂我詩，而復歸於我詩者，亦終不遠矣。則先生之有功斯道者不尠云。文化四年丁卯冬，友人鵬齋龜田興撰。

孝經樓詩話序

在今之世，苟讀書者，皆莫不知北山先生，而莫真知之。蓋世之稱先生者，或工其詩文，或長其議論，或博其學問。其毁之者則曰雕蟲之技，屠龍之術，與夫記問之學，何足以稱真儒哉？然則其見稱於世者，亦所以取嫉於人，而稱之與毁，皆非真知先生者也。

先生者，非世所謂儒生也，其爲人豪爽卓犖，而有經濟之材、韜略之器也。所謂工於詩文，長於議論，博於學問，蓋其緒餘耳。吾聞之，梅止於酸，鹽止於鹹，飲食不可無鹽梅，而其美常在於酸鹹之外。先生嘗著《孝經樓詩話》，以寓至味於淡泊，亦味外味也。若夫不知味者，乃曰：「好味止於噉園葵，則五鼎方丈吾何欲焉？」此亦非真知味者也。鼎也親炙之日久矣，古所謂厭飫芻豢，反思螺蛤者歟？此其所以深得於味外味也。書賈綺文主人固有饕餮之稱，及詩話之稿成，乃請而刻之，欲以賙詩厨。此刻也，世之與我同嗜者，食指不得不爲之動也。文化戊辰正月廿一日，門人朝川鼎謹識。

孝經樓詩話總目

卷上

十一、閏七夕，閏中元
十二、七月閏
十三、月初三
十四、新月非朏
十五、初月，眉月，晀月
十六、新月指朏
十七、初日，初月
十八、銅片，雨片，秋片，梅片，風片，片子，片日，芭蕉片，鮫綃片
十九、一片
廿、拂曙，拂旦，投曉，侵曉
廿一、雨足
廿二、日斜，日長
廿三、午時
廿四、子夜，午夜
廿五、祈雨詩
廿六、僞《唐詩選》
廿七、真《唐詩選》
廿八、《漫堂説詩》評《唐詩選》
廿九、《唐詩選》，《唐詩歸》
卅、嚴滄浪《詩話》妄書
卅一、滄浪謬論
卅二、三唐
卅三、王阮亭，趙秋谷，馮鈍吟
卅四、神韻
卅五、《唐詩品彙》誤
卅六、楊升庵評高廷禮
卅七、《唐詩鼓吹》
卅八、《唐三體詩》
卅九、《全唐詩》杜撰，《文體明辨》誤
四十、杜常非唐人
四十一、《古今印史》《竹坡詩話》誤

卷下

題詞

流水高山付賞音，弦弦彈出古人心。要知萬壑松濤響，且聽先生百衲琹。
暄日和風氣漸勻，鶯聲燕語鬧芳辰。羡君獨秉花權柄，批白評紅料理春。
藉君首唱性靈功，一洗僞唐摸擬風。世上是非知幾許，難逃業鏡照來中。
藜杖何邊去探春，人間無地似桃源。今朝偶覓洞門入，柳暗花明别有村。
一縷香煙客散餘，半簾花影月升初。滿懷清思無消處，閑讀我翁新著書。

大窪行

《討作詩志彀附録》一卷

杉友子孝

〔東京六合社昭和三年(一九二八)池田四郎次郎編《日本藝林叢書》第一册。例言、書二通、跋。〕

討作詩志彀附録例言

一、吾熊水先生之著《討作詩志彀》也,其意專在爲徂徠、南郭、春臺三君雪其冤,故誣謗弗及三君者皆略,不效害人利己之咎也。且其言有控而不發者。小子懼奸猾之徒不敢爲懲,猶巧作之辭。然而小子何知,幸得從先生而學,時與聞伯父東海翁餘論,竝録所聞附焉,欲不使不仁者加己也。

一、東海翁師道甚嚴,不苟許人,而常稱吾先生以博物。而吾先生性也篤厚,不敢以之自多。且憎好而漁獵稗官小説及後世記注册子以爲博者,故《附録》中故有略之者,懼背其教也。讀者請察諸。

一、討文止三君之事,《附録》及五君者,以東海翁答吾先生書中,言及李、王二君也。故并録其書以徵。

一、此篇半成，乃聞西都某、備前某前亦有是舉。二君子之選，誅《志彀》全篇之罪必矣。即予此篇益略，唯是爲五君，佗豈敢與知乎？

一、《志彀》中有猥雜無章不可讀者，即置不議。或云書之者，頑庵道人也。頑庵道人者，日暮里正覺寺性山也。性山以善和歌名乎都下，而國字之語助失用，不可讀者如此。夫和歌亦以原古人之語，善變化之爲貴，和歌者流殊慎焉。而頑庵入清新家之門，相唱妄言，於其和歌危哉云云，所謂清新亦失其義矣。然我聞性山禪師者，嘗從某比丘學經，以詳密聞法門。其德既高矣，豈陷野狐窟中乎？蓋同名而異人也。儻非異人，是必以信友爲海鷗鳥也。

書

昨大願來，頤姪之書并《討信友文》及《遺正珍書》致之，《作詩志彀》附焉。《討文》所舉諸書歸然，可以益見信友之妄矣。誰能閒之？《遺正珍書》論正辭修，姪也實當世博物一君子也哉。他日我曰「姪也學不在子迪之下」，於是自覺言之不私，然已不作文而讀書，其蔽也不得不陷理路。一陷理路，不能知辭氣。不能知辭氣，不能免隔搔之病。不能免隔搔之病，焉得知所以文爲文？所以文爲文者，道之輿也。故文不足則不可以徵，不可以徵，則不可載而致之久遠以經國矣。蓋先王之所作，仲尼之所述，存于今者，獨《詩》《書》《禮》《樂》。《詩》《書》《禮》《樂》諸經傳，愈慎修於文辭。故不閑於文辭而讀之者，其義昧然。然後儒不務閑於文辭，唯理是窮，是以叔世不振。

獨我皇和至國朝之興，昇平之化，文明之德，廣矣大矣。即運數之會，有徂徠先生者出，唱復古之業，教乎尚辭，故及其門諸賢，無不閑於文辭者。乃華和異域，言語異宜，然而心與目謀，吾睎猶吾。《詩》《書》《禮》《樂》諸經傳，雖不賴奇，其義瞭然，謂是善讀書也。曾誤謂姪也爲學，好博涉書，不意操觚，竊爲我感。雖然，人心如面，固諫或賊恩敗德，以姪之賢，後必自辨焉。與其强也，俟姪之生，豈不愈乎？今而讀之書，其力勝才，欝乎佳文哉。夫文章者，以不朽爲珍也。苟得不朽，《出師》《陳情》，一而足矣。儻其共草木朽，雖多何爲！於姪之文，業已如此，而後余喜可知也。

《志彀》所言咸妄，始無足議者，况所載彼之詩乎？夫僞而堅辯，非而博澤者，先王之戮民也。姪之責言不可償也。其駁李、王二公，錢、袁之輩，嘗學于鱗氏而不成，求狠而勝之，各已極口，彼食糟魄而若己新發之者然，何其顔之厚哉？又於來翁及吾服子及周東野、春臺、金華之諸賢，伊宇之徒，不知而誣謗，其書往往有焉。彼皆藉之加妄也。初，彼介花房平三，見余以咨度。時二三子各或言其志。彼前席曰：「得天之寵靈，以讀書如羅山林先生，榮願有餘。」竊察所言，有可卑者。且忌其率爾，屏之不苟。後妄意以注《孝經》，其序以己母銜名。則豈不得以其母以銜名乎，不孝孰甚焉。孝，禮之始也。既失其始，禮其何有？宜哉不憚敖慢以放言。人而無禮，雖能言，不亦禽獸之心乎？不耻躬之不逮，反求榮不休，欺不知者，而詈諸君子以逞其意，去順效逆，爲都下頑嚚之主，萃淵藪，此以致衆，多貪其贄，近來頗貨殖云。是天奪之鑒，益其疾也。以易人而不顧已矣，不可以久。姪也莫憂焉。凡學安其教訓，而服習其道，唯所納之，無不如志，久之見其化。今庸愚之質，加以忌克，好於異端，違於先哲，抑彼似馬。夫馬及懼而變，將與人易，亂氣狡憤，陰血周作，張脈僨興，外强内乾。其爲人也如此，故十四五年來，絶不視其所以。而彼侮遠來翁及服子，流毒太甚，而余未知之。人或謂我力不能辯之，拱而受其辱。且又謂李、王及諸賢之所誤，如彼之所言。余而默之，不忠謂之何？方今之世，糾逖師慝，將以誰任？雖余不敏，苟及承乏，則不可辭之役也。亦唯爲彼庸愚故，概而舉之，未嘗以彼爲虞。彼閒而動於惡，王長鷄狗之閒，殆亂乎風，蜂蠆有毒，而凶人乎？此余之戒懼之怠也。幸得姪之力，閒執讒慝之口，光昭先賢之令德，豈不愉快乎？微姪之力，何辭以解先師之靈？多謝。

正珍者，嘗聞其名於稚明所，又以姪之書中所稱，此温厚之君子也。夫妄庸信友，且師事之，其下士好問可知而已。然則讀姪之書，服姪之義，請益姪之門或有之。人也初學於稚明，與聞春臺先生之教，後叛事信友，與偕瀆諸賢及春臺先生。彼序於《志彀》，自言知射之道，胡爲其忘尹庾？呼！舍其舊而新是謀，淺之丈夫也。且咎之徒也，爲姪謀之，宜比之毒而無近之也。《詩》曰「貪人敗類」，可不慎乎？餘容面罄，不次。

二月，惟馨復。

士文賢姪足下。

另

彼既狼戾自用，且務啗名，視姪也寇讐不啻，無改過之心，斷而可知也。想當此書之刊行之後，亦索小釁而不置，亦復誣冤姪也。多言以文其過也。若從而辯之，則是剥蕉矣。豈有極止？

愼而勿爲激以爲知者之偶，十手目之所指視嚴乎，是非自章，君子無所争。設與之争，則非爲三君力焉，而效强辯之過，過甚於彼。以親昵之故，莫狎我言之諄諄可也。頃日有隱憂，懶惰十倍于常，筆重如棒，字有揩注，非敢不敬也。爲之故也。姪也其恕諸。

右東海先生之報書，采録以徵予言。且私句之，并施旁注。杉友識。

跋

有山本信友者，著《作詩志彀》，妄非先賢。其書辭或游或屈，誣亦甚矣。於是吾熊水先生有討之文，不敢屑之也，蓋惡縱出惡聲也。不然，先生豈不知彼自用毒先賢，世諸君子無之信者乎？誠不得止也。而討文之辭極寡矣。社友杉子孝懼闇愚之徒或不能通而吝改過，作之《附録》述先生之意而詳焉。吉人之辭寡，非有推而行之者，惑者何辯？此子孝之志也。忠哉子孝。不堪其喜，聊題卷末。

天明甲辰春二月，植村正弘士道跋。

［作者簡介：杉子孝（すぎしこう SUGI SHIKOU）江户時代人，生平不詳。乃佐久間熊水（一七五一——一八一七）之弟子，且爲「一時之名家」。其爲江户時代人，所據吉川裕《伊東藍田と反徂徠學——『作詩志彀』を中心として》（自日本國會圖書館檢檢索出的歷史學關係雜志論文新著情報/二〇一三年三月十一日）一文所載「作爲直接反駁山本北山的著作有：佐久

間熊水的《討作詩志彀》以及作爲其附録的杉友子孝所著《討作詩志彀附録》（均刊行於天明四年〈一七八四〉）、作者不明的《唾討作詩志彀》（刊行年代不詳）、松邨九山的《詞壇骨鯁》（天明三年〈一七八三〉跋）等，自當時起對於山本北山的反對意見便廣泛存在。」據同文「『討作詩志彀』と『討作詩志彀附録』」得知其爲佐久間熊水之弟子。據同文「注⑭佐藤一齋《佐久間熊水墓銘》」得知其爲「一時名家。」關於其姓名，《討作詩志彀附録·跋》（植村正弘）稱其爲「社友杉子孝」，《佐久間熊水墓銘》（佐藤一齋）載「（佐久間熊水）又與一時名家伊藤萬年、中根君美、杉子孝，以詞藝作合。」其著作有《討作詩志彀附录》一卷。」

佚名

《唾作詩志彀》一卷

〔東京六合社昭和三年（一九二八）池田四郎次郎編《日本藝林叢書》第一册。〕

按：是書内容駁《作詩志彀》，共計二十九條。

《詩訟蒲鞭》一卷

雨森牛南

〔東京六合社昭和三年(一九二八)池田四郎次郎編《日本藝林叢書》第一册。《日本詩話叢書》第八册。序。〕

詩訟蒲鞭序

鈴山山中宣譔

天地間物咸異其性,而人爲最靈。人有知者,有蒙者,有學而始覺者,有迷而不悟者,雖造化之有力不能同焉者,是自然之道也。詩文道亦復爾。有虚者,有實者,有森嚴者,有灑落者,格格體體,自然不一矣。近世自蘐園物氏出,以似爲貴,使學者字字句句,古人唯之摸。自余觀之,猶旦丑之打扮古美人古姦雄,似則似矣,然奈非真何? 物氏所奉之詩文,亦如斯蒙昧之徒嚼其查舐其涎爲之皂隸者,今尚不少矣。

北山夫子憫其如斯,倡反正之學,嘗著《作文》《作詩》二《志彀》,撥其擾亂,知鵠的所在,於是海内俊傑興起,與盟於奚疑社者日日彌多,遠方負笈雲集。頃間,某生著一小册子毁非夫子,妄欲與吾党争訟,世人皆謂螳螂當車轍,蚍蜉搖大樹,不知量之甚也。或示之雨森牙卿,牙卿一覽笑曰：「此何足輕重蘐社與吾黨，要不校之而可。」然彼徒惑未解，豈不傷哉？ 猶恐或有更爲争訟者，此不可不辨明也。《傳》曰「不直則道不見」，遂搦管陳述《志彀》所説，一一直而有嚴乎確證，不圖爲一書，名曰《詩訟蒲鞭》，蓋有微意在也。

牙卿剛而恕，豪而敏，能拯人之急，能贍人之困，大有古昔顧厨之風，加之博學洽聞，以嘗首和反正之學，號曰「首和亭主人」。嗟呼！ 彼徒覺《蒲鞭》微意所在，能悔悟牙卿與其進，容而不拒必矣。牙卿初無意刊此書，余及其門人滕季卿、井叔龍等勸以上木，蓋不啻彼徒聞過之幸，令世半信疑之人有所覺云。

按：凡例五條，詩話十九則，每則先列《作詩志彀》及《討作詩志彀》之説，末以己意駁《討作詩志彀》。

［作者簡介：雨森牛南（あめのもり ぎゅうなん AMENOMORI-GYUNAN），一七五六——一八一五年，江户時代，越前（今屬福井縣嶺北地區及岐阜縣西北部）人，醫生、漢文詩人。名宗真，字牙卿，號牛南、松蔭、二翠軒，其家世代爲大野藩之醫官。本姓笹島，赴江户成爲叔父雨森宗信之養子（《松蔭醫談》中記有「予爲叔父家收養，襲雨森氏」「予は、叔父の家に養れて、雨森氏を襲ひ」と符號する）。師山本北山，擅長詩文。成爲大野藩儒醫官教授「折衷學」。文化十二年殁，享年六十歲。其著作有：《論語實説》五卷、《詩訟蒲鞭》一卷、《松蔭春秋》三卷、《松蔭醫談·筆京》三十卷、《歲時問答》二卷、《冬窻呵筆》三卷、《傷寒論講義》十二卷、《牛南子·姑存集·藥石外編》十卷、《萬日紀行》、《牛南詩鈔》。］

《駁詩訟蒲鞭》一卷

〔東京六合社昭和三年（一九二八）池田四郎次郎編《日本藝林叢書》第一册。後序。〕

何忠順

駁詩訟蒲鞭後序

予客子厚所著《駁詩訟蒲鞭》成矣，予閲之曰：嗚呼！顯其善，藏其惡，君子之事也。雖然，不使不仁者加乎其身。豈特不使加乎其身，不使人加乎其身，仁者之事也。吾與惡不仁者而爲仁，即喜而助之梓行矣。華頂道人釋真静題。

〔作者簡介：何忠順（かちゅうじゅん KA CHUJUN），江户時代後期，高岡（今屬富山縣高岡市）人。號石窗山人，生平不詳。著有《駁詩訟蒲鞭》一卷。〕

《夜航餘話》二卷

津阪東陽

〔明治十三年（一八八〇）關西圖書株式會社印刷發行本。《日本詩話叢書》第四册。〕

按：和文序一首。内容鈔撮其《薈瓚録》、《反古抄》二書，凡一百二十條。

〔作者簡介：見漢文詩話《夜航詩話》。〕

《葛原詩話糾謬》四卷

〔《日本詩話叢書》第五册、第十册。目録。〕

葛原詩話糾謬目次

津阪東陽

卷一

卷二

樣，來/未委/若爲/撥忙/生酒，煮酒/些/煞，忒/節略古人名/唐花，唐子/斷年/暖熱/著/劣/盍，微/爲花/眼看/鐺腳/小茶/一枚泥/天狗舞/黃篾舫/健/泥/業/婪尾/清平調/剛，剛道/三絃/彌/斐然之作/平欺/撚指/不道/坪/蓋/重慶

卷三

種齒/落/斂昏/火閤，火籠/柳箱，布襆/約/落磑/又，再，更，獨/野燒瘢/恰恰/邀勒/梵腔/罻罭/平/都盧，都來/等頭/柴户/曾來/家江/嚣/生/清權堂集/日本裘/聚文韻略/無籍/白面/斬新，斬齊，上番，頭番，新番/白道，白路/鄭花/窣地/埒地，撲地/歌莫哀/楓花，春楓/成褫，綻衣/無藉在/張翰之翰平去二聲/積漸/遥遥/卸/殘/續/亞/聖得知/探請，探支/初鶯，初雁，初雷，送雪，新鵑

卷四

披風/沙户/小梅/獨立禪師/流鶯/一向/無處/猶字乃字皆字押韻/早月/人間萬事塞翁馬/案山子/蕉葉盃，蕉葉量/茅柴/無名/叢祠/罡步/撦，搽/茶歌/青腰/憑仗/晝三更/易圓/可愛，爲憶/平章/還嬾去/笑靨/彩筆/慳/僧稱

《葛原詩話標記》一卷

猪飼敬所

〔《日本詩話叢書》第四册。目録。〕

葛原詩話標記目録

［作者簡介：猪飼敬所（いかい けいしょ IKAI KEISHO），一七六一——一八四五年，江户時代，京都人。名彦博，字文卿、希文，世稱「安治郎」，號敬所。其父乃京都西陣之絲商。初學於大橋自門等人，二十三歲志向儒學，師事巖垣龍溪，修研經書。及業成，於京都教授，文

化年間(一八〇四—一八一八)應召於津藩(今屬三重縣津市)藩主藤堂高兑爲賓師,盡力於藩校「有造館」之設立。天保九年(一八三八)移家至津,歿於此地。其學乃基於古注折衷諸家。寶曆十一年三月二十二日生,弘化二年十一月十日歿,享年八十五歲。其著作有:《四書標記》十卷、《大學解》二卷、《大學徵》一卷、《大學質疑》一卷、《論語一貫章講義》一卷、《論語一得解》四卷、《論語集解筆記》二十卷、《論語定説》二卷、《論孟考文》二卷、《詩經集説》二卷、《尚書纂傳》二卷、《尚書天文解》三卷、《周禮正誤》一卷、《禹貢考》一卷、《讀禮肆考》四卷、《儀禮鄭註正誤》二卷、《儀禮禮節改正圖》一卷、《孝經考·荀子補遺》一卷、《晏子補正》二卷、《管子補正》二卷、《淮南子校正》一卷、《史記天官書圖解補注》一卷、《太史公律曆天官三書管窺》二卷、《漢書長曆考》一卷、《操觚正名》一卷、《驅睡録》三卷、《西河折妄》三卷、《逸史糾繆》一卷、《病間一適》一卷、《補修史通點煩》一卷、《竄正名家叙事》一卷、《知囊校抄》三卷、《書柬集》八卷、《批評九經談》、《百千鳥》、《葛原詩話標記》一卷等。」

《瓢中詩話雜記》一卷

堀田正毅

〔河野文庫藏文化丙寅(一八〇六)序本。叙、目録。〕

瓢中詩話雜記叙

余好讀詩話，其殊愛不强人意。涉獵有年，偶每鈔寫，則投諸瓢中。以來集録存帙，與子臣子固鈔寫，自備忽忘而已。不許出諸闠外，只出瓢中而已，因而名曰《瓢中詩話雜記》。尚待他日就各元本訂之云爾。文化丙寅暮之春。

目録

意最深之/江月海濤/鹿胎斑/垂焰/雁影/寒膠/二句疊字/擡起/茗園/名利風情/山影/三羅/鷊鷊/乘馬上馬/寒爐秋扇/玉人

［作者簡介：堀田正毅（ほったまさざね HOTTA MASAZANE），一七六二—一八一九年，江户時代，近江宫川藩（今屬滋賀縣長濱市宫司町）第五代藩主，第四代藩主堀田正邦之長子，名正毅，世稱「門次郎」「門二郎」「三四郎」，法號元方院，本姓紀，母八卷氏。安永八年（一七七二）因其父亡故而襲封從五位下（從五品下）豐前守、天明六年（一七八六）一月十一日就任「大番頭」、寬政九年（一七九七）二月十五日任「奏者番」，同年十一月一日兼「寺社奉行」，文化三年（一八〇六）五月三日寺社奉行辭職，文化十一年（一八一四）六月二十四日任命爲帝鑑間詰。文化十二年（一八一五年）二月六日讓藩主位於長子堀田正民而隱居。與堅田藩（滋賀縣大津市堅田）第六代藩主堀田正敦編纂《寬政重修諸家譜》，通曉文學、諸藝，嗜笛。寶曆十二年生，文政二年閏四月二十五日歿，享年五十八歲。其著作有：《三子孝狀》、《林田建學記》、《笛制考》、《曹大家女和解》、《瓢中詩話雜記》等。其正室爲今治藩（今屬愛媛縣今治市）嫡子松平定温之娘。側室爲龜井氏。葬於東京都臺東區淺草金藏寺。］

《寫山樓無聲詩話》一卷

谷文寫山

〔明治二十八年五月印刷，編輯兼發行人須原鉄二郎。目録。〕

目録

畫ヲ好ミタル帝王／錢舜舉白子庭ノ畫／耆婆ノ像
移春檻／十梅之圖／朝陽對月
石田ノ畫／没骨／髻中の觀音
東坡ノ人物／周昉／紙織
列仙傳／愛宕參り／光琳の鶴
大和の地名／夏珪／夷大黑
摹本の益／瓶花の口訣／朝陽對月其二
賞鑒二義／野跡朗詠／鶴仙
大士像／畫錦堂幃幛壽帕／仙畫暗成
兆溪／雲林樵者／唯心庵
呦呦／筆洗の底に草紋を出す／龍杏非啓書記別號談
陰囊／説門弟資云／有筆有墨之論
徐黃二派清朝並行談／書畫緣書畫譜／醉筆醉墨醉畫
子昂ノ馬南蘋ノ花鳥／謹の字／寶船の事
畫始の事／泰西の畫法に因ゐ事／壽星の像
硯の中より龍出る説／肖面繪／不擇筆

卵紙/趙子固趙子昂/若齡不寫像事

［作者簡介：谷文晁（たに ぶんちょう TANI BUNCHO），一七六三—一八四一年，江戸時代後期畫家。江戸（今屬東京都）人，生於江戸下谷根岸（今屬東京都臺東區），谷麓谷（たにろっこくTANI-ROKKOKU，一七二九—一八〇九年，江戸時代中期—後期漢詩人。從學於入江南溟。文化六年九月五日殁，享年八十一歲。名本修，字務卿，世稱「十次郎」。其著作有漢詩集《麓谷初集》等）之長男，名正安，初號文朝、師陵，後改號文朝（亦兼字），世稱「文五郎」「直右衛門」，别號寫山樓、畫學齋、無二、一恕。師事加藤文麗、渡邊玄對等。綜合狩野派、土佐派、南宗畫、北宗畫、西洋畫等手法開創獨自畫風，乃江戸文人畫壇之重鎮。仕於田安（今屬東京都千代田區）德川家，爲陸奥白河藩（今屬福島縣白河市）第三代藩主松平定信所編《集古十種》插圖。渡邊崋山（わたなべ かざんWATANABE KAZAN）等門人衆多。好旅行，三十歲前已遊歷日本全國，未到藩國不過四五。旅途各地寫生山岳，刊行名著《日本名山圖譜》。山岳之中最好富士山，有《富士峰圖》《芙蓉圖》等名品留傳於世。寶曆十三年九月九日生，天保十一年十二月十四日殁，享年七十八歲。其著作有《寫山樓谷文晁先生無聲詩話並處世七難》等。］

《古詩韻範》五卷

武元登登菴

〔清風閣藏版。文化辛未冬十月山陽外史賴襄序、自序，文化壬申正月武元質序。目録〕

序

淮陰侯謂漢高唯能用十萬，已則多多益辨。夫多多益辨，不過有法以管轄之耳。詩法與兵法何異？近體短章譬如組練三千，隊伍分明。至古詩長篇，則八分五花，陣間容陣也。其法甚難睹。以其難睹，而謂之無法，是正享諸家之易作古詩也。以其難睹，而不敢作，是今才子之畫於近體也。今才子才概，其不能用大固宜。正享諸家力大氣豪，動累千言，然細觀之，如九節度之兵潰於鄴，不可收拾也。夫用小兵不可無法，用大兵最不可無法。故昔人之作長古也，韻以節之，節以運之，分散整肅，首尾相救，而變化出焉。人徒睹其變化，不知其生於法也。古論兵者曰：「陣而後戰，兵法之常。運用之妙，存於一心。」然不有常法，則運用何所施？正享諸家之作古詩，是語妙用於無法之前也，烏乎可乎？近代聲詩之盛，幾乎抗衡西土而較其勝負，則於此終輸一籌。余恒慨之，而未有以救之也。我友武元景文因西客朱生言，遂大研究群籍，上自周漢，下至宋明，字推句驗，恍然有悟。率纂此書，以警作者。作者奉其指揮，熟其法律，則所謂奇正之變不可勝窮，紛紛紜紜鬬亂而不可亂者，將於此乎在，國朝乃今而後有古詩也。嗚呼！古詩之敗久矣，景文以詞壇老將起而救之，使人人知自檢束。此書之行也，其必有如李光弼代將，號令始施，而士卒營壘旗幟精明一變者，余將刮目竢之。

文化辛未之歲冬十月五日，山陽外史賴襄撰并書。

自叙

詩之有韻，猶室之有礎。礎不堅無以成室，韻不諧無以成詩。如近體詩專用平韻，全篇不换，其法易辨。如七古則平仄交互，長短不定，其法難辨也。予遊于瓊浦也，始聽朱綠池古詩韻腳之説，而未得其詳。遂就古詩分類舉例，彼此綜錯，推求殆盡。然後知其韻法紀律井然，而諸家皆同軌轍也。推韻法，玩作意，則分段换解之處，頓挫承接之法，急促寬舒之節，波瀾變化之妙，燦乎亦可見矣。夫音韻非我事也，在彼而童習者，在我則白紛焉。是所以綠池航海之一鯫生，而容喙於我諸名家也。予非敢舍諸名家而信一鯫生，獨喜其言有以發予。因著此編以告同志，使後世學古詩者先得韻法，而後縱横疾徐馳騁斡旋以摛其才藻，庶乎礎既堅而輪奐之美可以觀焉。乃斯編寧不爲規矩之一助哉。

文化九年歲次壬申春正月，黄薇武元質題于平安之學癡書屋。

古詩韻範序

事或有淺而不察、近而不辨者，不用明也。而學必始於淺近，而終於深遠。未有失之淺近而能造深遠者也。夫人之性情固不以域異，而音韻則以地殊焉。不以域異者，雖深遠而可辨，凡説詩者是也。以地殊者，或淺近而難明，如古詩韻脚是也。彼詩法傳於我尚矣備矣，而未嘗有論古詩韻脚者也。論之昉於吾兄。人嘲吾兄，或曰「無用之辨」，或曰「淺近可舍」。以爲無用乎？并詩皆爲無用，不作而可。以爲淺近乎舍之，深遠不可得而學也。譬之調馬，近體猶埸埒之騎也，折旋有度，疾徐有節，可觀而則之。古詩猶田獵之騎也，信力任足，不可端倪，而必行所行、止所止，可謂之無法乎？非田獵之騎無以窮馳騁之力，非古詩之作無以盡縱横之才。而斯方雖諸名家，未有富古詩者。且多失韻脚規式，不亦藝苑一大闕典乎？是吾兄之所以有斯編也。其以國字者，所曉淺近也。而所録詩則古人之深遠者也。同好之士，其可不用明焉哉？

文化辛未冬十月，黄薇州北林武元恒撰。

目録

［作者簡介：武元登登菴（たけもと とうとうあん TAKEMOTO TOTOAN），一七六七—一八一八，江户後期漢詩人。名元質，字景文，號登登菴、行庵、泛庵。備前（今屬岡山縣

備前市）人。自幼好學，學於閑谷黌，後赴江户師從柴野栗山，善詩。且習眼科，成爲眼科醫者。雖修蘭學（注：荷蘭與西洋學），然最終專念於漢詩與書法。與菅茶山、田能村竹田等交遊。其著作有：《古詩韻範》五卷、《行庵詩草》（行菴詩草）六卷等。］

《辨藝園鉏莠》一卷

奥山榕齋

〔《日本詩話叢書》第八册。序。〕

辨藝園鉏莠序

蚍蜉撼大樹者，蟲之不自量矣；精衛填東海者，鳥之不自量矣。夫蟲而鳥而不自量，是其所也。苟讀書人而不自知其量，則吾未知其可也。今兹越前人九山松村氏著二小册子，斥非吾北山先生所著之作《文率》及《孝經樓詩話》，題曰《藝園鉏莠》。其意欲以二書爲莠稂之驕驕者而鉏之也。嗚呼！其不自量，不亦二蟲之類乎？予試讀之，其學識果狹陋，而其議論果陳腐也。要之，尚未免三十年前王李詩文之惡風者也。且其竄正，亦復大謬矣。

予友君鳳先生，固非好辨人也。然唯恐遠鄉僻里之學者，或復爲惡風所霾，不得已取而辨之，著《辨藝園鉏莠》二册上木焉。於是乎其莠不莠，則其鉏不鉏，而至惡風之餘弊亦遂拂地焉。可謂一大快事也。頃者刻成而示余，余喜此舉之有益於北山先生詩文之教化不少，而其餘弊亦爲之盡滅，因謹以數言冠其首云。時文化辛未十一月，秋田醒齋田代綱領撰。波山山崖鷺書。

［作者簡介：奥山榕齋（おくやま ようさい OKUYAMA YOSAI），一七七七—一八四二年，江戸時代，羽後（今屬秋田縣）人。本姓絲井，名高翼，字君鳳，世稱「九平」，號榕齋、槎湖、虎塘。赴江戸從學山本北山，善詩文。寛政（一七八九—一八〇一）中，仕秋田藩任江戸藩邸「日知館」教授，遂返秋田任藩校「明德館」教授。天保十三年歿，享年六十六歲（一説天明元年生，天保十二年歿，享年六十一歲）。其著作有：《辨藝園鉏莠》二卷、《榕齋小稿》二卷、《榕齋雜稿》八卷、《榕齋日抄》六卷。］

《淡窗詩話》二卷

〔《日本詩話叢書》第四册。序、跋。〕

淡窗詩話叙

廣瀬淡窗

往時淡窗先生開家塾，號咸宜園。講經餘暇，好作歌詩。父子祖孫，繼業濟美，而門弟子卓爾成家者亦若干人。及今青邨君主盟，作者彬彬，其業益盛。愚謂育才如此，必有傳家秘訣焉。因問之於君，笑而不答，示以此書。此書先生口授而門人記之，其語質，其文俚，初讀之若平平無奇者，已而再讀始覺其有味。若夫三讀四讀五讀六讀，則漸入蔗境，愈讀愈妙。蓋先生一代宿儒，隱居不仕，高尚其志，愛君憂國，托詞風月，與古詩人心心相印。有所自得，乃誘掖子弟，示以入學法門，令其漸漸進步，升堂入室，其用意篤且至矣。

先是，侗庵劉博士著《非詩話》，就宋元以下詩話數百部，歷舉其病，曰争門户，曰衒才學，曰穿鑿字義，曰傅會典故，諸如此類，皆非風雅正宗。今於此書，所謂諸病不見其一。設令博士讀之，亦無所容喙。因慫慂上梓，以公諸世云。明治十五年八月，甕江川田剛撰。

淡窻詩話小引

先人壯年患眼，每夕坐暗室，置燈户外，使門生談話，聽以爲樂，數十年如一日。偶有問及經義文辭，亦瞑目答之，侍坐者或筆記之，積成卷册，名曰《醒齋語録》。今抄其涉韻語者二卷，上之於梓，題曰《淡窻詩話》。顧弟子一時問答，坦率平易，無復序次，非覃思結撰，如前人詩話之比。但初學讀之，庶幾足以窺詩道之一斑矣。明治癸未七月上澣，不肖範撰。

跋

世知淡窻師妙於詩，而不知其最深於知詩。唯其深於知詩，是以妙于詩。師平居無事，每諷詠古詩以當琴瑟之御，故自《三百篇》以及唐宋之作，沉潛涵泳，心會意融，於古人性情與古詩神味，莫不契合。歷代諸家詩皆有抄本，去取極精，爲古來選家所未有。及其自發爲歌詩，乃精深澹遠，風格迫上，澤于古而絶其跡，卓然獨妙天下。此編論詩數十則，門人所筆記，言雖簡率，亦可以見其深奥矣。今世作詩者未嘗窺晋唐藩籬，況《三百篇》乎？但僅讀近人一二卷詩，則呑剥剽竊，肆然以誇於人，豈不傎哉？何不讀此編以破其淺陋乎？明治十六年癸未壯月，門人長莢書於秋心閣。

［作者簡介］：廣瀨淡窗（ひろせ たんそう HIROSE TANSOU）一七八二—一八五六年，江户時代，豐後日田（今屬大分縣）人。名建，字子基，世稱「寅之助」，號淡窗、苓陽、青溪、遠思樓主人。傳其殁後，弟子尊其「文玄先生」。廣瀨三郎之長子，乃豐後國日田郡豆田町累代商家「博多屋」之後。自幼聰慧，十歲時師事出入於日田代官所（江户時代地方衙門之俗稱）之久留米浪人松下築蔭，寬政九年（一七九七）十六歲時入博多（今屬福岡縣福岡市）龜井塾從龜井南冥、龜井昭陽父子修經業。十九歲時因大病退塾歸鄉。後久病，遂將家業生意交予其弟廣瀨久兵衛打理。生平因病未能遊歷四方，於鄉里開辦私塾「咸宜園」（創辦於一八〇五年，初爲長福寺學塾，後改「桂林莊」）教育弟子。前來學習者多達四千餘人，門人中有高野長英、大村益次郎、長三洲等。其學不偏重一道一派，兼修經學與老莊之學，形成獨特學風，「敬天」乃其一貫之根本思想。因善詩，人稱「西海詩聖」，《桂林莊雜詠示諸生》與刻有此詩之詩碑一起廣爲世間所知而著名。天明二年四月十一日生，安政三年十一月一日殁，享年七十五歲。其著作有：《約言》一卷、《約言補》一卷、《約言或問》一卷、《讀論語》一卷、《讀孟子》一卷、《老子摘解》二卷、《析玄》一卷、《讀左傳》一卷、《義府》一卷、《儒林評》一卷、《迂言》三卷、《再新録》一卷、《中聞書》一卷、《性善論》一卷、《論語三言解》一卷、《萬善簿》十卷、《夜雨寮記》四卷、《宜園規約》一卷、《家譜及系圖》一卷、《淡窗日記》八十二卷、《淡窗小品》二卷、《六橋紀聞》十卷、《文稿拾遺》一卷、《遠思樓詩鈔》四卷、《懷舊樓筆記》五十六卷、《淡窗詩話》二卷。

其弟廣瀨旭莊（一八〇七—一八六三），嘗代兄長督導家塾「咸宜園」。咸宜園歷經第二代廣瀨青邨（廣瀨淡窻之學生，後爲養子）和第三代廣瀨林外（廣瀨旭莊之子）等相繼十代「塾長」，存續至明治三十年（一八九七）。〕

《幼學詩話》一卷

東條琴臺

〔《日本詩話叢書》第六册。〕

按：内容二十則。

〔作者簡介：見漢文詩話《新唐宋連珠詩格》。〕

《滄溟近體聲律考》一卷

瀧川南谷

〔《日本詩話叢書》第六册。序。〕

序

余生長藝薇江山間，審江民之操舟。其過平瀾穩波，一櫓一篙，無少欹側，唯常法是守。及遭山東石出，風浪洶湧，則左折右旋，首低尾昂，如掀如沈，而舟行益快。山民視而仿之，如無大異者，而江民見其無全舟也。是非智巧不相及也，坐所居異，而習察未至耳。

我東人之賦西雅，有類此者。如句心單平，西人所忌，而我以爲小疵，置諸正格間，以累一篇。猶平瀾穩波，不禁欹側，而苟且以傾其舟也。如變調拗體，西人有時用之，而我以爲大擾。猶山東石出，不知大變常法以隨其波瀾，而畏憚以沈其舟也。此豈非習之不熟、察之不精也哉？是以欲賦正格，則小忌亦當務避；若已涉異腔，則當變其常。常變奇正，各有其法，不可不講也。

南谷瀧川君有見乎此，謂李于鱗詩體嚴正無比，因特就全集考其聲律，極論正偏，以告學者。往時浪華竹山居士有《詩律兆》之作，水户松江散人繼著《唐詩平仄考》，是書晚出而發明深切，有加於二家者。顧竹山、松江皆草茅文儒，考索之勤固不足異。今閥閲士夫，乃能洞見藝場數百年習弊，讀之孰不嘆服也？嗟呼！此間詩人能假濟南舟筏，初涉平瀾，後淩狂浪，離和境而到漢岸，庶幾不負南谷君津梁之慈矣。書成將鋟，遠徵余言。余也賤陋不文，何敢瀆卷首？然亡兄既與竹山友善，又爲松江題其書，君以爲余兄弟曉聲律者，千里煩命，不可得而辭焉，遂書諸簡右，謹以奉還。文政己卯三月，東飽賴惟柔撰。

［作者簡介：瀧川南谷（たきがわ なんこく TAKIGAWA -NANKOKU），生平不詳。據《滄溟近體聲律考》載賴杏坪（一七五六——一八三四年，江户時代末期儒學者，安藝竹原〈今廣島縣〉人，賴春水之三弟，名惟柔，字千祺，世稱「萬四郎」，號杏坪，春草）所書序文得知其乃江户時代人。又於古賀侗庵所著《侗庵日録鈔》中「故精里所主辦復原樓詩會之日」參加者有「伯兄（榖堂）、瀧川安芸藝守（南谷）、山村伊勢守（蘇門）、樺島石梁、安元八郎、鈴木白藤、川北柴之丞、牧原只次郎（半陶）、土屋七郎、村瀨誨輔、塾生野田希一（笛浦）、那波辰之助（希顔）等也」。得知其與古賀兄弟等人同年代，並相熟。（見金澤美術工藝大學高橋明彦《昌平黌の怪談仲間——古賀庵「今斉諧」の人々》）。另，東京都立圖書館藏《渡邊刀水舊藏諸家書簡文庫》中收録有「服部仲山致瀧川南谷書信一封」。其著作有《滄溟近體聲律考》一卷。］

《優軒詩話續編》一卷

小笠原優軒

〔天保壬辰(一八三二)春新刻本。序、跋〕

詩話續編序

夫平側詩之濫也,其初如此爾乎?倡之者沈、宋輩一二人而已。其復之於古也,其初何必衆多也?宜亦一二人焉而已。然亦有難易不齊者焉。《下里》《巴人》,和者千人;《陽阿》《薤露》,和者猶數百人;若其《陽春》《白雪》,和者數十人而已;至其引商刻羽,則僅僅不過一二人而已。一朝而復之,吁亦難矣哉!夫子曰:「必世而後仁。」苟倡而復之,雖難於其初,何知不易易於三十年之後乎?鄭衛靡靡之哇聲,淫人心而蕩者,千歲之後尚無能絶其響,厭聞梧桐之聲,而欲聽其鼓皮而撥絃者。金石其音而九成其節者,寥乎尠樂者矣。今世俗滔滔,好而樂且耽者,無不趨而歸於其曲之益卑下者焉。此是小人俗子之謂也。君子則不然。金聲玉振,必好而樂之。郢中和者之衆寡,固非所論也。其倡真詩于一世而告於天下萬衆者,蓋亦有説,曰「不若與衆」也。

吉田重和撰

詩話續編跋

音韻猶如天地也。物立乎此，則即有上下矣。物之成聲，亦必有首尾上下矣。音之有五聲，韻之有五均，猶如五方也。物立乎此，則其所位之處，有前有後，有右有左，而五方自然定矣。物之成聲，其音必五，其韻必五。風雷雨雪及鳥鳴獸哮蟲吟之聲，五聲之外別無聲也，五均之外無別有異均也。五韻之均，天地間自然之韻也哉。人雖全備音韻，而其成言與鳥獸異乎，其聲之所均亦必止于五韻而已。古詩之有五韻的確也哉。蓋自然耳。凡物有所爲者，必有先之者。詩之復古，以韻之復古爲之先也。嗚呼！後世僞飾之文勝，而天然之質剥。近體詩家所用一百六韻者，其尤甚而無謂者歟？今論古之五韻而復之，譬如白日一出而魍魎頓消也。煩猥無謂之韻當自除矣。而後詩之復古可立而竢也。

天保二年冬十一月，村井成美撰。

［作者簡介：見漢文詩話《優軒詩話正編》。］

《蕉竹居詩話》二卷

竹内雲濤

〔文久辛酉（一八六一）起稿。目録〕

目録

［作者簡介：竹内雲濤（たけうちうんとうTAKEUCHI UNTO），一八一五—一八六三年，江户後期漢詩人。名鵬，字九萬，號雲濤、醉死道人。豐前小倉藩（今屬福岡縣北九州市）醫師山上準庵之次男，竹内氏（父之同僚醫師）之養子，居於江户。從梁川星巖學詩，活躍於「玉池吟社」。厭惡醫職，三十五歲時收養子繼家業，隱退後遊歷房総（今屬千葉縣一帶）、北越（今屬富山、新瀉、福井、石川諸縣）等地，以詩爲業。嫌拘束，性格奔放，甚好酒。文化十二年生，文久二年十二月十四日歿，享年四十九歲。其詩集有《雲濤詩集》，詩話有《蕉竹居詩話》及《雲濤談海》等。］

《翠雨軒詩話》四卷

山田翠雨

〔慶應丙寅(一八六六)京攝六書堂合梓本。序三首、目録。〕

序

山田義卿《翠雨軒詩話》刻成，徵序於余。余一閲曰：「此可行也。」凡作詩者無話，話詩者無詩，能詩能話兼之者鮮矣。義卿已刻《丹生樵歌》，今又有此《詩話》，豈非能詩能話者乎？乃知《詩話》之繼《樵歌》而行於世，固不待玄晏稱揚矣。余之病懶，百務皆廢，但不能不爲義卿贊此集也。丙寅五月，友人越罷書。

序

翠雨山人以鷦枝書巢名其所居，其知足安分之意可知也。獨於詩學不能知足，上自經史百家，下及稗官小説，凡有可供詩材者，則必網羅采掇，不遺餘力。編成一書，題曰《翠雨軒詩話》，蓋仿六如師《葛原詩話》也。

或曰：「山人之著，博則博矣，顧詩之妙處不在於此也。」余曰：固也。山人亦豈以此爲詩之極致哉？惟夫博文約禮，聖門之所以教人，詩雖小道亦然。今也世道日下，人不能力學。遇詩之平淡者則喜而誦之，至其稍奇崛者則掩卷不見，曰「此非佳作」。萬喙一聲，翕然相和。觀其所謂佳作者，不過眼前景、口頭語，一覽則佳，詳味之則索然嚼蠟矣。無他，胸中所有元無多也。譬如人家庭前假山，布置雖巧也，妝點雖好也，要之只有此數花石耳，比之崇山峻嶺朝觀夕覽氣象萬千者，則徑庭矣。山人此著，其有見於此耶？夫鷦鷯之所巢固一枝也，然必就百千樹枝中多少商量，而後一枝之安可圖焉。苟不能爾，而漫然經營，則其不覆巢破卵者幾希。書以問山人，山人以爲何如？乙丑桂月，友人山本秀夫撰。

自序

詩話固要有裨益於後進。詩話而無裨益，則所謂徒話耳談資耳，文雖巧焉，亦奚以爲？漢土姑舍焉，我邦如《南海詩訣》《淇園詩話》《五山堂詩話》之類，緻則緻焉，縟則縟焉，然大略非張皇自己之識見，則不過衒賣其文字焉耳。故一旦雖行於世，而人稍知其無益而束閣之。獨六如上人之撰則異乎是。能使人人于昭于心，一讀了然，其有益後進豈淺淺耶？故今猶傳藝苑而不磨滅也。余嘗有慨乎此，因仿顰，輯多年所抄録，分爲八卷，題曰《翠雨軒詩話》。會浪華書肆群玉堂，价京洲紅櫟園主，請捐金梓之。余於群玉堂未嘗有緣故也，而其請如此，故先授其半以與之。不知讀者亦以爲徒話談資否？ 文久紀元辛酉菊月，山田信自書於龜涯窮居之鷄枝書巢。

翠雨軒詩話目録

卷一

卷二

兩用/疾流/豈惟何止/盡室/濩落/晨突/誰家屋/何處邊/别徑支徑蟻徑袤徑瞑徑短徑/貧處久處/黼坐雜坐寂坐散坐虛坐竟坐留坐並坐竝坐危坐枯坐暑坐暗坐密坐小坐癡坐深坐上坐瞑坐宴坐露坐苔坐苦坐頑坐聚坐歸坐同坐困坐偶坐箕坐/溪毛田毛/石髮苔髮/鬻渡賣渡/艇子船子誰子婢子句子衫子些子卷子客子/香雪乾雪片雪黃雪艷雪/雍字平去兩聲/孤負誤作辜負蒼黃作倉皇閨閣作閨閣爛漫作爛漫匡襄作劻勷清和用于四月/島國酒國海國水國/於己于中於我於予於時於誰/簷淚蠟淚/卅冊/鈴語絃語泉語水語澗語石語/半規月半丸月/描詩讀畫/書聲喃喃吟聲嘮嘮葉聲索索絡緯索索紡車索索鳥聲格格腸鳴格格蛙聲格格喚鴨咢咢喚鷄喌喌又朱朱雪聲沙沙瀑聲訇訇打麥拍拍猿聲嗷嗷又啾啾鳩聲穀穀落葉策策又槭槭落日荒荒呼犬盧盧鳥聲關關風聲淅淅雁聲嚦嚦鐘聲隱隱泉聲淲淲又决决斧聲錚錚朝日杲杲鵲聲喳喳雷聲硡硡棗實簒簒風悄悄又激激又獵獵鼓紞紞/蘚花/柳綫/棗花/兒音姊音/佯歡/欄杆/見未曾未嘗/無處尋/一窩青箬/麪筋/花殺/叫賣/搴/星依/吟頭詞頭/躋/樵字獨用/容與之與平側兩用/想得/慣識/只謂無云莫謂勿謂/疏牖/比方比似擬比/酒生鱗水生鱗/衣邊愁邊行邊客邊尊邊/落斜行落斜開/疥壁/翠成幄/風灑雪灑霜灑雪滴/耘笠/罡風酸風賊風柔風/謝却留却省却病却誤却怪却掩却老却下却别却纜却判却放却背却走却問却閉却絶却抱却/之子/石叢巖藪石藪/上客下客/向上向後/蘭筍石筍/佛香佛廟佛宮/逗有兩義/剪枝望湖/銀竹/緩棹輟棹弭棹征棹閑棹縱棹發棹返棹理棹緩檝/際晚際夜際曉/鶴嘶水嘶蟬嘶雁嘶/雜花/暝還夜還/浮舟/咫尺之咫獨用/去無邊渺無邊四無邊/蔬飯蔬飲蔬食/川

路舟路僻路風路／櫓窡／水簾／旦晴／鐘乳之乳獨用／用居字如在字／貴遊酒遊囊遊芳遊貧遊／勇往／立談臥談坐談／策足植足／以還而還／歇馬／風息風止雨止／多半／酒人石人／蔓衍／大可圍／藤橋／梅妻梅兄／先達者／深行／撫掌／蓮船水船／透入／花朝有兩説／時節有兩用／桃時杏日／嫩水／初丹楓／億秋億萬年／紅芍紅薇／沙梢村梢／殊鄉儂鄉／竹葉／早花有兩用／露啼／詩引行歌歌行吟謡曲／里千途千／琵琶娑婆少多竿三

卷三

藥殺人／順風耳／警柝宵柝擊柝城柝風柝夜柝急柝哀柝凍柝殘柝／剛著剛打剛堪剛來剛拂剛夜半剛日午剛欲遍剛在門／書淫書獃書香／劇知劇持劇喜劇憐劇清涼劇可憐劇堪驚劇苦辛／老福口福天福閒福厚福奇福眼福飲福癡福耳福／篙眼篙孔／輒易／這箇／準擬／忽漫／談柄笑柄／東道主人／失喜／驚然／墨王／松毛／篷笠／智杖／松火松明松膠松肪炬火／書巢／琴高／晁翁／藤助猢猻藤子／琴聲蟹行鸞鳴琶聲裂帛／贔屓／魚菜／溪鼠／艾炙／牙籌／噩耗死耗哀音／郵箋／遨頭／栽秧／雨成寸／虀粥／折閲／恢台／酒令觴政／奴視蟻視／之字收絶句中格／聽竊／舟搔背／辨漿字義／水龍／僵眠仰眠斜眠佳眠／郭索／美滿滿意／餽漿／痨魚毒魚藥魚／階除之除獨用／種蛤／矣字收絶句中格／平魚／拓窗／鄰火照書映雪讀書囊螢照書燃薪照書隨月讀書燃糠照書焚葉照書竈火照書／討春／花勒／抵家／緘愁緘情栽淚培愁／思牖／零星／魚函／熊熊／側起第三字忌仄／栗綻／婦人樵／在在在處／穴窗窗穴窗孔／童山童樹／短童〻教／教字平仄兩用／沙雨沙日沙樹／翌日／泛杯／卧瓶瓶眠樽眠／唾壺／還

往/樹封楚煙染吳/合藥/天窗/晝分宵分夜分/樹巔塔巔/開塘半剃題/沙棠舟/末後/無多子無星事無一寸無多地/落休/淺暮薄暝/巷頭巷尾船頭船尾江尾海頭臘尾春頭/悲涼小涼些涼激涼媚涼峭涼淺涼/立地坐地些子地/斗來大/葉尾/真箇/爛開/圩田/淵明三徑誠𠫝九徑/煮吃生喫/無丁字/褶衣/解道直讀/槍旗/燈耿耿燈簌簌/鷓鴣/賒酒/黎祁/擽釜戛釜戛碗/六月温爐十月開爐/蕉氏桃氏楊氏李氏/六出有二義/荏都/鶴浦/山陽翁嵐山梅宫詩/凸騎凹騎/人鮓/頓頓食/鳳尾/菜花夜白桃花夜黑/亻乙丨一彳亍/十字路一字欄/團臍尖臍/澆書攤飯/軟飽黑甜/螣蟻螟蝗蟊蟹/撤暑鏖暑/初頭從頭/蝗但麒挑燈十妨評封怪鑒張正旦扇膏冰料阼中王貞如檠親馨桃鄭援離難應判量分蠡禰員等之字或平用或側用/露結露棲棲煙/脩日/罧罧/月出西/黑齒/粉鼻黃耳/尼童/嗺酒/掀髭

卷四

崩朋二字收一東韻/槳/阿瞞曹瞞/長年三老/黃孏青奴/上船下船/嬌字獨用/用波字如老/馬纓花/頭魚頭鵝/甜冰辣玉/青龍白虎/水老鴉/坐魚/程/不炷燈/青龍有二義/陽檐/破帆/都知/棗𪓰/沉緇並有兩音/笑啞啞之啞平仄兩用/縱横平仄兩用/任是/知了聲/佇看/鬌鴉/酌水酌茗炊火醉茶/煙醒山醒山睡寒醒/石墻/秋山青/纖魄/足藡手𪓰/日半斜/舟夜/牢愁暮愁亂愁窮愁貧愁古愁/幽潺/抛荒/網絲/片刻留/輩行/呵冰呵手/簾波簾紋簾衣/作意/敗鑪/喁喁/忙殺喧殺思殺閒殺羨殺唱殺艷殺寒殺狂殺俗殺驕殺看殺累殺羞殺悔殺涼殺紅殺怪殺憶殺拂殺/懊藹/時荒/水寺

瀑寺/人堵立/春葱指/颶母雹母/銀海/黄離留/撫景/嫁衣/拾級拾徑/親手/任爾/他夜他宵/荒鷄有兩義/征輪/乾愁乾死/魚戢戢人戢戢/五字仄格/細徑秋毫/風頭風脚日頭日脚/起頭/赤露/碧柳/飛梯/篦室/峰巇巇峰齒齒/海扇/長翁/流目注目慘目春目騁目運目屬目寓目遊目遠目凝目就目送目冥目信目/曠望登望望彌望翹望騁望極望仰望/迴睇凝睇/翹首昂首嬌首/登眺夕眺北眺仰眺遐眺延眺遊眺吟眺/畏日畏友/將欲行莫使看無使迴/髮蒼樹蒼/兮字押律詩韻/苦海學海塵海星海宦海性海天海陸海/齋板歌板檀板/翠雨紅雨白雨黄雨緑雨青雨/美蔭美雨/鎮長/歡謡歡雷/魚唼花鳥敲磬蟬軋箏/添取放取放上緘取收取/句首用総稱字句尾謂其物一格/逗投通用之例/愜衷/杖策晨策投策振策散策命策拄策横策理策奔策短策曳策/絶句三處用同字格/一句中疊用同字格/被字奇用/魚貫上雁翅行聯蟻度/衣服稱身/彌日/鯫生字收詩中/歸依字收詩中/風緑/纔字押韻/如字押韻/未字措于句尾/呀然/晨曦瀲灧/滄桑陵谷/鴉觜/丁簾/夜光木夜光竹/訂後逢/夜餘/書田/梅丸/坡老織/減帶圍/卓午晌午當午正午停午日午/沙步步頭/摟摟/朱槿有數名/竹樓杉屋/古藤書屋/石槎枒石千株冰槎枒/蕉頁/豹脚/剥棗撲棗/逍遥翁/剡剡/荼荈/樹幢幢/珍珠紅海紅/蹋壁卧/腸習藜莧/鼠姑/侵尋/粉本/翳/八裔/白下/郵筒飛遞急遞/銀船/沙眯目/初地/汲竿/磨刀雨/遊侶挾雌/松竹梅/梅鶯竹虎/陶煙/捐階焚廪舜不告而娶之説齊東野人之語/人以詩重詩以人重/樂蝸蝸/夜半鐘聲/剩夢/無聊賴/碌碡/妝點/瓶笙/魚秧桑秧/真一酒真一翁真一子/花之寺/船板屋/燭歇/松卵/水肥/六出公/不守庚申/四季/瘦煙惡雨大雲終風/挽蔬/蕉心

荷心街心花心/張詩於壁/屋山/五十三驛/力貧/粟玉花/紫彭亭銀茄水茄/枵腹/惡少/果茗/也字插于字間或措于句末/行字平去有兩用/鹽居/急急如律令/人群人外/年有十八/紝婆子/舜泉/挑筍/鴨腳/石女/唯只叠用格/樹衣/三平二滿/蟬聲嗄鐘聲嗄/閱見/五色魚/影堂/放學/屬比/促坐促膝/苑/海市/水一掔/合十/少許/撈魚/袈裟一領/下下負頭頭/納納休休/帆葉/只麽/心兵/標春/狩野永岳懸腕坐棋局/詩之正邪所變

[作者簡介：山田翠雨(やまだすいう YAMADA SUIU)一八一五—一八七五年，江戶時代末期至明治時代初期儒者，攝津(今屬大阪府)八部郡(今屬兵庫縣)人。名信義，字義卿，號翠雨、鷦巢。其父山田慶純以醫爲業。天保四年(一八三三)從學於大阪後藤松陰，後赴京都師事摩島松南，並向梁川星巖學詩，與江馬天江、藤井竹外等交往。雖於京都開塾教授，但於慶應(一八六五—一八六八)中爲美濃(今屬岐阜縣)郡上藩(八幡藩)七代藩主招爲藩校「文武館」之賓師，居二、三年，歸返京都。明治八年八月五日歿，享年六十一歲。其著作有：《翠雨軒詩話》四卷、《丹生樵歌》八卷、《椋湖觀蓮集》一卷。]

《詩語金聲》二卷

〔嘉永三年庚戌(一八五〇)黄鍾月新版。陶所主人池内時叙、目録、跋〕

藤良國

叙

詩發於性情,故意義爲主,文詞次之。意深義高,文詞平易,自是佳作。今幼童僅學呫嗶,輒從事於文詞,譬猶欲泛斷港窮潢而要船筏也,豈得可遽問通津哉? 宜且擇其所由近時詩學之書,亡慮數十百種,率皆以國字訓釋,使初學有所措手。而或卷帙繁累,提携太勞;或語尠字乏,病收載不廣。藤良國所輯《詩語金聲》者設題既多,取材頗廣,間附和漢古今人作例,既便提携,又足收載,可謂初學一大寶筏矣。則由是得終溯意深義高之境,而詞發於性情者,我知於是書取其捷徑矣。陶所主人池内時題。

目録

卷上

春部

夏部

卷下

秋部

冬部

夜即事/至日/冬日探梅/雪中即事/雪中訪山僧/雪夜煎茶/雪江晚釣/雪中訪友人/雪意/雪江夜泊/苦寒/除夜/歲晚書懷/客中除夕

雜部

觀瀑布/望海/煎茶/棊/早發/寄某/和某見寄/訪某卧病/謝友人訪卧病/傷悼/覽古/經古戰場/塞下曲/塞上曲/邊詞/閨怨/宮怨/賀新婚/賀舉子/壽某太翁/壽某太孺人/遊仙曲/訪隱者/訪隱者不遇/醫/書/畫/虛字

以上通計一百二十有餘題，作例凡二百四十餘詩。

跋

書肆某近獲《詩語金聲》者，不知其編者，將刻以貽童蒙，使余題一語曰：「此篇可使幼學者鼓舞其詩腸，以親文字」。余笑曰：「世刻詩學之書固多，而大抵不過彼此出入，厪换其面目而已。此篇無乃與之相似乎？」已而觀之，率擇古人慣用熟語童蒙易下手者，各就題下類而聚之。又撰和漢諸名家詩流暢穩雅者以爲作例，使幼學一目之則其不忍放手也必矣。乃知書肆之言非徒誇耀也。嗚呼！幼學之徒尤戒先入之游泳，此等之書而終溯其源，則安知不有詩之所謂作金聲者胚胎於此篇哉？是其編者之所以名此篇者邪？嘉永元年冬十一月，穆菴學人。

［作者簡介：藤良國（藤原良國）（ふじわらりょうこくFUJIWARA RYOKOKU），生平不詳。其著作有：《幼學詩語補遺》（一八四六年）、《大學》（朱熹章句，訓點，一八四三年）、《詩語對句自在》、《歷代詩學精選》（初、後編，一八五二年序）十卷、《書家自在》（一八八〇年九月）、《揮毫用語句集》三册等。］

《詩語對句自在》四卷

藤良國

〔嘉永庚戌（一八五〇）早春刊。自叙、目録〕

叙

學絶之易，其書既足；學律之難，其書未備。故余曾輯所拔萃唐宋以降之對語，最風流温雅清新奇古者，編爲四卷，名曰《對句自在》。私欲比盛於絶句之書，若夫韻礎，姑依《律詩韻函》而已。嘉永庚戌早春，題于梅柳書院。藤良國。

凡例

五絶平起後對正格

同前對正格

五絶仄起後對正格

同前對正格
七絶平起後對正格
同前對正格
七絶仄起後對正格
同前對正格

目録

《詩窻閑話》一卷

中根香亭

〔《日本詩話叢書》第九册。目録。〕

詩窻閑話目次

〔作者簡介：中根香亭（なかね こうてい NAKANE KOUTEI），一八三九——一九一三年，江户末期至明治時代，江户（今屬東京都）人。名淑，字君艾，世稱「逸朗」，號香亭。朝川善庵之外孫，本姓曾根。幕臣中根之養嗣子。精詳和漢之學，通曉文章、書畫、音樂。仕幕府任監曹，明治元年（一八六八）任静岡藩（今屬静岡縣）藩士，沼津兵學校之三等教授。明治五年（一八七二）出仕陸軍参謀局，奉命編纂《兵要日本地理小誌》，尋任陸軍少佐，以病辭職。居家數載，遂出仕文部省任編輯官，明治十九年（一八八六）退官，後居住於興津（今屬静岡市清水區）。大正二年一月二十日歿，享年七十五歲。其著作有：《兵要日本地理小誌》三卷、《日本文典》二卷、《支那文學史要》一册、《慶安小史》一卷、《送假名大概》一册、《詩窻閑話》一卷、《歌謡字數考》一册、《平治物語平假名》一册、《香亭雅談》二卷、《行腳非詩集》一卷、《香亭藏草》五册、《香亭手稿》。《詩窻閑話》乃《香亭藏草》之第五卷，此篇或説韻學，或就古人詩之句法字法等，一一引經據典而論述，其説確切，皆前人所未道，實爲近人詩話中所罕見。」

《有餘樂堂詩法摘要》一卷

石橋雲來

〔東京益友社排印本，年代不詳。目録。〕

目録

借喻體：紅梅
藏詠體：海門曉雪
插眼法：秋窗夜坐
常山蛇勢格：秋夜
圓轉法：江南煙雨
斡旋緊要法：新凉
兩層法：次某生贈韻却寄
前對格：偶成
後對格：訪友人賦示
前後兩對格：偶成
扇對格：舟中賦似同遊某
四句散對格：荷亭喫茗
前半散對格：偶述
後半散對格：春夜招飲
間對格：月瀨
隔句照應格：雲山晚歸

起結照應格：芳山
冒頭格：雨後看山
兩頭一腳法：芳懷野古
一頭兩腳法：讀漁洋山人清華録題其後
題點兩頭一腳法：初春雨中
藏頭格：梅花
蜂腰格：談峰
鯨背吟：九里峽
正反格：觀蓮歸後作
倒裝法：古谷石
錯綜法：徐福墓前作
提申法：追悼蘆花淺水居主人居在長江
波瀾頓挫格：梅花次韻
古詩體：河田桃林
拗體：冬夜
馬蹄格：追悼僧某

首尾吟：芳山觀花

換骨法：梅影

集句體：別後有懷集宋

聯句體：笠置

連環體：櫻祠

回文體：春愁順讀；同倒讀

借字體：賞牡丹

叶韻格：廣洲寓樓作

四句一意格：盆梅

六言法：雨後登樓看山；題書；臨流濯足

六言律體：賣茶翁

律詩變體：夏晚池亭

八句全對格：老病；奉和幸安樂公主山莊應制

前六句對格：秋日；和賈至早朝大明宮

後六句對格：從軍行；奉和初春幸太平公主南莊應制

中二聯對格：晚至華陰；題張氏隱居

偷春格：題破山寺後院；黃鶴樓

交股格：春日江村；詠懷古跡

牙鎖格：巴蜀驛亭觀漲呈竇使君；鄂州寓嚴澗宅

節節生意格：灞東司馬郊園；嶺南道中

内剥格：禹廟；和趙相公登鸛雀樓

外剥格：早花；進艇

歸題格：春夜別友人；諸將第一

接項格：秋野；秋興第一

兩重格：送懷州吳別駕；西塞山

蜂腰格：下第；鸚鵡洲

前散後整格：送韓司直；送戴鍊師歸隱

前整後散格：陝州河亭陪韋大夫眺望；送鄭十八虔貶臺州

扇對格：吊僧

問答格：送耿處士
上下句各平側押韻格：遊吴江
進退韻格：進退韻近體；贈唐介謫英州别駕
明暗二例：明例：草，雙鷺；暗例：路，鷓鴣
首聯失黏格：早春桂林殿應詔；輞川積雨
第二聯失黏格：侍宴歸雁堂；登金陵鳳凰臺
第三聯失黏格：所思
末聯失黏格：散關晨度；和賈至舍人早朝大明宫
中二聯失黏格：奉和初春幸太平公主南莊應制
八句一意不對格：尋陸羽不遇；古意
拗句格：終南别業；題省中院壁
側體：九月九日酬顔少府
全平格：苦雨之一
全仄格：舟夜即事
上句平下句上聲格：苦雨之二

上句平下句去聲格：苦雨之三
上句平下句入聲格：奉酬襲美苦雨四聲重寄三十二句
詩中插古句格：次大沼枕山送别詩韻
五言短篇：飲酒第五
五言長篇：登池上樓
七言短篇：貧交行
七言長篇：演雅
五言六句體：子夜吴歌
七言六句體：漁翁
五言六句有對體：塞上；書懷；送黄師是赴兩浙憲；幽居；山寺
七言六句有對體：送羽林陶將軍
换韻法：四句一解：敬酬楊僕射山齋獨坐，把酒問月，洄溪招隱；四句一解轆轤韻格：宣州謝朓樓餞别校書叔雲；三百篇中四句一解例：

關雎，谷風
三句一解格：觀伯時畫馬；和許殿卿春日梁園即事；促句詩二首
二句一解格：汴州亂；蠟梅一首贈趙景貺
每句押韻格：江月歌；晉白紵舞歌詩
逐段換韻格：答長安崔少府叔封遊終南翠微寺太宗皇帝金沙泉見寄；觀打魚
一韻到底格：漁翁；歸園田居
長短句體：浩浩歌
前五言後七言體：江南春
句數長短不定體：經下邳圯橋懷張子房；河中之水歌

建除體：次韻張矩臣迪功見示建除體
八音歌：八音歌二首；其二
三五七言體：三五七言
葫蘆韻格：擬行路難；侍從宜春院奉詔賦龍池柳色初青聽新鶯百囀歌；酬別江主簿屯騎；豐陵行
結二句或四句換韻格：雜詩；估客樂；與蘇九德別；張園海棠
用單句格：飛龍引；四愁詩；短歌行贈王郎司直
古風用絶句平側格：桃源行；永和宮詞

〔作者簡介〕：石橋雲來（いしばしうんらい ISHIBASHI UNRAI），一八四七—一九一四年，江户末期、明治時代、大正初期之漢文詩人，播磨（今屬兵庫縣西部）人。名教、增官、矼，字義海、號雲來。龍野藩（今屬兵庫縣）石橋定右衛門之次子（一説其父實爲龍野藩主脇坂氏）。明治維新後赴大阪，初居高津，後於北區曾根崎中一丁目構居所，開設漢文詩社「雲來社」進行教授。好漫遊，廣交友，其與各地文人墨客往來之事記録於遊記《雲來詩鈔》之中，其漢文詩集《雲來吟交詩》三册（四十八家）、《友蘭詩》二十集（五百七十五家）所收録人物與漢文詩數量極爲龐大，其中大多人物已爲今人所不知。此三部著作，不僅可從中見其足跡所至，亦乃了解當時文人名氏及交流關係之貴重資料。晚年居住於明石市（今屬兵庫縣）江井島。弘化三年四月生，大正三年七月二十九日歿，享年六十八歲。其著作有：《雲來詩鈔》、《雲來吟交詩》、《泥爪小録》、《湖山老後詩》、《有餘樂堂詩法摘要》、《友蘭詩》。」

《北越詩話》十卷

〔昭和四十九年（一九七四）歷史圖書社排印本。序二首、題詞、目録。〕

序

阪口五峰

北越，大國也。山川之雄，都邑之殷勿論已。其間奇士偉人往往輩出，而地在邊陲，聲氣不與上國通。且封建之世，小藩棋布，雖有奇偉之士，而局促咫尺，老死閭里。其託文字圖不朽者，亦多散逸，音塵寂寥，竟歸湮滅。可嘆已。

五峰阪口君有慨於此，著《北越詩話》若干卷，將排印問于世，使絢之序卷端。昔元裕之著《中州集》，采摭所聞，網羅遺逸，獲二百四十五人，經二十寒暑而始成。其小傳稱爲補金源氏一代故實，其意蓋在借於詩以存史也。斯編起筆正應，以至大正，凡六百年，箕人八百，自將相儒士方技，至閨閤浮屠之流，畢掩無遺，比諸《中州集》殆倍蓰焉。而探源討委，闡幽發潛，借於詩以存史則同。

君之從事編摩，實歷三十五年。其間爲縣會議員，爲新潟米穀取引所理事，爲新聞社長，而七推爲衆議院議員，職劇事繁。使常人處此，何暇鉛槧？君則車行轎坐之餘，剔苔碑，訪遺老，篝燈叅訂，矻矻不倦，終成此大著。比之裕之杜門深居，以翰墨爲事者，難易果爲何如？而其文字富麗，評詩論世，别具一隻眼。此書一出，北越文獻始可徵矣。豈唯一詩話云爾哉？嗚呼！士生此世，誰不希不朽？而其藴不得施諸世，嘉言懿行亦將歸湮滅。今賴斯編，得録其詞章，又傳其行事，則君之功固偉矣。雖然，以北越之大，而六百年之久，奇士偉人豈止于此？而八百餘人能傳者，非以其辭之有文歟？後之志于不朽者，可以知立言之不可已也夫。大正戊午九月秋，南歌川絢之撰并書。

北越詩話序

坂口五峰《北越詩話》成，徵余序。五峰爲代議士，參與國政，宜有治安之可策者。而孳孳焉汲汲焉，注半生心血于一詩話者，何也？

五峰嗜詩，甚於食色。夙從森春濤，頗有所得。與同人創春鷗吟社，唱酬無虚日。嘗喜艷體，後讀唐宋諸家集，詩風一變，蔚然成家。與槐南、石埭、寧齋、湘南等詩酒徵逐，名喧江湖。而其通材達識，固非以區區詩人著者也。曾選爲縣會議員，爲常置委員者二年，又推爲議長。其爲代議士，更選七回。以一黨領袖，率縣下同志，全縣利病，闔國得失，莫不關知焉，隱然爲北越重鎮。其欲記述傳後者必多，而暇餘博索隱流緇徒，届田畯溪翁，苟有詩名者，探賾抉佚，道聽塗聞，莫不泚筆記載，加以評騭。底稿等身，皆成於舟車匆忙之際，偷閒惜陰，從事鉛槧，竟成此大著。誰不駭目蕩神？蓋盛名之下，不可久居。蒿目時事，痛哭流涕。有所策，未足謀不朽。而一時顯榮利達，亦蕉葉之鹿竹竿之鮎耳。唯超然於勢利之上，卓立於功名之外，叩寂寞之音，浩落而夷猶者，其心聲始足托不朽。况誦其詩，想其人與時，考其里居氏族，可以資北越文運，其功極大矣。

昔薛瑄晨夜翫讀，有得輒秉燭疾書，晚年造詣高明，著《讀書録》。五峰鉛槧，殆類薛瑄。困苦或同，事則不同。叙述簡明，論斷犀利，一部詩話，兼詩史詩論，前代詩人之所不及見，其通材達識，不獨表現於事功，此書之爲必傳，固不待余言也。五峰名恭，字温人，别號七松山人。戊午桂花月，貞松武石潛撰。

北越詩話題詞

文章氣運隨時代，污隆盛衰幾顯晦。王朝文物粲可見，惜哉北粤猶艸昧。世亂問學屬緇流，文運與世互遷逮。五山傳燈有雪村，偉詞獨鑄七百載。霜臺吟詠横槊餘，風雲壯懷何慷慨。慶元鞬櫜儒學興，文物典章舉百廢。京洛關左數大儒，威鳳摩空爛文績。或唱格調或性靈，三唐兩宋壘壁對。北粤又接上邦起，隱然拔戟成一隊。穀山香山松貞吉，崛起艸澤見風概。柳灣雲濤南城徒，詞采焕發拔儕輩。即事畢竟無古今，敦厚之旨充銘佩。大雅扶輪定可誰，奮勵揮霍要支持。先生晚出古舟江，五色生花筆一枝。七百年事藏胸臆，片言隻辭搜無遺。江湖臺閣與山林，儒緇閨閤及卜醫。風雲兒女關氣運，鯨魚翡翠兩録之。别裁僞體具精鑑，不遺吉光片羽微。其人八百幾十人，其文册萬言有奇。渾齋河海掀怒濤，日月涵泳不見涯。忽然花笑百鳥啼，著手成春景離披。忽然白描神活現，龍眠畫法可庶幾。幽泣鬼神微貫虱，休道説詩鼎解頤。刀尺自然合矩度，剪裁别疑有天機。微言欲絶猶能留，豈啻風流唾落璣。大參國史小家乘，輶軒采風非徒爲。君不見英雄一起驅區宇，風氣人心能鼓舞。即知詞壇亦如此，旗幟變彩萬目睹。先生崛起一號令，三越風靡屬部伍。拮據卅歲辛勤餘，咀嚼豈啻英華吐。披沙揀金談何易，狐裘不妨千腋聚。我知洛陽紙價高，嗟乎快事足千古。香草伊藤復拜稿。

目次

卷二

高橋維孝附高橋正宣、松餐
渡邊介景附今村惠迪、今村正道、前田遊叟、
　鈴木文仲、阿部長吉
磯部子亮附磯部世秀
藤山維長
釋倍上
釋大舟附谷廣業、釋舜乘
釋無學
釋普宗
山野邊豐亨附山野邊豐慶
淺見晦
長谷川弘附長谷川成章、長谷川一禎
中村簡附中村弘道、今村恕軒
山本精義附山本義路
三浦長孝
片山猷

松山造
小田知真附小田知周、近藤元謝
加藤英時附橋本貞之、橋本貞則、片山好義、
　阪本慶房
釋俊乘
村松貞吉附釋華藏
寺澤成憲
釋祐然附釋祐導
小田島榮守
釋愚鐵
渡邊彝
溝口軌景附溝口景命、溝口景範
白勢一元附白勢元思
牧野忠利
釋大廣
溝口直養

卷三

卷四

卷五

川村敬附中村道俊、川村素
加藤泰晋
釋聖林
釋魯仙
星野貢
安孫子古登
小田島惺附小田島幸子
脇山該
平井佳融
白勢正義附細山弼、石川熙
宮川需附竹前小八郎、竹前重
丹後方知
大鹽詢
三村懿文
本間淳附山田球、阿部養民
知久重懿

渡邊尹
淺川正利
細野騏附細野成章
窪田政芳附細屋順
平野藹臣附平野信
井口重基
雛田義方
大關師質附大橋此丈
内藤公基附内藤久良、滕觀
山田重世
小林祐興
牧野忠鎮
松田俊附松田孚、松田詢
真野鳴謙附真野鳴鶴、真野聖謨
上田要附釋公龍
大澤武啓附大澤文鱗

卷六

卷七

肥田野節附肥田野温、渡邊寬
肥田野默
竹内可貞附關聿脩
加茂伴渙附加茂伴恭
建部利永附建部令、建部簇松
赤塚昌附莊司俊、吉田易簡
松井温
鈴木謙
遠藤義方
細貝勉附細貝協邦
釋琢宗
中澤則敦
村山延長附田邊重熙
山田馨附久我昌一郎
片桐直方
久住秀策

釋直道附石原信、酒井玄章
松林得聞
笠松宗謙
林義知附林知安、林定業、三雲光貞、玉木武、阪本重明、村瀨良直
鈴木逸
石黑巖
千葉成章附金子謙
遠藤昭忠
銀田稔
西卷温附西卷秀
笠原重信附星野正淡
室方義附室方强
大島永清附大島義亮
本間榮
河本弌

西脇惟親

渡邊褧附風間儀

本間高尚附窪澤玄鏡

釋慶聞

小林廣德

石井憐孝

水落璋

小山正太郎附小山良運

杉浦安行

藤山茂實

鈴木鹿

武者喜澄附林恪

野崎元

小崎懋附小崎意正

小山堅

原穆附原元泰

七里恭

南廉

星野世恒

吉田東

［作者簡介：阪口五峰（さかぐち ごほう SAKAGUCHI-GOHO），一八五九——一九二三年，江户末期、明治、大正時代，新瀉縣中蒲原郡阿賀浦村人，明治——大正時代政治家、漢文詩人。名恭，字思道、温人，世稱「仁一郎」，號五峰、山樵、七松山人。從學大野耻堂，又從森春濤學詩。明治七年（一八七四）因其父投機生意失敗，出走東京，走讀於中村敬宇所創私塾「同人社」學習西洋之學，二年後爲其父帶回新瀉。善詩，歷新瀉縣議員、議長，明治三十五年

（一九〇二）當選日本國會衆議院議員（當選八屆，屬「憲政會」），其間任《新瀉新聞》報社社長至終生。與犬養毅（第二十九代内閣總理大臣）、加藤高明（第二十四代内閣總理大臣）等從交甚密。安政六年一月初三日生，大正十二年十一月二日殁，享年六十五歲（一説享年六十七歲）。其著作有：記述越後（今屬新瀉縣）人文、風物之《北越詩話》二册（於《新瀉新聞》連載三十餘年）、《七松居詩話》、《舟江雜誌》、《新瀉才人詩》、漢詩集《五峰遺稿》三卷。」

《少年詩話》一卷

野口寧齋

〔明治三十年（一八九七）東京博文館《寧齋詩話》排印本。目録。〕

目　録

按：平裝一册，164頁。

［作者簡介：野口寧齋（のぐち ねいさい NOGUCHI NEISAI），一八六七—一九〇五年，明治時代，肥前諫早（今屬長崎縣）人，漢文詩人。名弌，字貫卿，世稱「一太郎」，號寧齋、嘯樓、謫天情仙、踈庵等。其父野口松陽乃河野鐵兜門下，於漢詩文方面頗具名氣。其爲家中長子，自幼受其父薰陶。明治四年（一八七一）隨父上京，就學於東京麴町番町小學校，芳賀矢一乃其學友。後入哲學館從學於森春濤、森槐南父子，與大久保湘南並稱「槐南門下二詩人」。因漢文詩人國分青厓爲其友人，故入詩社「星社」成爲同仁，被稱爲「鬼才」。受清詩之影響以華麗詩風活躍於詩壇，明治三十六年（一九〇三）創刊雜誌《百花欄》，收録並介紹全國各地詩人。此外，亦通和歌、俳句，並涉獵文藝時評。中年以後受於惡疾之苦。慶應三年生，明治三十八年五月十二日歿，享年三十九歲。其著作有《出門小草》、《三体詩評釋》、《大纛餘光》、《寧齋詩話》（少年詩話、史詩談、開春詩紀）等。］

《史詩譚》一卷

野口寧齋

〔明治三十八年(一九〇五)東京博文館《寧齋詩話》排印本。目録。〕

目　録

按:首《凡例》七則,後評點二十首日本漢詩,首起賴山陽之《八幡公》,末爲太宰春臺之《稻叢懷古》,均爲史詩。《寧齋詩話》七頁至三百三頁。

《開春詩記》一卷

野口寧齋

〔明治三十八年(一九〇五)東京博文館《寧齋詩話》排印本。目録。〕

目録

甲申新年
乙酉新年示兒芡
丙戌新年
和巖谷内翰元旦早朝韻
戊子元旦
己丑新年次巖谷梅元老韻
庚寅元旦揮淚試筆
辛卯新春和森大來試筆詩

勢南新年雜題
癸巳元旦陪春畝相國遊大磯賦此奉呈
甲午元日山半閣讌集酒間率賦呈座中諸君輒
用槐南灐上偶占韻
乙未元旦
丙申元日拜謁儲皇於葉山行宮
丁酉新正訪越山君鎌倉別墅
戊戌歲朝

按：首有和文《序》，後列評明治元年戊辰（一八六八）至三十一年戊戌（一八九八）每年元旦所作漢詩三十二首（己巳年二首），故名「開春」。《寧齋詩話》三百五頁至四百十四頁。

《近世詩人叢話》一卷

岡崎春石

〔昭和十三年（一九三八）東京有味書堂《古今詩話》排印本。目録。〕

目録

釋古香 ——長田偶得
田能村秋皋 田邊碧堂

按：是書體例，先簡介詩人創作概況，次舉其詩二至五首不等，末詳加評論。

［作者簡介：岡崎春石（おかざきしゅんせき OKAZAKI SHUNSEKI）明治元年（一八六八）生，東京人。本姓飯久保，名壯太郎，字臣士，號春石。其詩學於大沼枕山，其文學於依田學海。且依田學海自許弟子僅杉山三郊與岡崎春石二人。活躍於報刊《日本及日本人》「漢詩欄」之著名詩人。著有《近世詩人叢話》。其餘不詳。其父岡崎撫松（一八三七——一八九八），乃江戶幕府之幕臣，本姓飯久保，名規遵，世稱「藤左衛門」，號西江，文久元年（一八六一）因交涉延期開市開港事宜被派往歐洲，此後任「外國奉行」（外交負責人）與「兵庫奉行」（對外貿易負責人），明治維新後歷任驛遞權大屬、司法大録、司法一等屬、廣島裁判所判事（一審法院法官）、廣島控訴裁判所判事（二審法院法官）、水户始審裁判所（地方法院）判事。——見户川殘花《舊幕府》「岡崎撫松」條。］

《醉茗詩話》一卷

河井醉茗

〔昭和十二年(一九三七)京都人文書院排印本。目録。〕

目　録

詩集の序・題言等

高三隆達

伊良子清白

山藤悌三郎先生

詩話

抒情詩の更生/連俳と最近の詩/詩壇の過去と現在/大多數の詩人に向つて/詩を求める女性に/現代女性の詩/詩と小説と/詩人、歌人、俳人/戰争と詩歌/詩に志した動機

詩書雜筆

春光曝書/詩書展覽會の後に/《雪燈範》と《孔雀船》/夜雨の《夕月》/全集に洩れたる二三の詩人/《詩の起源》/《茜草》/《椰の葉歌集》/《筑摩野》/《明治大正詩書綜覽》/《紫羅蘭花》を纏めるに就て/《月來香》の刊行に就て

故詩人語

梅花道人/一色醒川/真下飛泉郎/澤村胡夷/米澤順子/三谷盧華/夜雨の死顔/與謝野寛

歌謠偶感

現在の歌謠を清算せよ/弄齋の小唄/歌謠斷章

按：精裝一册，三二〇頁。

［作者簡介：河井醉茗（かわいすいめい KAWAI SUIMEI），一八七四——一九六五年，明治—大正—昭和時代，大阪府堺市人，日本詩人。其父河井又平，經營呉服（和服）。其本名又平（見《三省堂·大辭林》），幼名幸三郎。明治十四年（一八八一）大阪堺市錦西小學校入學，後進學於東京專門學校（肄業）。明治二十五年（一八九二）十八歲便開始向《少年文庫》等投稿詩作，明治二十七年（一八九四）二十歲時其詩作《亡弟》初次被刊於《少年文庫》。《少年文庫》於明治二十八年（一八九五）八月改名爲《文庫》，遂擔任「詩欄」記者直至明治四十年（一九〇七），其間扶植了北原白秋、島木赤彦等人。且編輯詩歌欄「善惡草」。明治三十四年（一九〇一）刊行詩集《無弦弓》。另外還編輯了《女子文譚》、《新少女》。退出《文庫》後，發行《詩人》推進自由詩和散文詩。並且參加創辦「日本詩人協會」，創建「女性時代社」刊行《女性時代》雜誌。戰後一九四九年（昭和二十四年）創刊詩刊《塔影》。生前爲「日本詩人俱樂部」和「日本文藝家協會」名譽會員。明治七年五月七日生，昭和四十年一月十七日因急性心臟衰弱歿於東京都目黑區中目黑自宅中，享年九十一歲。其著作有（包括編輯）《詩集無弦弓》（一九〇一年一月）、《塔影》（一九〇五年三月）、《彌生集》（一九一一年三月）、《醉茗詩集》（一九二三年七月）、《紫羅欄花》（一九三二年七月）、《真賢木》（一九四三年十二月）、《花鎮抄》（一九四六年十月）。］

《下谷小詩話》一卷

釋清潭

〔昭和十三年（一九三八），東京有味書堂《古今詩話》本。目録。〕

按：是書前有短序，略述創作緣起。言身爲下谷詩社創始人大沼枕山之弟子，讀大正十五年永井風荷著《下谷叢話》，所叙先師大沼事跡多不實，故撰此書。全書七節，一節列舉《下谷吟社詩》三卷詩人名字别號，二節録其同門植村蘆洲所記大沼論詠物詩，三節録五山菊池桐孫《枕山詠物詩序》及鷲津毅堂跋，四節録信夫恕軒《枕山先生傳》，五節記枕山評六如詩，六節叙《書畫薈萃》論江户文人壽命事，七節叙《現今英名百人一首》大沼枕山肖像題詞。

［作者簡介：釋清潭（しゃく せいたん SHAKU SEITAN），一八七五—一九四七年，明治—大正—昭和時代僧侶，歌人，漢學者。又稱清潭、小見清潭。明治八年生，昭和二十二年歿，享年七十二歲。其著作有《下谷小詩話》、《作詩關門》、《增補作詩關門》（與林古溪合著）、《懷風藻新釋》（與林古溪合著）、《和漢高僧名詩新釋補注》（釋清潭著，有賀要延補注）、《寒山詩新釋》等。其他不詳。］

《閑人詩話》一卷

河上肇

〔昭和六十二年（一九八七）東京巖波書店《河上肇評論集》排印本，二百五十四頁至五百八十八頁。〕

按：内容十四則。

〔作者簡介：河上肇（かわかみはじめ KAWAKAMI HAJIME），一八七九——一九四六年，明治——大正——昭和時代前期日本經濟學者、評論家、詩人。出生於山口縣玖珂郡巖國町錦見村（今屬巖國市）舊巖國藩下級士族之家。山口一般初中、山口高等學校（高中）文科畢業後，進學東京帝國大學法科攻讀政治。雖於高中時代崇尚國家主義，並具詩人志向，然當看到民黨執掌政權，加之上京後所見故鄉與東京貧富差距之大，令其所受刺激非同尋常，便轉學法科。其後受基督教學者内村鑑三影響甚大，遂閲讀《聖經》。特别是一九〇一年因聆聽木下尚江、内村鑑三等人有關「足尾銅山礦毒」演講，激起心中「絶對無我主義」，投身於足尾礦毒救濟活動，當場將自己除内衣外之所有衣物盡行捐獻，被《東京每日新聞》以「特志之大學生」爲題所報道。一九〇二年（明治三十五年）大學畢業，打算向《國家學會》雜誌投稿，以經濟學爲民衆幸福作貢獻。一九〇三年（明治三十六年）就任東京帝國大學農科講師，兼任專修學校、臺灣協會專門學校、學習院等講師，並爲《讀賣新聞》「經濟記事」執筆。一九〇五年（明治三十八年）辭去教職，就職於《讀賣新聞》社，十月至十二月連載《社會主義評論》，反響甚衆。同時期，爲克服「利己之心」進入伊藤證言之「無我苑」（主張「無我愛」）生活，俄頃便退出。一九〇八年（明治四十一年）就任京都帝國大學講師，開始研究生活。一九一二年（大正元年）執筆自己研究成果論文集《經濟學研究》。一九一三年（大正二年）獲「法學博士」學位。一九一三——一九一五年赴歐洲留學二載。一九一六年（大正五年）著《貧乏物語》。歸國後昇任教授，擔任「經濟學史」「經濟原論」課程。開始時雖於學説角度介紹當時歐美學説，逐漸爲社會主義魅力所吸引；開始時雖於守護人道主義立場講授「經濟原論」，但於一九二五年（大正十四年）以後却以《資本論》貫穿解説終始。隨其爲馬克思主義與《資本論》傾倒，思想以唯物辨證法爲基礎，完全蜕變爲馬克思主義者。一九二八年（昭和三年）著《經濟學大綱》，並因「不穩」政治言行之理由爲京大經濟學部驅逐而辭職。一九三二年（昭和七年）刊行《資本論入門》，參加當時非法組織日本共産黨，翌年入獄，直至昭和十二年於獄中度過。出獄後，將心境寄託於漢詩、短歌、書道等隱逸生活，執筆《自叙傳》。於確認二戰結局後逝世。其終生未放棄共産主義，同時一直追求真理，是一位具有走宗教求道者道路特色之經濟學者。明治十二年生，昭和二十一年殁，享年六十八歲。其著作有：《河上肇全集》第一期全二十八卷、第二期全七卷、别卷一卷。」

《露風詩話》一卷

三木露風

〔大正四年（一九一五）白日社排印本。目録。〕

目録

按：書前有和文簡短「例言」。精裝一册，二百二十四頁。

［作者簡介：三木露風（みき ろふう MIKI-ROFU），一八八九—一九六四年，明治—大正—昭和時代，日本詩人（年輕時爲日本「象徵派」詩人）、童謡作家、歌人、隨筆家。兵庫縣生，名操。龍野中學肄業後上京，進入早稻田大學和慶應大學學習（肄業）。自小學和中學時代起便向報社或雜誌社寄稿自創詩歌、俳句、短歌。明治三十七年（一九〇五）十六歲以「早熟詩才」而出版處女詩歌集《夏姬》，並結成「早稻田詩社」，成爲口語詩之先驅試作。且因明治四十二年（一九〇九）二十歲出版第二册詩集《廢園》而與北原白秋並稱爲「白露時代」，確

立其明治末期代表詩人之光彩地位。大正七年（一九一八）始參與鈴木三重吉「赤鳥運動」寫作童謡。大正十年（一九二一）出版童謡集《珍珠島》，其中「紅蜻蜓」被山田耕筰譜曲而廣泛流傳。且大正五年（一九一六）至大正十三年（一九二四）於北海道上磯町（今北斗市）特拉比斯修道院任講師，其間一九二二年受洗禮成爲天主教徒。基於信仰，除詩集外還書寫了隨筆《修道院生活》及《日本天主教史》，梵蒂岡授予其基督教「聖騎士」稱號。昭和三十八年（一九六三）被授予「紫綬褒章」（受勳）。明治二十二年六月二十三日生，昭和三十九年十二月二十九日歿，享年七十五歲。其歿後，被加授「勳四等瑞寶章」。墓地在其自一九二八年以來之住所東京都三鷹市。其著作有：詩集與童謡集類有《夏姫》（一九〇六年七月）、《廢園》（一九〇九年九月）、《寂静的曙光》（一九一〇年十一月）、《白手的獵人》（一九一三年）、《露風集》（一九一三年）、《良心》（一九一五年）、《夢幻田園》（或《逸失的田園》，一九一五年，『幻の田園』）、《蘆間幻影》（一九二〇年）、《生與戀》（一九二〇年）、《珍珠島》（一九二一年）、《藍青色的樹蔭》（一九二二年，『青き樹かげ』）、《信仰的曙光》（一九二二年）、《小鳥之友》（一九二六年）、《神與人》（一九二六年）；歌集類有《特拉比斯歌集》（《トラピスト歌集》一九二六年）；詩論類有《露風詩話》（一九一五年）、《詩歌之道》（一九二五年）；隨筆、宗教類有《修道院雜筆》（一九二五年）、《修道院生活》（一九二六年）、《我們可走之路》（一九二八年，『我が歩める道』）、《日本天主教史》（一九二九年）；全集有《三木露風全集》全三卷（一九七二）、《作家的自傳：三木露風〈我們可走的道路〉及其他》（中島洋一編、一九九八年）、《紅蜻蜓三木露風童謠詩集》（雨田光弘繪、二〇〇六年）等。）」

《明治詩話》三卷

木下周南

〔昭和十八年（一九四三）東京文中堂排印本。目録。〕

目録

卷之上

其一

書畫會
昌平黌開成所
言路洞開
猿若芝居
移戲場
陌上羅敷
風流太守舟
新紙幣
吹上御苑拜觀
招魂社
從僕完履
舊士就封
明主重儒教
蝦夷地開拓
火船鐵車
始祭學祖神

僧寮置降兵
藩知事
諸侯邸址
其二
賦到滄桑句自工
妖言流行
廣瀨林外
浪華戰塵
東台戰跡
朱門草叢
士族零落
更農更商
除夜放歌
車夫篇
維新頌歌
小野湖山

拜東幸儀仗
朝東京城
龜谷省軒
戊辰新春
鷲津毅堂
元日早朝
菱田海鷗
鴨東竹枝
石井南橋
祝復古
菊池溪琴
東北平定歌
其三
山内容堂
墨水竹枝
蛇眼傘

鴨南蠻
醉擁美人
鍋島閑叟
松平春嶽
小原鐵心
秋寒本牧臺
守護皇宫第一門
玻璃船大杯
無何有莊
其四
秋月韋軒
答奥平居正書
行無輿兮歸無家
官員録裏人
一笑敗餘卒
松平喜德

南摩羽峰
破家亡國
小笠原午橋
曉收原上骨
廣澤安任
那珂梧樓
述懷五十韻
永岡久茂
落日西風白石城
榎本梁川
人見勝太郎
其五
江藤南白
殘夢猶迷鴨緑江
弔南白詩
千古之冤

島義勇
忠義爲姿
山中一郎
故人入夢
香月經五郎
獄裏英雄泣
熊本十日記序
敬神黨
廢刀令
加屋霽堅
加屋太直
太田三郎彦
猿渡唯夫
前原一誠
躬耕本是英雄事
可法椒山是我師

卷之中

柳橋新誌
東京新繁昌記
三木愛花
服部撫松
狂詩流行
狂詩沿革
成島柳北
朝野新聞雜録欄
狂詩三大家
石井南橋源無水
戲作漢詩文雜誌
狂詩集
狂詩資料
東京開化繁昌詩選
日本開化詩
東京新詞

新聞狂詩欄
佯狂作狂詩
答童生之問
團團珍聞
田島任天
團珍調
團珍寄稿家
諷刺文及畫
黑章魚記

其二

歐化衣食住
牛肉店
西洋料理店
西洋居酒
洋服
斷髪

革靴

卷多葉胡

蝙蝠傘

京橋煉瓦石

銀街繁華

只插薔薇花一枝

其三

流行節

詠流行物

戲作詩人

電信機

郵便

人力車

移春檻並蒂花

芳原餘唱

車聲如雨過雷門

駕籠

馬道戲作

菊池三溪東京寫真鏡

挽車人夥乘車人

乘合馬車

千里軒

馬車行

馬車馬

蒸氣車

蒸氣船

寫真

時辰儀

瓦斯燈

博覽會

新曆採用

其四

新官吏
太平諸吏百無憂
狂詩諷時勢
白髪遺臣讀楚辭
鯰髯鰌髯
鯰猫社會
小室屈山放猫行
巡查
路傍春色
楊弓
麥湯
船饅頭
商女不知亡國恨
湯屋
浴醉睡
生憎一片槽中板

湯屋行
美人天上非虛語
湯屋難不在湯兮不在水
其五
妓女解放
江户文化與吉原
吉原懷古
吉原竹枝
柳橋盛衰
一橋風月新
舞桐雨
新橋竹枝
花則東臺月墨川
摇錢樹
偎紅倚翠
新橋八景佳話

卷之下

跋

按：精裝一册，三百五十七頁。

［作者簡介：木下周南（きのしたしゅうなん KINOSITA SHUNAN）一九〇二——一九九九年，大正——昭和——平成期漢學者。名彪（ことら KOTORA），號周南。昭和九年（一九三四）始任宮内省官房及圖書寮職員。因昭和十二年（一九三七）編纂《明治大正名詩選》，遂據資料而出版《明治詩話》，提倡對於明治漢詩文進行重新評價，於明治文化研究做出補缺之努力。後轉任岡山大學教授。其間與南懷瑾先生親交從密。昭和四十二年（一九六七）三月，

岡山大學退休後受聘於臺灣的大學(見《終戰詔敕的起草者與關與者》)。明治三十四年生,平成十年歿,享年九十七歲。其著作有《明治詩話》三卷、《近代世相風俗誌集》(紀田順一郎編・解説二〇〇六)、《大正天皇御製詩集》(大正天皇著、木下彪謹解二〇〇〇)、《陵(みささぎ)》(編輯一)、《漢詩近代名詩研究集成》(與他人共著一九八一)、《青厓詩存》二十卷二册(國分高胤著、木下彪編,一九七五)、《孫中山與蔣介石》(一九六六)、《民生主義育樂兩篇補述》(蔣介石著、木下彪譯一九六八)、《大正天皇御製詩集》(木下彪注譯一九六〇)等。]

《人間詩話》一卷

吉川幸次郎

〔昭和三十二年（一九四八）東京巖波書店排印本。目録。〕

目　録

其四十九、梅堯臣　——　其五十、蘇軾

按：平裝一册，二百二頁。

［作者簡介：吉川幸次郎（よしかわ こうじろう YOSHIKAWA -KOJIRO），一九〇四——一九八〇年，兵庫縣神户市人，昭和時代中國文學者。貿易商人吉川久七次子。從神户中學大正九年京都之三高文科入學，與中野好夫、河盛好藏同級。大正十二年（一九二三）進入京都帝國大學文學科，於狩野直喜、鈴木虎雄等碩學指導下專攻「支那語學」與「支那文學」。大正十五年（一九二六）以漢文書寫畢業論文《倚聲通論》而京都帝國大學文學科畢業，因論文拔群，以「特待生」進學大學院（研究生院）。至此，決意專心於中國文學研究。遂於昭和三年（一九二八）至昭和六年（一九三一）赴中國留學，於北京大學學習清朝考證學。自此，以做中國人爲目標，日常身著中式服裝並説寫中文，其使用中文會話及書寫文章之靈活巧妙甚爲有名。昭和六年（一九三一）歸國，入東方文化學院京都研究所任所員，十六年間於此埋頭苦讀，據傳其所讀破漢籍之卷數可謂日本首屈一指。由於發起「讀書會」開拓共同研究，昭和十五年（一九四〇）至十八年（一九四三）刊行《尚書正義》定本及譯本。昭和十九年（一九四四）八月所出版之《支那人之古典與其生活》，以及昭和二十一年（一九四六）十一月與大山定一所共著之《洛中書問》，標誌著「吉川學」之基本形態得到確立。昭和二十二年（一九四七）以

《元雜劇研究》而獲文學博士號，同年轉任爲京都大學文學部教授，擔任中國文學講座主任一職直至退官（昭和四十二年），培養出衆多優秀人材。由於其對古典深奥之解釋是對日本之中國文學研究莫大貢獻，昭和三十九年（一九六四）成爲日本藝術院會員。昭和四十二年（一九六七）京都大學退官。昭和四十四年（一九六九）獲日本政府頒發「文化功勞者」稱號。昭和四十五年（一九七〇）因其中國文學研究之功績而獲「朝日賞」（朝日獎——日本《朝日新聞》社與（公益）財團法人朝日新聞文化財團所創設）。明治三十七年三月十八日生，昭和五十五年四月八日歿，享年七十七歲。昭和七年（一九三二）與中村氏結婚，育有二子二女。其著作（單著、編輯）有：《支那人的古典與其生活》（講稿，一九四四，『支那人の古典とその生活』）、《支那學之問題》（一九四四，『支那學の問題』）、《關於支那》（一九四六，『支那について』）、《學問之形式》（一九四八，『學問のかたち』）、《元雜劇研究》（博士論文，一九四八，『元雜劇研究』）、《唐代詩與散文》（一九四八、一九六七，『唐代の詩と散文』）、《中國散文論》（一九四九、一九六六、一九八五，『中國散文論』）、《漢武帝》（一九四九、一九六三改版，『漢の武帝』）、《杜甫私記》（一九五〇、一九六五改版）、《中國與我》（一九五〇，『中國と私』）、《對中國之鄉愁》（一九五一、一九五四、一九五六，『中國への鄉愁』）、《中國文學入門》（一九五一、一九六七）、《杜甫備忘録》（一九五二、一九五四、一九七〇改版，『杜甫ノート』）、《中國的智慧》（一九五三、一九五六、一九五八、一九七二改版，又名《中國的智慧關於孔子》二〇一二，『中國の知惠」，又は「中國の知惠孔子について」)、《西洋里的東洋》(一九五五，『西洋のなかの東洋』)、《陶淵明傳》(一九五六、一九八九、二〇〇八)、《雷峰塔》(隨筆集，一九五六)、《儒者之言》(隨筆集，一九五七，『儒者の言葉』)、《唐代文學抄》(一九五七)、《人間詩話》(一九五七、一九九八)、《閑情賦》(隨筆集，一九五七，『閑情の賦』)、《中國古典選一論語上》(一九五九、一九六五新訂、一九七八、一九九六)、《知非集》(自作漢詩文集・附譯，一九六〇)、《學事詩事》(隨筆集，一九六〇)、《日本心情》(一九六〇，『日本の心情』)、《續人間詩話》(一九六一、一九九八，『続人間詩話』)、《來自西方的關心》(歐美外遊見聞，一九六一，『西方からの關心』)、《三國誌實録》(一九六二、一九九七，『三國志実録』)、《話説漢文》(一九六二、一九八六、二〇〇六，『漢文の話』)、《中國詩人選第二集一卷宋詩概説》(一九六二、二〇〇六)、《中國古典選二論語下》(一九六三、一九六六、一九七八、一九九六)、《中國詩人選第二集二卷元明詩概説》(一九六三、二〇〇六)、《詩與月光中國文學論集》(一九六四，『詩と月光中國文學論集』)、《短長亭集》(隨筆集、一九六四)、《關於古典》(一九六六、一九八五，『古典について』)、《漱石詩注》(一九六七、二〇〇二)、《清虚之事》(隨筆集、一九六七，『清虚の事』)、《杜甫Ⅰ世界古典文學全集第二十八卷》(一九六七、二〇〇四)、《與思想對話十文明的形式》(一九六八、一九七〇，『思想との對話十文明のかたち』)、《歸林鳥語》(一九七〇)、《論語世界古典文學全集第四卷》(一九七一、二〇〇四)、《爲了〈論語〉我的古典》(一九七一，『「論語」のために私の古典』)、《鳳鳥不至論語雜記新井白石逸事》(一九七一)、《西東間記》(一九七二)、《杜甫II世界古典文學全集第二十九卷》(一九七二、二〇〇四)、《他山石語》(隨筆集,一九七三、一九七七)、《吉川幸次郎講演集》(一九七四、一九八六)、《仁齋、徂徠、宣長》(一九七五、一九九〇)、《讀書之學》(一九七五、一九八八、二〇〇七,『読書の學』)、《中國文學入門》(一九七六)、《關於論語》(一九七六,『論語について』)、《唐代詩與散文》(一九七六,『唐代の詩と散文』)、《本居宣長》(一九七七)、《東洋的人道主義》(一九七七,『東洋におけるヒューマニズム』)、《杜甫詩注第一輯書生之歌上》(一九七七、一九七九,『杜甫詩注第一輯書生の歌上』)、《文明的三極》(隨筆集,一九七八,『文明の三極』)、《杜甫詩注第二輯書生之歌下》(一九七九,『杜甫詩注第二輯書生の歌下』)、《遊華記録我的留學記》(『遊華記録わが留學記』)、《杜甫詩注第三輯離亂之歌》(一九七九,『杜甫詩注第三輯亂離の歌』)、《杜甫私記》(一九八〇)。殁後刊行有《杜甫詩注第四輯行在之歌、歸省之歌》(一九八〇,『杜甫詩注第四輯行在所の歌・帰省の歌』)、《音容日已遠》(人物回想記,一九八〇,『音容日に遠し』)、《杜詩論集》(一九八〇)、《關於阮籍〈詠懷詩〉》(一九八一,『阮籍の「詠懷詩」について』)、《華音杜詩抄》(附録音帶,一九八一)、《箋杜室集》(一九八一)、《文弱與價值》(一九八二,『文弱の価值』)、《現代隨想十四吉川幸次郎》(生島遼一・興膳宏編,一九八二,『現代の隨想十四吉川幸次郎』)、《杜甫詩注第五輯侍從之歌》(一九八三,『杜甫詩注第五輯侍從職の歌』)、《他山石語》

（改定版，一九九〇）、《詩文選》（竹内實編，一九九一）、《話説〈論語〉》（二〇〇八，『「論語」の話』）。與人共著（編輯）有：《洛中書問》（與大山定一往復書信集，一九四六、一九八三）、《關於自由·儒者之言》（前者爲田中美知太郎，一九五三，『自由について·儒者の言葉』）、《新唐詩選》（與三好達治共著，一九五二、一九六五改版——一九九四）、《新唐詩選續篇》（與桑原武夫共著，一九五四、一九八八，『新唐詩選続篇』）、《中國詩史》（上·下，高橋和巳編，一九六七、一九八四）、《二都詩問》（與福原麟太郎往復書簡集，一九七一、一九九二）、《中國文學史》（黑川洋一編，昭和二十年代講稿，一九七四、一九八〇）、《中國詩文選一中國散文》（與小川環樹共著，一九八四，『中國詩文選一中國の散文』）。

譯著（編輯）有：方觀承《御題棉花圖》（一九三八、一九四一）、胡適《四十自述》（一九四〇）、丰子愷《緣緣堂隨筆》（一九四〇）、孔穎達《尚書正義》全四卷（第一册《虞書》一九四〇、第二册《夏書商書》一九四〇、第三册《周書上》一九四一、第四册《周書下》一九四三）、《唐宋傳奇集》（一九四二）、《元曲金錢記李太白匹配金錢記》（一九四三）、《胡適自傳》（一九四六）、施耐庵《水滸傳》（全十三册中之八册、新版全十册中之六册，第一册～六册〈一九四七——一九五七〉，第七、八册與清水茂共譯〈一九六二——一九七〇〉，一九九八——一九九九再版）、楊顯之撰《元曲酷寒亭鄭孔目風雪酷寒亭》（一九四八）、《西山一窟鬼京本通俗小説》（一九五六）、《中國詩人選集第一集一·二卷詩經國風上·下》（一九五八、一九九〇新裝版）、《中國古小説集世界文學大系七十一》（譯者代表，一九六四)、《中國散文選世界文學大系七十二》(譯者代表,一九六五)、《世界文學全集六唐詩選》(譯者代表,一九六九)、《唐詩選》(一九七三、一九八五、一九九四改訂版上下卷)。

編著、對談有:伊藤東涯《制度通》(校訂、上下卷,一九四四—一九四八,一九九一和二〇〇五復刊)、《杜詩講義》(一九六三,附講稿)、《中國文學論集》(一九六六)、《講座中國二舊体制的中國》(一九六七)、《詩與永遠》(與梅原猛對談集,一九六七)、《何謂永恒》(與西谷啓治對談集,一九六七、一九八五,『この永遠なるもの』)、《吉川博士退休紀念中國文學論集》(同紀念事業會編,一九六八)、《日本思想十五本居宣長集》(一九六九)、《新訂中國古典選別卷通往古典之路》(對談集,一九六九,「中國古典選全二十卷」一九六六—一九六八,『新訂中國古典選別卷古典への道』)、《日本思想大系三十三伊藤仁齋·伊藤東涯》(共同校注·解說,一九七一)、《東洋學的創始者們》(一九七六,『東洋學の創始者たち』)、《中國文明選三朱子集》(與三浦國雄共編,一九七六,與小川環樹監修《中國文明選全十五卷》一九七一—一九七六)、《中國文學雜談》(與井上靖·石田英一郎·石川淳·中野重治·桑原武夫·湯川秀樹對談,一九七七)、《大山定一人與學問》(與富士正晴共編,一九七七)、《日本思想大系四十本居宣長》(共同校注·解說,一九七八)。

全集有:《吉川幸次郎全集》二十卷(一九六八—一九七〇年)、《增補吉川幸次郎全集》(全二十四卷,一九七三—一九七六)、《決定版吉川幸次郎全集》(全二十七卷,一九八四—一九八七,一九九八復刊,※別卷〈總索引〉未刊)、《吉川幸次郎遺稿集》（全三卷，一九九五）、《吉川幸次郎講演集》（全一卷，一九九六）、《杜甫詩注》（二〇一二年開刊，第一期全十卷，興膳宏編，全二十卷予定）。」

《西東詩話》一卷

富士川英郎

〔昭和四十九年（一九七四）玉川大學出版部排印本。目録。〕

目　録

按：精裝一册，四百三十頁。

［作者簡介：富士川英郎（ふじかわ ひでお FUJIKAWA HIDEO），一九〇九—二〇〇三年，昭和至平成前期德國文學者，出生於東京，《日本醫學史》著者富士川游之第四子。自昭和二十四年（一九四九）至昭和四十四年（一九六九），於東京大學講授德國文學及比較文學，直至退休。對於德國詩人斯退芬・格奥爾格（Stefan George，一八六八—一九三三年）等現代詩詳熟，特别是做爲賴内・馬利亞・里爾克（Rainer Maria Rilke，奥地利詩人，一八七五—一九二六年）之翻譯家、研究家而著名。藝術院會員。明治四十二年二月十六日生，平成十五年二月十日殁，享年九十三歲。其主要業績有《里爾克—人與作品》、《里爾克和〈輕業師（驚險雜技演員）〉》、《里爾克詩集》等，並負責編輯了《里爾克全集》（全四卷）。此外，還獨自研究森歐外、荻原朔太、日夏耿之介等現代文學，以及以菅茶山爲中心的江戸時代漢詩文，昭

和四十二年（一九六七）其《江户後期的漢詩人》（『江戸後期の詩人たち』）獲第十屆「高村光太郎獎」和第十九屆「讀賣文學獎」，昭和六十一年（一九八六）獲「藝術院獎」。其他著作有《菅茶山與賴山陽》、《西東詩話》等。且很早即與堀辰雄（ほりたつお HORI TATSUO，一九〇四——一九五三年，日本小説家）相識，並爲其所主持雜誌《四季》投稿。」

《中國喫茶詩話》一卷

竹内實

〔昭和五十七年（一九八二）淡交所株式會社排印本。目録。〕

目録

按：精裝一冊，262頁。

［作者簡介：竹内實（たけうち みのる TAKEUCHI MINORU），一九二三—二〇一三年，中國文學、現代中國社會研究者。出生於中國山東省張店（今淄博市張店區）。其父母爲愛知縣人，於張店經營旅館（投宿旅客均爲日本人）。幼時喪父。小學（張店日本人小學校）三、四年級時，跟隨中國人家庭教師學習中文兩年，教科書爲《急就編》、《官話指南》。後同其母、弟、妹移居滿洲國新京（今長春市），其母經營公寓。歷西廣場小學校、白菊小學校、新京

商業學校，歸國後入二松舍專門學校（現二松舍大學）。在校期間，遇「學徒出陣」，爲駐扎豐橋（愛知縣）「中部十一部隊」一等兵，戰敗兩月前因病退伍。戰後，進入京都大學文學部中國文學專業，昭和二十四年（一九四九）畢業。遂入東京大學文學部大學院（研究生院）學習（指導教授爲倉石武四郎），其間曾爲謝冰心東大專題講座做口譯。昭和二十八年（一九五三）至昭和四十年（一九六五）於中國研究所（社團法人）任研究員。昭和三十五年（一九六〇）至昭和四十五年（一九七〇）任東京都立大學（現首都大學東京）人文學部助教授（副教授），因厭惡「大學紛争」而辭職。著述生活三年後，任京都大學人文科學研究所（東方部，即舊東方文化研究所）助教授、教授、名譽教授。京大退休後，歷任立命館大學國際關係教授、北京日本學研究中心主任教授、杭州大學日本文化研究所客座教授、松阪大學客座教授、關西大學非常勤講師（外聘教師）、佛教大學非常勤講師。昭和六十二年（一九八七）至平成六年（一九九四）任日本「現代中國研究會」會長，其間平成四年（一九九二）九月獲「福岡亞洲文化奬」（學術研究奬）。其從事有關中國現代文學翻譯與研究外，特别對於中國文化大革命以來，毛澤東思想及現代中國政治、文化狀況發表過不少論述。昭和三十五年（一九六〇）曾與野間宏（一九一五—一九九一年，日本小説家）等一起訪問中華人民共和國，並且得與毛澤東會面。大正十二年六月十二日生，平成二十五年七月三十日殁，享年九十歲。其主要著書（編輯）有：《日本人心目中的中國形像》（以日本文學中所描寫寫的中國形像爲主題，昭和四十一年

〈一九六六〉十月，『日本人にとっての中國像』）、《中國思想傳統與現代》（一九六七，『中國の思想伝統と現代』）、《中國同時代的知識份子》（主要選取遭受批判的作家爲主，昭和四十二年〈一九六七〉五月，『中國同時代の知識人』）、《向毛澤東控訴》（此爲一篇批判的考察文化大革命之極富反響的論文，昭和四十三年〈一九六八〉，『毛沢東に訴えう』）、《毛澤東備忘録》（昭和四十六年〈一九七一〉十二月，『毛沢東ノート』）、《毛澤東與中國共産党》（一九七二，『毛沢東と中國共産党』）、《毛澤東的生涯能令八億百姓行動起來的魅力源泉》（一九七二，『毛沢東の生涯八億の民を動かす魅力の源泉』）、《現代中國的文學展開與論理》（昭和四十七年〈一九七二〉二月，『現代中國の文學展開と論理』）、《茶館中國的風土與世界形像》（一九七四，『茶館中國の風土と世界像』）、《看待中國的視角》（一九七五，『中國への視角』）、《紀行日本中的中國》（一九七六，『紀行日本のなかの中國』）、《作爲同時代的中國》（一九七六，『同時代としての中國』）、《魯迅遠景》（一九七八，『魯迅遠景』）、《友好易理解難透視八〇年代的中國》（一九八〇，『友好は易く理解は難し八十年代中國への透視』）、《魯迅周邊》（一九八一，『魯迅周辺』）、《中國喫茶詩話》（一九八二）、《看待現代中國的視點》（一九八六，『現代中國への視點』）、《現代中國的展開》（一九八七，『現代中國の展開』）、《中國隨想一衣帯水》（一九八七）、《毛澤東》（一九八九，『毛沢東』）、《愛之詩中華愛誦詩選》（一九九〇，『愛のうた中華愛誦詩選』）、《世界都市物語九北京》（一九九二，『世界の都市の物語九北京』）、《中國歷史

之旅》（一九九八，『中國歷史の旅』）、《中國國情與世間相》（一九九九，『中國國情と世相』）、《中國長江歷史之旅》（二〇〇三，『中國長江歷史の旅』）、《中國欲望的經濟學》（二〇〇四，『中國欲望の經済學』）、《蛐蛐儿與革命的中國》（二〇〇八，『コオロギと革命の中國』）、《被叫做「中國」的世界人・風土・近代》（二〇〇九，『中國という世界人・風土・近代』）、《竹内實〈中國論〉自選集一文化大革命》（二〇〇九，『竹内実「中國論」自選集一文化大革命』）、《永遠的孔子、復歸的論語》（二〇一一，『さまよえる孔子、よみがえる論語』）。　與人共著（編輯）的有《毛澤東其詩與人生》（與武田泰淳共著，昭和四十年〈一九六五〉四月，『毛沢東その詩と人生』）、《魯迅與現代》（與佐佐木基一共編，一九六八，『魯迅と現代』）、《人們的墓志銘追悼文革犧牲者與中國文藝界的某種狀況》（與村田茂共編，一九八三，『ひとびと墓碑銘文革犧牲者の追悼と中國文芸界のある狀況』）、《中國生活誌黄土高原的衣食住》（與羅漾明對談，一九八四，『中國生活誌黄土高原の衣食住』）、《中國文學最新概況文革以及自由化思潮中的文學叙事》（與萩野脩二共編著，一九八七，『中國文學最新概況文革、そして自由化のなかで』）、《中國現代史望遠鏡原點探訪與思考》（與蒼蒼社編著，一九八八，『中國現代史プリズム原點を訪ね考える』）、《閑適之歌中華愛誦詩選從陶淵明到魯迅》（與萩野脩二共著，一九九〇，『閑適のうた中華愛誦詩選陶淵明から魯迅まで』）、《解讀中國所需的關鍵詞》（與蒼蒼社編著，一九九〇，『中國を読むキーワード』）、《言志之歌中華愛誦詩選從伯夷・叔齊

到毛澤東》(與吉田富夫共著,一九九一,『志のうた中華愛誦詩選伯夷・叔斉から毛沢東まで』)、《中國近現代論争年表一八九五~一九八九》(京都大學人文科學研究所研究報告,一九九二)、《日中國交基本文獻集》(教科書編,一九九三)、《中國電影在燃燒從〈黄土地〉到〈藍風箏〉》(與佐藤忠男共著,一九九四,『中國映畫が燃えている「黄色い大地」から「青い凧」まで』)、《比較文化關鍵詞讀解全球化時代七十五的鑰匙》(一—二與西川長夫共編著,一九九四,『比較文化キーワードグローバル時代を読み解く七十五の鍵』)、《中國信息用語事典一九九六—九十七年版》(與矢吹晋共編,一九九六,『中國情報用語事典一九九六—九十七年版』)、《故宮珍寶講述的中華五千年第四卷》(與陳舜臣、NHK 採訪組共著,NHK 専題節目,一九九七,『故宮至寶が語る中華五千年第四巻』)、《人民幣的面子與市場意志從中華思想看經濟的原點》(與大竹慎一共著,一九九九,『元の面子と市場の意志中華思想にみる經濟の原點』)、《「必讀」日中國交文獻集》(與二十一世紀中國総研共編,二〇〇五,『「必読」日中國交文獻集』)、《岩波漢詩紀行辭典》(編著,二〇〇六,『岩波漢詩紀行辭典』)。其翻譯(編輯)作品有:陳登科《活人塘》(一九五二,『生きていた同志』)、吴運鐸《把一切獻給党》(一九五五,『すべてを党に』)、馮雪峰等《怎樣閱讀古典文學作品》(編譯,一九五六,『古典文學の評価』)、毛澤東《實踐論・矛盾論》(與松村一人共譯,一九五七,『実践論・矛盾論』)、吴源植《金色的群山》(與伊藤克共譯,一九六二,『金色の山々』)、《毛澤東語録附論奪權鬪争》(一九七一，『毛沢東語録付・奪權闘争を論ず』）、Ｊ・伯特倫《西安事變抗日民族統一運動的轉機》（與岡田丈夫、香内三郎共譯，一九七三，Ｊ・バートラム『西安事件抗日民族統一運動の転機』）、毛澤東《毛澤東在文化大革命中的講話》（編譯，一九七四，『文化大革命を語る』）、王力《毛澤東傳附毛澤東教育語録》（一九七五，『毛沢東伝付毛沢東教育語録』）、司馬長風《周恩來評傳》（一九七六，『周恩來評伝』）、《民衆的大聯合毛澤東初期著作集》（與田武司共編，一九七八，『民衆の大連合毛沢東初期著作集』）、陳若曦《耿爾在北京》（一九七九，『北京のひとり者』）、蘇叔陽《大地的兒子——周恩來》（一九八二，『人間周恩來世界に慕われた《大地の子》』）、《鄧小平講話全譯・日語版〈鄧小平文選〉》（與吉田富夫共監譯，一九八三，『鄧小平は語る全訳・日本語版「鄧小平文選」』）、汪向榮《清國聘雇日本人》（監譯，一九九一，『清國お雇い日本人』）、《中華人民共和國憲法集》（教科書，編譯，一九九一，『中華人民共和國憲法集』）、謝冰心《關於女人》（一九九三，『女のひとについて』）、許力以《出版文集》（一九九四，『中國文化と出版新時代への創造』）、逢先知《毛澤東的讀書生活》（與淺野純一共譯，一九九五，『毛沢東の読書生活秘書がみた思想の源泉』）、蕭向前《爲中日世代友好努力奮斗》（一九九七，『永遠の鄰國として中日國交回復の記録爲中日世代友好努力奮鬪』）、宋木文《中國的出版改革》（一九九八，『中國の出版改革』）、《中國何去何從毛澤東初期詞文集》（編譯，二〇〇〇，『中國はどこへ行くのか毛沢東初期詞文集』）。］

《銀雪初心詩學條目》一卷

佚名

〔目録。〕

目録

按：手抄本，共計三十六頁。

詩語詩韻類書籍

〔十三種四十三卷〕

詩語詩韻類書藉十三種，計四十三卷。原本類列或解釋中國詩歌語匯。以作者生年爲序排列，生年不詳者参照卒年或刊行年代插入相應位置。首列底本版本。次之以序、跋、目録。最後載録其開首部分内容以明其體例。

《詩筌》五卷

〔享保壬寅(一七二二)江都書肆嵩山房刊本。自序、凡例、目録、舉例、跋〕

詩筌序

鷹見爽鳩

不佞自結髮好稱詩,稱則以盛唐爲鵠。語諸人,人咸謂固也。迺顧其爲業已徑庭。彼實耳食務屬厭,辟諸群瞽纍纍道涂,海蛇之與蝦浮湛也。夫儀卿、廷禮、于鱗、元美諸公,其選與論,布乎寰區。吾能讀之,人亦讀之。横目之倫,何曾不然?而其所以相萬者,要在不得其方耳。

迨弱冠乃得見徂徠先生,先生褎然以脩古嚆矢于一世,剔濯滓窳,高出一切嘵嘵之上。瓊敷玉藻,成籍具在。從游之士霞蒸雲蔚,揚映千秋,亦足以見昭代人文之炳焉。不佞業已得與斯文,殆亦瞠其後善乎。先生之教曰:「君子擇言,詩亦爾。先王之教禮樂以陶鑄焉,習以成性。性人人殊,唯見其殊,所以眩也。夫孱刻羽雕,博者能之;鞭風馭霆,才者能之。博與才豈可教哉?乃教之自生也。于以知二李之選功侔禮樂焉。彼顧非不愛布藻之美、垂文之麗,釋楩楠豫章以蘆葹。夫古人斡燕石棄之,己則十襲珍之,以求乎尹。其中豈無乎尹,亦燕石哉。蘆葹之構,亦唯目巧之室，君子不處。故宋元有韻之諺，而謂之詩，尤異自標，高步闊武，沾沾以憙，猶夜郎王自大者，可謂妄已。異日問其籍，則猶且逡巡，有待諸二三子者。」不佞于是奮然決起，采盛唐諸公之語，解剥以彙之，傅以聲律，藁無慮六七更，而後編成，名曰《詩筌》。夫二李之選選乎雋，其功侔禮樂。而小子猶不能學者，眩乎雋也。解剥其體，雋不可見矣。雋不可見，而後唐詩可學，是先生之教之意也。雖然，詩不雋胡以傳乎？雋與不雋，存乎其人。是乃「筌」之名義也。不佞於是乎取。享保壬寅春三月，三河爽鳩正長自叙。

凡例

一、凡唐詩之選，無出於滄溟氏者，而學者乃窘於取材。惟廷禮之《品彙》，浩博無遺，以世次則正始、大家、名家屬諸初盛，羽翼爲中，接武以下爲晚唐。此編專掇正始、大家、羽翼之字，分類彙集，萬無挂漏。彼接武以下，概無所收。

一、此編之作，爲近體設。故偏掇五七言律絶之字，不及其他。如排律者，雖屬近體，頗有不可混者，故除之。

一、凡唐人之詩，少有著題矣。樂府古題，應酬閒適之作爲多。至於晚季宋元，題詠乃盛，有似俳優，而性情之道塞，其謂詩何？此編分類，惟便索句，而不便題詠，故專舉其大者，而不分其細者。不知者乃病其不覈，則殆失吾意矣。

一、凡韻押者，詩家之柱石，不可不擇。大抵元白以後，酬和重疊，務逞險難，有似兒戲。此風一扇，紛紛傚顰，習以成俗，無擇雅俗。故韻譜諸書穢雜滿目，詩家大厄。故今專取盛唐諸公之押韻，附諸卷末，庶足以砥柱迴瀾哉。

一、此編各字，必裁諸名公之句附焉。欲俾學者遵例用之，庶不致毫釐千里之謬也。

一、凡字傍有圈者爲平聲，無者爲仄聲。讀者認圈用之，自然莫有聱牙之病也。

一、凡唐詩，必有格有調有氣象有風骨，難求諸字句之間，而非此編之所與焉。學者必由高、李之選，或盛唐諸公全集而學焉，則始可與言詩已。

詩筌目次

三卷
軍旅兵革類。邊塞類。軍旅總類。
器用衣服類。舟類。車類。鐘漏類。燈燭類。簾帷類。香爐類。寶貨類。器用總類。
宮室樓臺類。宮殿類。堂閣類。閨房類。禁垣類。亭館類。門户類。窗檻類。橋類。城類。宮室總類。
身體年壽類。淚類。夢魂類。身體總類。
情性思懷類。心情類。憂愁類。怨嗟類。情性總類。
四卷
離別送別類。客旅類。異鄉類。音信類。
神仙鬼神類。仙道類。
釋教梵宇類。僧道總類。
禽獸鳥類。獸類。蟲類。魚類。
艸木梅類。柳類。松類。竹類。樹木總類。花類。艸類。
五卷
通用虛字類。謰語類。通用總類。
韻押東。冬。支。微。魚。虞。齊。灰。真。文。元。寒。刪。先。蕭。豪。歌。麻。陽。庚。青。蒸。尤。侵。

詩筌卷之五［舉例］

○通用　一　虛字類

何處得遷喬。染囂塵。——去。——盡。遥望君。更追攀。——在。——邊。——達。——鐘。——

泊。——所。——游——。

在——。夷歌——。——歸。——

求。——宿。——是。問——。人——。君今——。洞庭——。——登高。天邊——。住——。不知——。

青山——。——青山。得秋霜。

如何——道。古人别。夜——。

何如廟堂内。——今日。意——。州縣勞。——鯉也。

奈何無——。

無奈教人——。

何以——贈。——恨。

何用青山——。——浮名。

何須看竹——。薄命妾。花燼繁。别醉顔。

若何今——。

何就紛——。

何當同顧影。

何得——愁中。

何減鳳樓思。

何其——遠。

何爲將——。——者。

何事往蓬瀛。白雲——。客心——。海鷗——。吹簫——。憐君——。問余——。

何曾明月——。猿狖——。風浪——。

何在今——。復——。

何由見一人。

何限倚山木。

何必——君恩。——龍城。

胡爲君遠行。

那堪聞鳳吹。音信斷。

那能不相待。

耐可——乘流。

詎有——銅池。

那從北地來。
無那——金閨。——春風。——老。
秖應海上明。傾玉體。——感發。
此曲——。與朋好。守寂寞。——闕下。
只是——閨中。
只有敬亭山。——相思。
但有麏麚跡。
但益——悲。
徒此挹清芬。
唯當哭塞雲。
徒有羡魚情。學無生。
秖爲酒家貧。
只應伴月歸。
唯應漢西月。見白雲。
唯在好文客。
只今——唯有。——聖代。

秖有盤中——。
只共——鳥争。
秖今——誰數。
唯有——相思。——門前。——郡齋。只
今——。——裁花。
但使——主人。——龍城。
唯將——遲暮。
但用——東山。
但能九轉——。
只到——春風。
不是故鄉人。——宸遊。別家愁。
不共楚王言。
不可——見。——久留。——成。
不復卧南陽。人間見。理殘機。到青門。——
行。——論。
不堪——別。——論。——比。——人事。
不必問君平。

終須——萱草。
不敢問來人。覓和親。倚先賢。到門——。
不有雨兼風。——小舟。
不同歲——。
不作邊城將。
不能懷魏闕。——薦。
不關——心。
不得日攀躋。知君——。
不及——汪倫。芙蓉——。玉顔——。
不教——胡馬。
不遣到長沙。
不將時命——。——薜蘿。
不須飽食——。五馬——。
不用——黄河。
不爲鱸魚鱠。
不勝——悲。

不如——高卧。——君。——岩下。黄雀語。
不改終——。春風——。
如此皆——。但——。有——。——風波。
如今已白頭。——不似。
復此遥相思。
復有菊花杯。——樓臺。
復作淮南客。
亦已——盡。
亦與萬方同。舊鳥啼。
還似尊中好。夢鈞天。
還作棹歌行。
還欲——啼。
還應旅雁——。
復在——垂楊。
還有本官——。
還同今日——。

還如——何遜。
還將——祇苑。——綺席。——石溜。
還欲論功——。
復得來晨——。
從此——醉。向河源。——去。願栖禪。
尚有綈袍贈。南飛雁。
猶在心——。碑——。
猶有鳳笙音。
猶能騎馬間。
猶可帝王師。
猶言宴樂少。
猶應七日迴。
猶得折黄金。
猶欲——高深。
猶遺媿君——。
便是晝游歸。

便爲獨往客。
即今——相見。——江北。——西望。
即此靈符——。
況在他山外。落花時。
況乃瀟湘秋。濯吾纓。未休兵。事戎機。
況復——秋深。——明朝。五湖西。——當時。遠思君。柳條春。
更有歡娯處。——紅顔。
況屬高風晚。
更在若耶溪。
更爲客中彈。
未有世人尊。不臣朝。
未入殊——。
未盡猶——。
未已殊——。惜——。
未必去經年。

未作千年别。
未到草萋萋。
未休殊——。嘶——。
未得——意。歸——。
更欲承恩——。
更將——絃管。
便應——黄髮。
更教——明月。
未敢——論。
未足臨書卷。
未勝——尊前。
欲有知音者。
欲盡看——。
况是——雲山。
誰爲表予心。裘馬——。
誰道山翁醉。

誰當塞上名。
誰與——晤。
誰堪羈旅情。——登望。
誰復采芳蘭。
自在金笳引。
自兹——去。——退。
自能明似鏡。
自然成野趣。
自當逢雨露。
自有——神仙。幽真趣。多才——。——金盃。玉壺冰。
縱有歸來日。
無爲在岐路。寶契——。
莫以今時寵。
無使谷風誚。日光傕。
無令白髮新。

無能愧此生。
無以頌時康。
無處不光輝。不堪攀。
無因鑾蹕前。
莫使馬行遲。
莫將——孤月。
應爲剪刀催。
應待鶴書徵。
勿使燕山上。
當與夢時同。
應在醉中歸。
應逐使臣星。
應盡春——。
應得見娥眉。
當令外國懼。風義親。
將久行——。

應須——還珠。
應得——先生。——茅家。
將斷愁——。
應將——明朝。
將來攀折——。
都無人世喧。
都使俗情忘。
渾是——膽。
總是——寢園。
捴爲——浮雲。
渾欲不堪簪。
莫遣——沙場。
今在故園——。
半在黄昏——。
長在夢魂——。
遥在長安——。憶君——。

實有南方——。
未有——涓埃。
別有中天月。——仙人。——中流。
尚玄人。——天地。——趣。
所有何——。
獨有子雲才。寒煙——。——鳳凰。霍嫖姚。
時有——洛陽。
遂有——馮夷。
共有白雲心。
常有江南舟。
俱在倦游人。
正有高堂宴。
少有外人知。
直爲斬樓蘭。
因爲吴會吟。
同爲澤畔吟。

爲誰——雄。
分爲萬里情。兩地人。
一爲——遷客。
翻爲——江漢。
俱爲——慟哭。
若爲——秋月。
俱是夢中人。
皆是爲勤王。
同是宦游人。慶時休。長干人。
因此識皇圖。
空此置關城。
果是臺中舊。
長此戴堯天。
此俱——寂。
非是競年華。
在斯復——。

於此泣無窮。
斯人不可聞。
此同賴——。
至此——迴。
只是夜猨多。
此處無如——。
此外——俗塵。
勝此能——。
定是——風光。
盡是青山——。
共此〔一〕妾容——。
豈是——他鄉。
來應洗兵辰。
從來共嗚咽。多古意。

幾度——花。
殊非遠別時。
總向春園裏。
獨自逆潮歸。
或恐是同鄉。
須令友道存。
併隨人事減。
猶可帝王師。
還從濯枝來。
遥將碧海道。
偏令游子傷。
云遍未——。
寧復畏風波。
且足君——。

〔一〕共：底本訛作「其」，據《唐詩品彙》卷四十六改。

無令芳草闌。
可即明時老。
能令出塞飛。
更遣黄龍戍。
先已到關西。
由來天下知。——醉。
相與——恨。樂昇平。——還。
已被春風吹。
會因添霧露。
長得奉恩私。
同使興情催。
非復俗人心。
非欲破長風。
不堪盈手贈。
堪作白頭吟。
寧如穆天子。

已矣將何道。
別向後池塘。
難遍嘗——。
暫將弓竝曲。
頓使別離難。
再得聽瑶琴。
豈惟恒待扣。
有處疑——。
悠哉幾——。
已從招賢——。
偏能九轉——。
一從歸白社。
當作遼城鶴。
正好秋——。
新從定遠侯。
初分刺史符。

慎勿厭清貧。吞青海。
若到銅臺上。
所以何——。
似得廬山路。
各已閉柴門。
須令外國使。
能作愁——。
可宜猨更啼。
吾從大夫後。
須當——用。
行當早著鞭。
忽如江浦上。
憶作捕魚郎。
大都社雀少。
能令懷二妃。秦漢迷。
忽與朝中舊。世人疎。

初就歡——。
愛茲山水趣。
已遠年——。
初下月——。
縱被微雲掩。
終依古封建。
真堪託死生。
卻迴遂——。
終能永夜清。
豈獨聽簫韶。
至今——來。
能添白髮明。
競將明媚色。
重與細論文。
幸因腐草出。
已生暈——。

幾許去——。
若非——群玉。
且作辭君——。
且就——洞庭。
今已古人——。青袍——。
近與——單車。
雖非投筆吏。
未盡雪——。
應共雨花——。
于今池上——。
時兼黄鳥——。
長使——英雄。
若使——巢由。
能使——春心。
遂使——此辰。
縱使——榴花。

縱令——然諾。
頓令——心地。
卻令——今日。
使人——愁。
教人——無奈。
空令——歲月。
若爲——看去。——天畔。
應須此别——。昏黑——。
合在諸天——。
遮莫——鄰鷄。——千山。
還如——何遜。
得似何因——。
仔細——看。
幾回——青瑣。
幸不——折來。
幾處——得。——積家。垂楊——。

數處離筵——。落帆還。
向來——無事。
從來——禪室。此地——。禪室——。
嘗是何——。
共此妾容——。
疑是——銀河。——山陰。——昨夜。——乘舟。
西從——天外。
正是——胡塵。先從殿裏開。
一從——恩遣。
來將——蘭氣。
併將——歌舞。
願以——醍醐。
能以——功成。
且將——團扇。
且欲——尋追。
奪將萱草色。

强欲——從君。
幸得——歡娱。
逐得——邀迎。
長得——君王。
無如——太室。——此處。
那堪——別後。
既能明月——。

謰語類

依遲動車馬。
上下數枝樹。
玲瓏望秋月。
徘徊正——。暫——。拜真老。欲——。共——。傷寓目。佳氣——。
殷勤如有情。荷勝招。醉復言。此何極。鳳樓上。——斗柄。
栖泊靈臺前。——處。
氛氲萬里色。共——。

奮迅碧沙前。
飄零君不知。
蹉跎易——。白髮年。年紀——。意不窮。
邂逅款良霄。
徙倚欲何依。對珠林。
紛紜欲——。

迢遞白雲天。起層陰。秦京道。
消息斷——。問——。
聯翩辭海曲。
參差露草間。霓旌——。樹色——。思——。——臺榭。
雲靄間。石勢——。柳色——。影——。

跋

予嘗著《柏梁辭林》，藁未脱而燬乎火。今睹斯編，殆有倍焉。爽鳩氏之子功其鉅，信乎善詩者言也。世之學詩者，迺不嫺乎辭而欲其巧，辟諸舍規矩而學大匠之所爲，豈可得乎？高、李之選，選乎辭也。然二三子猶且不能學焉者，見其巧也。見其巧而眩其辭，旁搜它家，以酬其志，於是乎之中晚之宋元，勢之必至也。

斯編一出，置身莊嶽之間，齊楚不咻，以趣其化。飄逸沈鬱，唯其材至。及其至也，不李不杜，非高非岑，開天之際，若指一定者，唯吾教爲爾。然二三子猶且不能學焉者，辭有限也。辭有限而志不可得，而酬所以苦也。亦惟言其可言，而不言其不可言，久之後不復欲言其不可言，是謂之化。故其言肖唐，而其志亦肖唐，從何有不酬之志哉？吾得諸先王禮樂之教，而施於詩，因題卷末，以告二三子爾。享保壬寅春三月，東都物茂卿跋。

［作者簡介：鷹見爽鳩（たかみ そうきゅう TAKAMI SOKYU），一六九〇—一七三五年，江户時代中期武士、儒者。本姓石川，名正長，字子方，世稱「三郎兵衛」。入荻生徂徠門。仕三河田原藩（愛知縣東部渥美半島），任「家老」（注：武士最高階級），改革藩政。善詩文，通經濟、刑法等。元禄三年八月二十一日生，享保二十年歿，享年四十六歲。其著作有：《學説》、《爽鳩詩稿》等。］

《明詩礎》二卷

田雲峰、原五嶽

〔元文四年（一七三九）己未二月刊本。序、舉例。〕

明詩礎序

周《詩》、楚《騷》、《文選》，唐人之所山林，比楩楠豫章、木蘭桂椒、蘗離朱楊者，于何不有？當時之大匠取良材於其中，但經營鴻宫巨宇樓觀臺榭，森然備矣。唐體之盛，不其然乎？美哉輪焉，美哉奐焉。明人雖良匠，無復山林可度，無復制作可變也。尚逐舊蹤以入焉，從前規以構焉，唯取舍其材也。唐人所取而不必取、唐人所舍而不必舍者間有之。蓋其不必舍者，唐人之逸材也；其不必取者，後人之衆材也。此其所以至盛唐，而余詩則所謂兄弟之間耳。兄弟之所撰，山林爲之濯濯。後之拙匠，不借成材於斯，而用蟠木根柢輪囷離奇也，未傷指者幾希矣。於是乎世往往有輯詩材之書。若夫韻礎，則《唐詩礎》已行于世，尚未及明人。近者從余游者讚陽田、原二生，選《明詩礎》，採摭甚精詳。視之《唐詩礎》，逸材可用，衆材不誤，取之左右，無不逢其良材也。學者藉之，蓬萊興慶望春之諸宫可復經營，而大同之柱礎可以産玉芝已。元文己未春二月，東溟林義之撰。

明詩礎卷之上[舉例]

東

每部中題「五言」「七言」者，勿必泥。凡兩出，《韻礎》略其一。

東

(五言)桂江—　更向—　海門—　隱墻—　備遼—

繞江—　卧江—　翠華—　墻之—　憶江—

共西—　擬河—　(七言)畫閣—　九域—　五湖—

白羊—　渭水—　發關—　紫禁—　暮天—

禁城—　避墻—　出江—　數河—　醉江—

擅江—　照城—　使君—　又從—　海岱—

風

(五言)度秋—　岸幘—　右扶—　不禁—　避天—

聽秋—　起悲—　起秋—　舊春—

亦舊——漢扶——落松——寄秋——下西——
起大——(七言)萬里——大國——久臨——曳履——
讓春——買春——播清——播大——俠兒——
怯春——受雄——縮春——敝春——感西——
買東——受東——捲北——動秋——向北——
起朔——泣秋——落帽——漢苑——見國——
散天——亂秋——待春——漢臣——九辯——
大王——起霜——信長——嘆秋——舊齊——
對大——石尤——播國——自秋——酒旗——

宮

(五言)北海——出漢——滿故——碣石——古珠——
謁漢——(七言)繞沛——入漢——繞離——自漢——
寵春——問漢——玉函——下齊——瓠子——

[作者簡介:田雲峰(でんうんぽう DEN UMPO),生平不詳。名重卿,號雲峰。其著作有:《林塾明月篇》一册(與林義卿共著,延享二年刊)等。

原五嶽(はらごがく HARA GOGAKU),一七一七——一七八四年。江户時代中期醫師、

儒者。讚岐（今屬香川縣）丸龜藩士。本姓勝田（かつた KATSUTA），名良延，字士壽，世稱「九八郎」「精兵衛」，號五嶽（亦書「五岳」）。遊學於京都與江戶，習儒學及武藝。亦從吉益東洞（よしますとうどう YOSHIMASU TODO）學醫術（一說學於吉益東洞之子吉益南涯）。善詩文，長書法。享保二年生，天明四年一月七日歿，享年六十八歲。其著作有《明詩礎》、《五岳集》、《傷寒論古義解》、《二考録》、《鳴洲聯珠》、《五嶽人文集》、《五嶽老人主方考》、《莽洲尺牘標注》等。」

《明詩材》二卷

龍秀松輯，屈三秀補

〔寶曆八年〔一七五八〕向榮堂刊本。序、舉例、跋。〕

明詩材題言

兒秀松今年七歲，竹馬紙鳶目相喜戲之餘，授以僮子之業，日誦習焉。亡友孔世傑之子元愷亦年十二矣，今春來寓于我，而相與學詩學書，翰墨以爲玩，惟日不足云。頃者秀松裁取明人詩句而分類以成册，元愷名之《明詩材》。噫！黄口之所爲，固雖無足以觀者乎，其于爲文者之情，豈不喜爲之猶賢乎已歟？我國既云「人親之心眥闇，而迷思子之涂」，不佞之謂毆哉。寶曆丁丑春日，草廬龍公美君玉書。

明詩材目録

明詩材卷之上[舉例]

天文類日月星風雲雨雪天文雜類

日

白日紅雲　青樓旭日　不煩紅日
白日光摇　白日天開　落日忽聞
滄浪落日　宋京煙日　落日登臨
青山白日　窮邊寒日　落日鳴笳
白日黄河　滄江落日　閃日旌旗
恐令白日　長沙日落　高秋落日
牛羊落日　勝日賓筵　日暖風微
日華先照　平臨日月　落日大荒
題詩白日　千年白日　日出浦煙
白日竹林　醒看江日　日出青蘋
起來紅日　落日蒼茫　日抱扶桑

白日春城　日落風清　相思紅日
白日西飛　落日半天　日出彩霞
日上江樓　三湘白日　日照天池
紺霞紅日　朝陽此際　夕陽依岸
夕陽歸鳥　斜陽一以
月
任他明月　龍沙明月　明月滿天
吴門月落　欲向月明　空懸明月
月色潮聲　明月一樽　共看明月

題明詩材後

明詩材者，龍子華氏之所輯也。其父艸廬龍君所披校之增補之，附剞劂氏而以便初學。忽有彦城之聘，將移居於湖中，故託諸吾滕先生以此事。蓋先生於龍君不啻膠漆，則義不可辭焉。然先生以教擾解晦，而筆削未果焉。屬者剞劂氏頻請而不止，因使不佞三秀代勉旃。三秀雖不敏，閔免從事，輒掇明詩近體之句若干以補焉。如其擇句典正，斯則需先生之點定云。

寶曆戊寅春三月，屈三秀跋。

〔作者簡介：龍秀松（龍玉淵りゅう ぎょくえん RYU GYOKUEN），一七五一——一八二一年，江戸時代中後期儒者，近江（今屬滋賀縣）人。名世華，字子春，世稱「一郎」「衛門」，號玉淵。彦根藩儒龍草廬之子，從其父受家學，修「徂徠學」。仕彦根藩，以儒臣在職長達四十八年。寛延四年（十月二十七日改元寶曆元年）生，文政四年二月二十四日歿，享年七十一歲。其著作有：《玉淵詩稿》等。

屈三秀（一作「堀三秀」，ほり みつひで HORI MITSUHIDE），生平不詳。〕

《詩語解》二卷

釋大典

〔寶曆壬午(一七六二)平安書林刊本。序、卷上目録、題引、舉例、跋〕

序

鳥跡邈矣,由典謨以降,作者代興。雖機杼自成章也,則未見不經緯乎古,而能潤色乎今者也。然自後之治之者視之,其今者既已古矣,而其古者更歷一階。更歷更遠,於是乎假者不歸,名與物失,遷轉終至亡其所。是以苟不知反古復始而治之者,猶以控捲解紛糾也。況此方之於學也,更大有徑庭哉? 然則我其已夫? 吁惡可已! 典謨以降,載籍極博,要之學以博之,思以精之,徵於彼而説於此,人棄我取,愈歷愈詳,庶幾乎爲古之徒。不然訓詁諸雅,豈以親受古人而後作耶? 亦唯學已。昔者沈休文作《四聲譜》,自謂「千載之秘今而始闡」,揚子雲亦謂「以俟千載子雲耳」。果其千載可期歟,萬里何所不與?

雖然,倭夏異語,環逆異讀,即有丁尾魚乙,代之象胥,乃謂能會,亦即隔靴,而況其不會者乎? 且夫行文之間,斡旋之要,多在助字,而助字固難以一定論矣。迺今佔畢之士,畫一舊譯,遵而守之，習而不察，踵謬襲訛，滔滔不知自反，則焉得與乎斯文？

宇士新先生有概於兹，嘗著《弁髦録》《助字解》，實載在焉，不幸而不卒業。雖則不卒業，蒐輯之該，正義之確，睹其緒而可知已。又嘗譯《古今詩删》，此其所自試耶？嗟乎！舊染之於人深矣哉。有某先生，海内鉅儒，藝苑巨擘，猶且自著《斥非》，以極口毁之。不通之論，使人捧腹。況於嗷嗷吠聲之徒？

大典禪師，宇先生方外之友也。頃著《詩語解》示余，且曰：「此先生之志也。不慧則不與焉。」余乃夷考其成，亡論詩文不同科，而步驟不必踐迹，裁制則其所自取，詳而不煩，辨而不鑿，蓋解之善者也。而不敢自有，以推之宇子，何也？夫師之深於詩，與津筏後生，其所論昭然可見已。不待余贅。余則有感於師之不忘久要，以稱揚遺緒，乃使之爲端人也耶？抑將以愧偷薄年少隱學疾師者也？故余亦就助字解者，少概見鄙意焉耳矣。寳曆壬午正月，越後片猷謹撰。

詩語解上卷目録

○舊。舊曾。舊來。舊時。依舊。四
○故。四
○雅。素。雅自。五
○還。還將。還似。還從。還來。還是。還如。還欲。還共。五
○復。復已。不復。無復。豈復。非復。寧復。復令。時復。復有。復此。復何。曾復。復誰。復見。還復。七
○却。却望。却回。却來。却是。八
○翻。翻爲。翻然。九
○反。九
○又。又是。又得。九
○更。更欲。更有。更無。更不。十
○起。十一
○賸同剩。賸欲。十一
○重。重來。十一

○亦。余亦。我亦。亦自。亦是。十二
○也。也自。也有。也聞。也知。也道。十二
○必。何必。未必。不必。十二
○決。決然。十三
○果。果是。果得。果爾。果何。十三
○定。定是。定知。定何。定幾。十三
○要。要自。十三
○職。會。會須。會當。會是。會見。十四
○偶。偶然。偶爾。十四
○適。十四
○足。十五
○多。多是。十五
○曾。曾此。曾經。昔曾。未曾。不曾。何曾。曾不。曾無。曾來。曾是。十五
○嘗。何嘗。嘗無。十六
○別。別作。別有。十六

○特。特此。特地。十六

○殊有。殊不。殊未。殊非。十七

○絶。絶莫。絶無。絶須。十七

○最。最先。最後。最是。十七

○尤。十八

○偏。偏自。十八

○及。至。至此。及到。不及。至今。至自。十八

○初。始。十九

○新。十九

○獨。獨有。非獨。豈獨。不獨。十九

○唯。惟。非惟。豈惟。唯見。唯有。二十

○但。但取。但看。非但。不但。可但。但令。但能。但使。二十

○啻。不啻。何啻。二十一

○只。止。只在。只自。只是。只道。只言。原只。二十一

○秖。秖應。秖有。多恐。二十二

○直。徑。直欲。直取。直爲。直作。豈徒。徒云。徒自。徒然。徒耳。二十三

○閒。散。等閒。二十三

○空。虚。空復。空自。二十四

○皆。咸。皆已。咸已。皆説。皆言。皆共。咸是。二十四

○盡。悉。迄。盡是。盡夕。盡日。二十四

○全。未全。二十五

○都。總。渾。都已。大都。總是。總爲。渾如。二十五

○蓋。二十六

○一。一望。一作。一爲。一半。一向。一樣。一道。一合。一倍。二十六

○已。既。業。早已。已是。已有。既無。二

十七

○先。先見。先自。二十七

○纔。僅。纔是。二十七

○正。正是。正當。正爾。二十八

○方。二十八

○端。的。端知。端合。的是。的有。二十八

○恰。恰似。恰爾。恰好。恰是。恰喜。二十九

○宛。宛是。宛在。宛似。二十九

○剛。剛有。剛道。剛地。二十九

○欲。二十九

○擬。未擬。準擬。三十

○將。自將。還將。暫將。且將。更將。却將。將來。三十

○垂。垂老。垂死。三十一

○使。令。教。使人。使君。莫使。不使。令人。莫令。不教。莫教。若教。那教。三十一

○遣。誰遣。復遣。未遣。莫遣。三十一

○放。莫放。肯放。三十二

○容。還容。肯容。豈容。容易。三十二

○任。信。儘。任意。一任。信任。任是。儘道。三十二

○從。聽。祇從。唯聽。從今。從茲。一從。從此。從何。從來。三十三

○縱。縱是。縱使。縱令。縱然。縱饒。縱遣。縱許。總道。三十四

○雖。雖有。雖是。雖然。三十四

○向。向此。向上。向前。向晚。向夕。向老。向非。向來。三十五

○在。逗。三十六

○於。于。三十六

○比。頃。比來。頃來。比年。三十六
○近。近來。三十七
○因。緣。未緣。無緣。不緣。非緣。緣是。自緣。曾緣。三十七
○由。無由。何由。由來。三十八
○爲。爲問。爲説。爲報。爲言。不爲。爲是。一爲。且爲。猶爲。爲誰。三十八
○藉。三十九
○堪。不堪。寧堪。那堪。豈堪。可堪。更堪。堪是。三十九
○耐。不耐。耐可。正耐。惟耐。四十
○忍。勝。禁。不忍。何忍。可忍。不勝。不禁。争禁。四十
○真。實。誠。情。信。真是。真成。四十
○諒。良。良可。良久。四十一
○幾。幾過。凡幾。第幾。幾多。幾許。幾箇。幾回。幾度。度幾。四十一
○何。何以。何太。何能。將何。何因。何緣。何自。何物。何人。何處。何地。何日。何時。何當。何來。何在。何如。何似。如何。奈何。何奈。若何。何爲。何事。四十二
○那。那堪。那得。那能。那道。無那。那箇。阿那。四十四
○奈。可奈。無奈。不奈。争奈。四十四
○焉。安。焉如。焉能。將焉。安得。安在。四十五
○詎。詎有。詎可。詎幾。四十五
○底。甚。底事。有底。緣底。底處。四十五
○寧。寧須。寧可。寧復。寧知。四十六
○誰。誰共。誰復。誰與。誰爲。爲誰。向誰。誰人。憑誰。有誰。誰道。誰是。誰

堪。誰合。誰應。誰須。誰有。誰其。誰奈。四十七

○敢。不敢。敢論。敢謂。四十八

○肯。不肯。四十八

○争。競。争道。争敢。争禁。争得。争如。争若。四十八

○可。自可。乍可。可道。不可。可憐。可惜。可知。應可。可宜。可須。可即。可能。可是。可曾。可得。四十九

詩語解卷上〔舉例〕

自

自是。自有。本自。獨自。各自。手自。君自。我自。自在。自由。自然。一自。自從。自繇。自來。自非。自笑。自知。自言。自謂。自愛。自憐。自識。來自。

《字彙》自，由也，所從來也。又己也，躬親也。又獨也。詩家用「自」字最多，而義亦廣矣。然其本出於「自由」之「自」與「自己」之「自」也。訓「獨」者亦出于「自己」也。「自由」之「自」，言由來如是，更無它故也。「自己」之「自」，主而言、偏而言、別而言也。今舉諸句分釋諸義，然又須知其互相融通。○「青苔日厚自無塵」、「朝夕催人自白頭」、「桃李不言蹊自成」自字繫桃李、「聖朝無闕

事，自覺諫書稀」，此「自由」之「自」也。◯「老去悲秋强自寬」、「自笑不如湘浦雁」《三體》、「自知貪酒過春潮」同、「自言歌舞長千載」、「自謂驕奢凌五侯」、「西施自愛傾城色」、「自憐彩筆驚人在」，此「自己」之「自」也。◯「渭水自縈秦塞曲」、「自是三千第一名」《三》、「自識將軍禮數寬」，本自也。◯「萬象皆春氣，孤槎自客星」、「永夜角聲悲自語」、「此日登臨自鶡冠」謝榛、「爲言仲蔚自蓬蒿」世貞，獨自也。◯「夕鳥自東西」、「欣欣物自私」、「娼家桃李自芳菲」，各自也。◯「虛閣自松聲」、「僧來不語自鳴鐘」、「三户無人自鳥啼」，猶唯也。◯「舟人自相報，落日下芳潭」、「烽火照西京，心中自不平」、「同人永日自相將」，猶兹也。「自有金笳引」、「自有西征作賦才」，亦然。◯「看花鬢自衰」、「過隴自艱難」、「有時自發鐘磬響」、「草色姑蘇到自愁」，此與文用「則」字同。又「興來書自聖」、「爲政心閑物自閑」、「纔到蓬蒿人自轉」，亦同「則」之隔字應上。「人自傷心水自流」、「水自潺湲日自斜」《三》，分物之辭，亦同「則」也。◯「故園花自發」、「它鄉鶯自啼」徐禎卿、「天涯風俗自相親」、「五陵衣馬自輕肥」，有在彼而不關我之意。◯本自、獨自、各自、手自連用，「潘郎本自玉爲人」、「獨自狂夫不憶家」、「明年各自東西去」、「坐對寒松手自栽」是也。又君自、我自亦多，「君自平生稱國士」、「我自拂衣秋色裏」是也。它如猶自、徒自、只自、信自、空自、亦自、也自等，皆屬上字成義，竝見下。◯又「暗飛螢自照」、「水鳥自孤飛」、「它山自有春」、「明月自來還自去」、「映階碧艸自春色」、「獨樹花開自分明」、「階面青苔先自生」、「每愁夜中自足蝎」、「自惜汾陽紆道駕」、「自愛花枝掌上紅」、「楊馬風流自一時」、「千樹寒色自飛花」梁有譽、「燕趙悲哥自古情」榛，凡皆偏而言、主而言、別而言者也，可以各隨其語生解。〇「行雲莫自濕仙衣」、「天下軍儲不自供」、「春去春來若自馳」、「梅花欲開不自覺」，此等「自」字，語間承應辭。〇亦有句語交錯處以「自」字控接來，「輦道風沙自古丘」吳國倫、「燕嶠風光自草亭」世貞、「鳴珂江左自秋風」有譽是也。〇又自在、自由，言隨意也；自然，不須施設也。「江流大自在」、「呼兒自在掩柴門」、「徒步覺自由」、「送客逢春可自由」、「自然金石奏」、「自然鍾野姿」《三》、「獨宿自然堪下淚」是也。〇又與「從」字同用。「一自」「一從」「自從」「自繇與由同」並同。「一自河梁攜手后」、「一從恩譴去瀟湘」王昌齡、「真訣自從茅氏得」、「自繇歸去竟何因」釋皎然是也。「孤城轍迹自來稀」世貞，與從來同。然自由之義，從就之義，亦各有別。「孤月自東方」、「自得中峰住」、「深林亦閉關，來自西天竺」、「來自廬山五老峰」可見已。〇「自知風水靜，舟繫岸邊蘆」、「自知身命促，秉燭夜行游」梁元帝、「自非曠士懷，登茲翻百憂」，亦「由」之義也。「浮雲何自識行藏」徐中行，「何由」也。

本　元與原通

本是。元是。本來。元來。

《字彙》本，根本也，始也，末之對也。元，始也，首也。二字同用，「本」差重。〇「吾道本岩阿」、「白鷗元水宿」、「俱飛蛺蝶元相逐」、「並蒂芙蓉本自雙」、「自言本是京城女」、「馬卿元是漢詞宗」、「大道本來無所染」《三》、「劉項元來不讀書」《三》，是也。

舊

舊曾。舊來。舊時。依舊。

《字彙》舊，久也，對新之稱。○「谷口舊相得」、「黄山舊繞漢宫斜」、「舊事仙人白兔公」《三》、「五馬舊曾諳小徑」、「摇落舊曾悲屈宋」榛、「五原春色舊來遲」、「舊來好事今能否」，雖有與元、本同用，而所異可見。○有「舊時」「依舊」語。「舊時王謝堂前燕」、「淮水東邊舊時月」、「依舊煙籠十里堤」、「依舊春風滿建章」是也。

故

《字彙》故，舊也，又固爲之也。按，故、固音通，《世説》等多見。○「膽猶忠作屏，心故道爲鄰」，訓「舊」訓「故」並可。○「已添無數鳥，争浴故相喧」、「清秋燕子故飛飛」，猶更也，本義之轉也。○「還應知妾恨，故向緑窗啼」、「故憑錦水將雙淚，好過瞿塘灧澦堆」，此故意也，言特爲也。

詩語解題引

詩之與文，體裁自異，而其於語辭亦不同其用。大抵詩之爲言，含蓄而不的，錯綜而不直，而其所使之能如是者，正在語辭斡旋之間。詩文之所以別，唐宋之所以殊，率皆以此語辭，於詩不亦要乎？然初學者多胡亂使用，填塞句間，不復能考明。故今一一舉録，從頭解之，以爲詩家之筌蹄。尚覽者勿嗤其猥雜，以逆扣兩端之志，可也。

詩語之於文語，有字同而義同，「唯」「既」之類是也。有字同而義異，「雖然」「雖是」之類是也。有字異而義同，文之「則」，詩之「自」是也。有字異而義異，「好是」、「聞道」之類是也。

大抵詩家所用，率爲魏晋以來語，間涉俚言。然古詩、唐詩，體異語別。初心學詩，唐體爲最，故斯書專爲唐詩，未及于古。故所引徵，亦限唐詩，恐或混也。其唐五言古詩與近體通者間引用之；如宋元詩語，雖非所則，然有補罅漏、無害於法者，亦一二取盈焉，職在解語辭也。若得詩家語言三昧，則纚言細語，皆發柔軟悦可之妙，豈今所載而爲限哉？苟未至於是，則「承言須會宗，莫自立規矩」，是斯書所以設也。

「以文常會友，惟德自成鄰」「重以觀魚樂，因之鼓枻歌」「夫豈能必耳，固已謝黯黯」「眼中之人吾老矣」「荆軻西去此其輩」「樹猶如此我何堪」「豈若吾身親見之」「帝鄉吾土一般般」「歸來不把一文錢」「橘邊沽酒半壜空」「萬事風吹過耳輪」「新晴草色暖温暾」，可見文語、俚語用得蘊藉。且又唐七言古詩乃唐之古，非古之古，而又詩之文者也。故其語不妨間雜文語，亦在乎善用而已。

斯書所設，本在語辭。即非語辭，詩家所雅言，亦舉及之。庶有小補於初學。

字有多義，隨用支分，然亦莫不相融會。融會以觀義之含，支分以識義之廣。斯書遍引諸句，旁判諸義，其所以碎，乃所以完也。覽者知之。

訓字猶物色人也，必求其面頰鼻目之所相肖而舉悉狀之。然非一回親見，安能分明？況取其肖者一二以謂能悉識乎？是乃衆盲之摸象也。是故千人千面、千字千義，莫不相肖、莫不相別。故物色其所相肖，以使識其人；訓證其所相近，以使通其字。要在見得不謬焉耳矣。

古今字書、韻書雖益多，其於訓義亦仿佛已，又多遺漏，蓋千萬叢中，不能一一纖悉也。今欲纖悉之，就其仿佛而益推窮之，更多引古語以相照發定之，乃可得也。詩文皆然，故斯書多舉古句解之。至於知真面目，亦不在所解，而在乎所舉矣。初學姑筌蹄所解、魚兔所舉斯可矣。且其所舉所解，未爲盡此，余不遑更擴。舉一而反三，是在來者矣。

凡有二字連用爲語者，有二字一合成語者。故一字爲義，體也；二字爲義，勢也。是亦初學所當識也。今另舉二字語，又取諸句中連用可法、熟語所恒者，各揭之各條下。

字義既非訓釋所盡，而況倭讀所能詳明乎？大抵倭語譯字，有能當、有不當，且訛轉差錯者亦太多。今欲揀其不當，咸易以能當。隨當隨差，莫能執捉也。字既如是，又況連字成句，脈絡相綜？華之與倭，語路自殊者乎。又況詩之爲言，含蓄而不的，錯綜而不直，加之音節，不容一意訓釋者乎？是所謂「如人飲水，冷暖自知」也。故倭讀之法不可取，不可捨，其説在於筌蹄也。

夫訛轉差錯，雖華言有之。因循成用，不能反本，直取時俗之易解耳。故古來倭讀未能輒改也。其有甚相錯，而有甚相當，則易之。彼善於此，而可以發解，則易之。然一端也，不可拘泥。

夫物有形有心而后有聲，有聲而后音生，音生而后義成，義成而后字形。字，人也；音，天也。

故欲明字義，必音爲本。是以音韻區別旁通，莫不與義。音同義通，音反義背，音近義近，音轉義轉。雖然，因音思義，非深於音不能也。但考平仄、清濁、輕重、緊緩等之韻，以推輕重、死活、抑揚、平險等之意，思過半矣。且如「胡」「惡」、「何」「曷」、「焉」「安」，及「亦」「也」、「徒」「直」、「遥」「遠」、「如」「若」之類，試較其音，求諸其義，必多所發明矣。又如「乃」之與「載」、「焉」之與「然」，音別而響同。又「要」音通「腰」腰本作要，後別爲二，身中爲腰而樞要、要約本此自出。「遭」音通「匝」，而爲行復相值之義。它如「不可」爲「叵」、「豈可」爲「可」、「如是」爲「爾」，二合而生。凡是皆繫于音者也。准而知之，莫不貫通。

字有六書，各發其義，兹不復舉，今且就語辭論之。凡初學者欲審字義，一要原字音，即如上所云是也；二要審字形，如「忽、欻」「謾、漫」之類，義通而各有所從是也；三要推本義，如「都」以國都之一治言，「總」以束絲而一綂言，「渾」以水之渾不分言是也；四要思反對，如「此」「彼」之反、「是」「非」之反是也，又如「始」與「終」對、「初」與「後」對，義各可見；五要及本音，「復」扶候切有反復、重復方六切之意，「更」居孟切有更古衡切改之意，「任」如禁切有保任如深切之意是也；六要以古語所用比校之，照定之，或同義而異例，或異訓而同用，或連用而勢變，或訛轉而循用。加之隨世代移換者亦多，此皆字書、韻書所不能纖悉，今爲初學示隅反之例已。

詩家所恒用語，訓釋所未及者多矣。雖兹編未遑盡舉而解之，今姑標一二三以示初學。準而思之，莫所弗明。如「開」字：「平津樹色開」，猶見也；「簫鼓應聲開畫鷁」，猶出也；「黑山峰外陣雲開」，猶起也；「去矣乘風瘴癘開」，猶散也；「七字新詩漢體開」，猶成也；「一代英雄開大業」，猶始也。如「悲」字，「遲日園林悲昔游」，是與「遊子悲故鄉」同，猶思也；「横笛短簫悲遠天」「總是人間此調悲」，是與「絃么而徽急，雖和而不悲」同，謂音之妙也。「思」字，「離堂思琴瑟」、「邊月思胡笳」思蓋作去聲，此猶言悲也。「哀」字，「巫峽清秋萬壑哀」「哀壑無光留户庭」，是慘澹之意。「愁」字，「愁看五陵煙」「城尖徑仄旌旆愁」「山腰官閣迥添愁」，是杳渺之意。又如「紅」「丹」字，宇子謂皆言其顯露耳，猶徒跣，謂之赤腳也，「萬丈紅泉落，迢迢半紫氛」「紫陌傳香遠，紅泉落影斜」「丹嶂五丁開」「杖藜雪後臨丹壑」、「萬丈丹梯尚可攀」是也。又如「去國」語，或爲鄉，或爲京，「去國還故里」「去國三巴遠」「去國離家見白雲」是也。如「舊遊」，或爲友，或以地，或以事，「江上相逢皆舊游」「夜思千重戀舊遊」「回首青雲是舊遊」是也。「獨往」，非必謂孤獨也，《莊子》司馬彪注「獨往，任自然，不復顧世也」，「自堪成獨往」「舊游誰獨往」是也。「吾道」，謂吾生分也，「久客應吾道」「藜杖全吾道」是也。它如「青雲」「雲霄」「江湖」「風塵」等語，宇子於李詩注辨之。是類太多，不可不諦審也。

「山青每到識春時」，「山青」當在「每到」下。「纔可顏容十五餘」，「顏容」當在「纔可」上。「天涯不復有離群」，言不復有離群於天涯也。詩語錯綜，率皆如是，然自有斟酌。「昔記山川是」，「昔」字移在「記」字下看。「昔聞洞庭水」，不可以「昔」安「聞」下。又如用「不」字「莫」字成句，其語當在「不」「莫」下，而移在「不」「莫」上，可也，如上「天涯」句是也，當在「不」「莫」上，而却在「不」

「莫」下，不通。此倭人或所不知也，故説及。

對句錯綜尤多，如「澗道餘寒歷冰雪，石門斜日到林丘」是也，是乃詩語之所以含蓄而不露也。又「縱酒欲謀良夜醉，歸家始散紫宸朝」，言始散紫宸之朝而歸家，則欲謀縱酒於良夜也。「揚子月明愁裏度，蕪城雨色夢中看」，言揚子之月、蕪城之雨，昔曾夢中看之，而今還應愁裏度也，「夢中看」，思鄉之情也，「愁裏度」，別友之感也。不達斯旨，不能解古人之詩，又不能自作詩也。然非通暢文理，而徒欲刻畫使然，則失甚矣。

「妾望自登台」，「自」字訓「獨」、訓「由」皆通。「永夜角聲悲自語，中天月色好誰看」，「悲」「好」字屬上、屬下皆通。「如何自聽朱絃絶，此調人間識者稀」，一則言何爲聽絃之絶耶，乃以識者之少也；一則言何爲聽絃之絶而不再理也，識者本少，豈可一旦輒遇乎；一則言如之何其使識者少而至於聽吾絃之絶也物子、宇子既有是解。故義存一向，解爲一意，非詩本色；剖裂爲二、爲三也，恐傷本色。凡詩之爲道，含蓄無窮，正如水月鏡像，不可把捉其極。至於有意無意、可解不可解，蓋《三百篇》之旨爲爾，故訓註以解之，倭語以譯之，取乎捨乎，學者自知。

對句，語對爲先，字對次之，故語雖對而字不對者間有之，「白髮老閒事，青雲在目前」「銜杯大麓來秋色，倚檻邢臺過白雲」是也。字雖對而語不對者不得爲對，是體用虛實之相當與不當也。初學審諸。

有句中各自爲對者，是亦一法，《西溪叢語》謂之「當句對」。「赭圻將赤岸，擊汰復揚舲」「城外青山如屋裏，東家流水入西鄰」「空懷濟世安人略，不見男婚女嫁時」「但説漱流并枕石，不辭蟬腹與龜腸」是也。

有隔句對者，蓋律中間一爲之，「去年秋露下，羈旅逐東征。今歲春光動，驅馳別上京」「昨夜越溪難，含悲赴上蘭。今朝逾嶺易，抱笑入長安」是也。然作者所不好。

有假對者，然風情尤至者而後可尚也。「周旋承惠音蕙愛，佩服比蘭薰」「枸音近狗杞因吾有，鷄栖奈爾何」「厨人具鷄黍，稚子摘楊音羊梅」「鷄鳴紫音子陌曙光寒，鶯囀皇音黄州春色闌」，此亦音對者也。「愛酒晋山簡，能詩何水曹」，此以山與水對者也。「飲子頻通汗，懷君想報珠」，此以子與君對者也。以音者最多，然非較著者不爲也。

「把君詩過日，念此别驚神」「且將棋度日，應用酒爲年」「日兼春有暮，愁與醉無醒」「南川粳稻花侵縣，西嶺雲霞色滿堂」「且看欲盡花經眼，莫厭傷多酒入唇」「詩成斬將奇難敵，酒熱封侯快不如」「顧我老非題柱客，知君材是濟川功」「逐客去應吟澤畔，故人歸復卧羅浮」，語中斷連異例者，然非文理圓活有餘不能也。

宇士朗以絶句爲一句一絶之義，其説别在。余又按，范德機曰：「絶句一句一絶，乃其本體。」蓋律詩之體，起聯結排次成篇。絶句則不然，直是意象所造，初無所繫，故或前爲對，或後爲對，或四句爲對，要不過一句一絶之義也已。夫惟一句一絶，故又斷連自在。「遊人五陵去，寶劍直千金。分手脱相贈，平生一片心」「曾絶朱纓吐錦茵，欲披荒草問遺塵。秋風忽灑西園淚，滿目山陽笛裏人」，此自第二句而下一連者也。「興慶坊前柳，蕭郎手自裁。藏鴉今漸隱，只是不歸來」「越王勾踐破吴歸，義士還家盡錦衣。宫女如花滿春殿，只今唯有鷓鴣飛」，此三句一連而第四爲轉者也。又「節去蜂愁蝶不知，曉庭還繞折殘枝」「明月在天將鳳管，夜深吹向玉晨君」，此皆自第五字以下一連者也。故夫起承轉合，宋人之目，不可取也。

「那知舊遺逸，不在五湖中」，言不在五湖而乃在斯也。「茲鄉多寶玉，慎勿厭清貧」，言不可貪富也。「豈應梅福吴門在，共説先朝吏隱難」，言今則不難也。作者善用韻，雍容不迫類如是。故不善用，則聲律與韻皆爲之累。善用之，則聲律與韻乃所以見詩語含蓄之妙也。此自詩家三昧，學者知之。

右詹詹之言，事意所至，及斯書之所不關也。要爲初學啓發一二，則亦詩語之所以教也。

茲編所引詩句，多出《品彙》《詩删》及李、杜、滄溟之集，其外此者，記其名，使看者知之。《三體》《鼓吹》所載，不復標人者，厭煩也。然初念不至是，自後附之。故恐有脱誤，覽者幸更檢之。

跋

嘗聞宇先生欲作《語辭解》，不成而殁，唯譯詩文以見其義。今見大典禪師《詩語解》，涉獵唐詩，發明語辭，可謂能承宇子之志，而更擴大之者矣。大凡學詩者能玩味諳熟，必其吟哦之際，罔有凝滯，縱横唯其志之所之也。古稱「詩者，言志也」，今學詩者不能言其所言者，何也？坐不知語辭之斡旋也。是書一出，海内學詩者取以爲軌轍，則豈云小補哉！刻成，喜而書其尾云爾。寶曆癸未季春，文章博士菅原世長題。

〔作者簡介：見和文詩話《詩家推敲》。〕

《詩家法語》二卷

市河寬齋

〔天明壬寅（一七八二）東都書林申椒堂刊本。序、例言、目録、舉例〕

題詩家法語首

内典以明心爲急，語氣質直，不崇文飾。六朝人主每興佛事，約命詞臣詩筆之，抽青媲白，駢四儷六，體樣不相入。於是乎補截雕鏤，終變爲綺麗，至唐初而極矣。開天之際，李杜王孟之徒漸厭之，一變爲高華，澤之芬陀，清淑可人。元和以下，真率爲務，偈頌而排韻。逮至宋元，則輒流于豪爽，不啻棒喝，要之皆詩家之佛語，不復狄鞮氏之舊也。

河君子静博閲唐詩，别裁成是編，以便蒙士焉。其不泝六朝、不及宋元者，自是鵝王唼乳，勢不得不然也。覽者宜取于精，勿病于刻，是編者之志也。天明壬寅秋八月，六如慈周撰。汶嶺芝央書。

例言

載在貝典，都謂之法語，乃其家言矣。其用之詩中者，已經作家之槖籥，而金色成色焉。今復莊嚴招提，贈遺緇錫，非此乃不可。然亦直用不化，猶是補錦以布，顧增之醜爾。故以轉法華爲貴，其法王、孟、儲、綦毋諸子稱最臻妙矣。若能得其法而活用，則恒沙修多羅莫不可取者。但不轉於法華，而混化出自己爲妙。

恒沙修多羅，我則不暇，其用之詩中者亦復恒沙。今唯取開天者，所以重其格調也，猶恐詿誤脱漏不免也。業已越尊俎而代，猶爲有罪，引證謬傳，幸恕焉。

僅僅小册，固不足分門類。天地事物，聊便搜索，如通用部，殊屬鷄肋，然亦作家餘材，不忍棄置也。要之，造塔造堂，莫所不用矣。

詩人姓名，其再出不復具備，但同姓者而不省也。

天明改元季秋，木石居主人識。

目録

詩家法語卷上［舉例］

天部

諸天

天道二十八天，見《楞嚴經》。欲界六天：一、四天王天；二、忉利天；三、須焰摩天；四、兜率陀天；五、樂變化天；六、他化自在天。次色界十八天，分爲四禪。初禪三天：梵衆、梵輔、大梵。二禪三天：少光、無量光、光音。三禪三天：少浄、無量浄、遍浄。四禪九天：無雲、福生、廣果、無想、無煩、無熱、善見、善現、色究竟。次無色界四天：空處、識處、無所有處、非想非非想。○香飯——

食儲光羲清樂動——李白。坐覺——近孟浩然。長吟播——李白。此地日清淨，——應未如岑參。高閣逼——岑。肅肅松柏下，——來有時王昌齡。——合在藤蘿外杜甫。

兜率

天宮近——孟。

天宮

《維摩經》「我見釋迦牟尼佛土清淨，譬如自在天宮」。◯孤高聳——岑。——可淹留岑。月明懸——昌齡。——近兜率孟。

天花

《維摩經》「天女以天花散諸菩薩大弟子上，即皆墮落」。◯——滿南國。儲。——晝下來孟。

飯食——香李頎。——飛不著綦毋潛。——落不盡綦毋。——散窗近褚朝陽。

［作者簡介：見漢文詩話《詩爐》。］

《明詩擢材》五卷

太田南畝

〔明和丙戌(一七六六)江都書肆(青山堂、春秋堂)合刻本。序二首、凡例、目録、舉例、跋〕

題《明詩擢材》首

輪輻蓋軫,數之無車,猶三十輻共一轂也。名分職殊,統爲車名,則疾徐軒輊,有斲手之老而數存焉。詩之於辭,擇之精之,以爲成篇之用,亦猶妙匠擇良材然後加手焉。而大車之輗、小車之軏,各有所用也,則必自擇材始,是所以田子耜之有撰乎？乃顓蒙之徒有賴焉,撰之不可已也。若夫與之規矩,不能使巧者,則非撰之罪也。即知擢材然後勉,可至善行無轍跡而已。明和丙戌之歲春三月,龍門劉維翰撰。

明詩擢材序

詩家之求材也,亦猶斧斤於木乎？旦旦而伐之,或斲而小之,亦何害矣。田覃字子耜,受學于余。其爲人也，翫好絶於耳目，沈欝澹雅，才思有餘。我逸彼倍，爲功爲庸，與從而怨之者一何霄壤？今歲有《明詩擢材》之撰，其材也楩柟豫章，其用也廣厦接榱，遊文囿、攀辭林，將供童蒙之觀。嘉隆七子，辭雅且艷，玉藻瓊敷，古人蓋譬中原之有菽，采之不盡。今此撰也，分門次目，炳焉可觀，引而伸之，觸類長之，於七子詩集可謂能事畢矣。覃也才識博依，常自安詩，苗而秀矣。待其秀而實，材不可勝用。於乎！田氏之子其殆庶幾乎？明和三年春三月，滕淳時序。

凡例

一、明詩於唐詩，伯仲之間耳。詩亦五層樓哉，材木不可勝數也。後生不監此二代，則何觀藻棁之郁郁？嘗爽鳩氏取詩材也，斧斤所及，惟止於唐。此篇乃分類明詩，而摭裂者一仍爽鳩氏之便，不敢改作。

一、弘正四子、嘉隆七子，皆其選也。而雖弘正有四子，不如嘉隆七子多且盛，漸近自然。故取材《七才子詩集》，若四子則姑舍。

一、《七才子詩集》之爲選也，七言律體耳。蓋七子之所長。今且舉一隅而措之，若三隅則闕如，以俟後進。

一、聚類分物，門目相次。某在斯，某在斯。

一、鉛槧數易，涉獵靡遺。簡髮數米，尚恐有鹵莽。請就本集而正焉。

明詩擢材目録

目録畢

明詩擢材卷之五［舉例］

通用

虛字

何處——明。——看。——紅。——臨高。——是。——尋。——看春。——詞人。——胡姬。——關山。——松標。片帆——。故人——。平原。——煙波。江南——。秋雲——。江湖——。不知——。煙波——。

何物——風塵。

何用——餘錢。——詩傳。——緱山。

何須——稚子。補衮——。——下榻。狗監——。抱璧——。

何事關——。風塵——。量移——。——故人。逢人——。——弟兄。

何限——事。——當年。——思。——柳條。

何如夜——。意——。——嚴助。——仲尉。復——。——對舞。——散髮。——山簡。

如何近——。——嚴助。欲——。

何妨坐——。萬事——。——五馬。

何減文人——。

何必——千金。長纓——。——行藏。

何在羊——。使君——。

何堪短髮——。

何自浮雲——。

何當——一洗。

何曾楚客——。——減。

何似——江都。今——。

何補慚——。

何幸——青山。

何謂——四愁。
何勞紫氣——。
何得——扁舟。
何來——嶽色。
那無——一字。
那堪客裏——。分手——。
那能——金馬。
那得——同君。——飛書。炎蒸——。
那因——九折。
無那——清樽。——艱虞。——瑟中。
無奈——吴郎。
安在使君——。
安得——清樽。——淮南。
何深興——。
焉能乘興——。
但使——臭蘭。——斗間。

但得——青山。
徒令——把袂。
祇應——黄菊。
祇合持螯醉。
第應知己惜。
只今萬里——。天地——。宣室——。——白雪。
祇今銅柱——。——誰似。
原只廣文——。
除非郢調——。
不可——留。——招。——憐。——尋。——論。——
求。——同。——攀。——傳。——從。——
聽。——還。
不用——兼傳。
不堪車馬散。——聞。——論。——攀。
不與——苕華。
不復——還。走風塵。有離群。
不如世——。——君。——湖海。

不盡——天風。吟——。——交情。情——。
不是尋常調。尋常事。——江湖。——蘇公。
不遣——清樽。
不將——雷雨。——憔悴。
不爲——微名。——疎狂。
不獨——陶然。
不須——槎上。
不勝——哀。——寒。——愁。
不禁思——。——風塵。——雙涕。——此夜。
不減——河梁。君來——。黄花——。
不必乘槎去。——青蒲。嗟留滯。
不易——尋。
不妨去——。——乘暇。——飛捷。——垂老。
不斷秋——。空江——。——渟沱。——雄風。
不改古今——。
不淺恩——。——南樓。

不變知——。
不違願——。
未須——疑。不調——。沈約——。——重擬。
未可——求。——期。
未是——閑。——難。
未成——中散。
未如總——。
未應——前席。
未竟厭——。
未盡澄清志。風雲——。
【中略】
重綰——銀章。
無賴真——。渾——。
遥馳丹旐——。
空負春心——。
甘從麋鹿遊。

不負知——。——人。文章——。長——。煙霞——。
謝安——。
尚擬——郢中。
便擬徘徊——。
猶負好龍——。
還傍射鵰——。
暫向玉關迴。
正擬——青山。
一揮彩筆——。
未數——平原。
重擬未須——。
遂擬——生涯。
虛向壯心——。
虛擬——雲霄。——張騫。
應枉故人車。

明詩擢材卷之五終

肯向——人間。
竟負懷人——。
能負誰——。
重回首——。
總負乾坤——。
并留吳越——。
可向——王門。
欲向幾年——。——秋風。
莫向——秋風。——湘沅。——蓬蒿。——并州。——
湘君。——銅標。
先駐伏波軍。
擬逐——漁樵。
未訂論心——。
形勝百年——。

跋

余友子耜氏自幼屬文學詩，年十有五初事吾内山先生，先生視曰：「此兒方當大成。其相也金玉，其章也追琢。」豈不謂先生之學綱紀四方之緒餘乎？今兹十八，撰《明詩擢材》。曩者爽鳩氏作《詩筌》一出，往往唱誦。然採擷盡于唐耳。明興諸公出，諸公出而風詠並馳于開天之上。高楊張徐以下，弘正嘉隆之際，於此爲盛。嘉隆近體既竭其材，最卓爾矣。世稱《七才子詩集》，大率取材昭明之撰，其材美而善也。其美而善也，則曷速腐速毀之爲？細枝大根，無慮荆氏之所宜。乃拱把而上者，七圍八圍，蓋無不有矣。求者斬之，果異材也。徂徠之松、新浦之柏，大匠斵之，始視新廟奕奕。雖有輪班，不取之左右，是唯曲轅商丘已。及至庸工執斧而臨之，亦曰：「天下無良材。」故嘉隆七子之所斷度，子耜亦尋尺而所不已。品目盻分，義例臚列，率靡孑遺。或出入爽鳩氏，而且不逾閑。嘉隆諸公才思若海，物量無窮，倘居然出於涯涘，寧有所取材乎？甚矣！子耜之舉，類於一葦杭之。作者繙帙則指之掌，孰甘面墻？余與子耜，於學如貫，焉得塤篪不相和？即題卷後，職此由矣。彼子耜者，實宛然内山先生之堂室也哉。明和丙戌春三月，蓋峰中神守耆撰。

〔作者簡介：見漢文詩話《都下名流品題辨》。〕

《詩用虛字》一卷

〔天保乙未(一八三五)東都書林金花堂刻九皐書屋藏本。引、舉例、跋二首〕

山本北山

虛字啓蒙、詩用虛字合刊引

童蒙之游詞場者，用虛字最難。而文自有文之虛字，詩自有詩之虛字，若失之用，文不文、詩不詩也。予門人山口潛、大畠行憂之久矣，常以爲言。予嘗讀《心簡齋集録》，得王潤洲《虛字啓蒙》者，又金滕中藏祖君北山先生所撰《詩用虛字》一卷，併出示之。二人大悦，句讀校讎上梓，以欲爲童蒙詞場之助。請之於予，予言曰：「取人之所著而爲奇貨居，梓行于世，釣聲名、規世利者之所爲也。二三子何效之乎？」既而更憶之，爲童蒙之助，非全此釣聲名、規世利者之意也，許之梓行，因書其事以爲引首。天保乙未晩秋，録于孝經樓南窗下，學半山本信錫。遂莽河之治書。

詩用虛字「舉例」

疊重誠齋：半淡半濃山——

重疊杜牧：千里暮雲——翠

珍重坡公：——多情關令尹

奇特蘇拯〔一〕：無以彰——

交加陸龜蒙：松皇午陰——黑

加交歐公：夏簟解籜陰——

正好熊皎：芳筵——吹

長好張籍：但願園裏花——

如何老杜：——拒鄰叟

何如張耒：碧鱸跟鱠意——

何似老杜：——兒童歲

〔一〕拯：底本訛作「極」，據《全唐詩》卷七百十八改。

若何羅隱：豐年事——

跋

北山先生所著《詩用虚字》一卷，蓋其手定未備者，以故體例不順，遺漏亦多。然作詩者自此而入，則曲折運用，庶幾得要路。山口潛識。

跋

余平生作詩，至用虚字處，常覺其艱澀不安，爲之苦思而不有得也。頃學半先生出乃祖北山夫子所著《詩用虚字》一卷授余，余受而讀之，其撰字之法精核詳悉，毫無餘藴。乃取向之所作者彼此對照，改其不合法者，然後讀之，向之艱澀者始覺其平穩矣。於是知余之苦思而不得者，皆坐於不知其法也。因與山口子龍氏謀繡梓，公于世云。天保乙未晚秋重陽前一日，九皋大畠行識。

關思順録。

［作者簡介：見和文詩話《作詩志彀》。］

《唐宋詩語玉屑》十卷

高木專輔

〔安政丙辰（一八五六）京攝書林五書房同梓本。卷十舉例〕

卷之十〔舉例〕

通用虚字

自喜。卻喜。更喜。且喜。最喜。共喜。可喜。劇愛。絶愛。坐喜。可愛。自愛。最愛。莫愛。愛此。竊羨。不羨。卻羨。更羨。羨爾。爲惜。共惜。自惜。尚惜。不惜。遽惜。又惜。莫惜。可惜。未惜。爲問。試問。借問。欲問。得問。顧問。慰問。坐問。不覺。自覺。更覺。已覺。頓覺。始覺。轉覺。但覺。俯聽。卧聽。卻聽。厭聽。静聽。面聽。謾道。若道。莫道。乍見。定識。不識。遠愧。有愧。

枉道。仰見。坐見。自見。喜見。忽見。就見。罕見。亟見。獨見。爲見。驟見。遠見。見説。不見。尚厭。不厭。恰似。爲許。自許。莫許。自怪。卻怪。不忍。不辨。悵望。遠望。仰望。爲覓。不廢。豈料。卻恨。惹恨。所恨。或恐。坐恐。爲報。已報。不分。自解。不解。不語。錯認。不用。獨念。憶想。想像。緬想。莫謂。盡道。偶到。未到。已後。久矣。不管。不起。不擬。不改。不要。不犯。記得。昔記。久負。更怯。只管。料得。想得。待得。説與。付與。任是。自是。況是。本是。總是。便是。復是。恐是。不是。盡是。半是。定是。只是。最是。尚是。可是。豈是。好是。果是。枉是。別有。縱有。自有。實有。獨有。未有。復有。更有。只有。尚有。更在。況在。半在。縱使。底事。儘放。一任。況復。況乃。況屬。未敢。頗亦。且足。此處。此外。不敢。不得。不及。不必。早已。亦已。總向。總爲。頓使。莫使。若使。爲底。不使。更遣。各已。故合。幸得。遂得。不可。可即。再得。得似。幸不。已矣。願以。所以。未必。不爲。一自。不啻。復作。不耐。不復。已被。忽與。豈獨。獨自。別作。幾度。若箇。幾許。幾個。切莫。莫向。畢竟。遙知。因知。徒知。焉知。須知。誰知。何知。元知。懸知。寧知。應知。方知。還知。前知。今知。偏憐。相憐。誰憐。應憐。遙憐。初憐。遙思。猶思。相思。誰思。尋思。堪思。空懷。長懷。何思。回看。猶看。應看。新看。時聞。傳聞。皆言。聞言。休言。人傳。無爲。何須。何期。何妨。應期。還期。渾疑。長留。空留。無邊。偏添。尤嫌。何圖。無端。常求。空懸。空餘。何辭。徒勞。生憎。相歡。人疑。憐渠。群驚。誰驚。仍呼。相呼。羞將。能忘。行看。何勞。何殊。深慚。嘗聞。何傷。何爲。胡爲。何當。何如。如何。何由。何緣。緣何。無由。因緣。須令。當令。空令。從教。無如。無能。雖非。誰堪。都無。寧如。還如。終能。終須。唯當。同爲。從來。由來。非唯。真堪。真成。教人。未應。其中。雖然。偏能。殊非。殊無。何曾。祇緣。無人。何其。祇能。何堪。元從。誰將。已知。始知。預知。熟知。豈知。

那知。欲知。不知。早知。乃知。亦知。熟知。得知。但知。也知。可憐。更憐。自憐。獨憐。舊憐。也憐。尚思。忽思。永懷。思量。爲懷。却懷。試看。只看。請看。忽聞。屢聞。莫聞。共言。爲言。莫言。不言。豈妨。却驚。忽驚。每逢。莫嗔。細添。只疑。恍疑。却嫌。自嘆。可嘆。坐嘆。有誰。爲誰。更催。暫忘。若知。怪來。信知。極知。縱饒。縱令。縱然。奈何。若何。舊來。向來。再來。重來。近來。那能。那從。那堪。不如。不同。不須。不教。不堪。不勝。未休。任他。任教。自茲。自能。自然。自當。自成。合成。併成。儘教。剩將。箇中。的無。一爲。一從。自從。便應。大都。若爲。若非。愛茲。幸因。許多。幾回。幾番。幾多。恰宜。略宜。百回。會因。暫將。豈惟。在斯。此俱。暫無。返如。只應。不關。等閑。莫將。頓令。更教。恐應。且將。自堪。也須。會須。未應。時愛。深愛。吾愛。遥羨。徒羨。相問。初覺。同賞。元聽。愁聽。聞説。聞道。傳道。誰道。傳語。誰識。應識。相憶。遥憶。誰念。初見。空見。相見。愁見。常見。唯見。窺見。先見。明見。稀見。多惜。嗟爾。祇恐。無限。何限。還怪。虚負。偏恨。無恙。遥指。何爲。何用。難遍。初就。分付。留與。分與。何減。方驗。無際。看取。曾見。除却。踢却。何意。商略。唯有。祇有。時有。常有。何有。今在。長在。遥在。應在。猶在。疑是。知是。方是。從是。多是。猶是。嘗是。應是。除是。渾是。同是。非是。長是。誰是。無奈。無那。何必。何以。何得。何物。何等。何幸。何似。何與。何處。何許。何事。贏得。誰復。非復。寧復。焉得。猶得。還似。還欲。從此。因此。於此。長此。空此。無使。無以。無處。無復。無乃。聊爲。誰與。相與。當與。先已。都使。猶欲。猶遣。今已。堪作。非欲。如此。仍作。真個。争奈。終自。安得。依舊。移向。猶可。纔得。遮莫。如可。看漸。

連語

邂逅。澹泊。繚繞。宛轉。徙倚。寂寞。散亂。歷亂。裊娜。艷麗。

［作者簡介：高木専輔（たかぎ せんすけ TAKAGI SENSUKE），江户時代末期至明治時代初期，淡島（今屬静岡縣沼津市）人。其生平不詳。其著作有：《唐宋詩語玉屑》十卷（天保十二年刊，内有文政十三年江村有儀所書之序）、《詩語玉林》二卷（山形縣立博物館藏明治四年）等。］

《詩語群玉》八卷

〔弘化丁未（一八四七）刊育英塾藏本。序二首、目録、舉例、跋二首。〕

序

澤熊山

予嘗咏老杜曰：「自無一字無來歷，莫是四詩是本根？」詩之本四詩勿論也，用熟語虚字，亦當有根柢。世之學詩者，務競新奇，往往造語任意，或失字義，故雖巧矣，不爲識者所取焉。

熊山澤先生此著，分類廣聚詩語，注本句而釋之，欲使學者無杜撰妄作之弊，實爲藝林之重寶，其命以《群玉》也宜矣。或疑先生以經術筮仕侯藩，進兼要職，乃區區從事於詞藝之末乎？予謂是可以見先生從政之優矣。謝玄使才，履屐間亦得其任；陶侃平日不棄木屑竹頭，皆能幹軍國大事，史稱其績。蓋其才能有餘，而施之於用，細大無遺也。白樂天立朝謇諤，而其《六帖》傳於世；葉廷珪耿直與秦檜忤，而旁輯《海録碎事》。先生之著，毋乃是之類耶？

予久聞先生之名，而其所仕神户侯亦嘗辱召見，乃未相識，常以爲恨。今因人寄示此書，求題數言，是先生亦欲相識也。故不辭以不敏，而爲之序。弘化四年丁未正月，浪華小竹散人筱崎弼撰并書。

詩語群玉序

學詩之道，得境爲先，而知語次之。得境莫如吟咏前藻，寢興不殆，假以歲月，油然境生乎其中，不復自知也，則語亦從而知焉。然境者心之所得，語者口之所矢，故語實而境虚也。虚者，既已得之，無施而不可也。實者，雖知之，非審其義、明其徵，則鎔裁之際不能無差錯。且其知之不多，命意雖美，辭理不暢，黯無精彩，豈詩人之致邪？

余嘗病其如此，取語於唐宋元明，以部分類聚之，而注全句于其下，徵之多者或至四五，義之疑者亦頗箋釋，欲其臨用無失誤也。蓋裁成出余手，實皆前賢傑作，精之又精，能知造語之妙，則前賢之可希，唯在其才之所至。故命之曰《詩語群玉》，人人隨手獲寶玉者，其於斯乎？若夫空手而歸者，則是上智與下愚，非余之所能濟也。弘化乙巳冬十一月，熊山澤徽序。

詩語群玉目録

詩語群玉卷之一［舉例］

通用部一　連語類雙聲　疊韻

崔巍玄宗：澄潭皎鏡石——。

淒緊放翁：寒風——雨空濛。

淒漫韋應物：霜露已——。

淒涼杜：——爲折腰。

悲涼李嶠：草木自——。

泠淘梅堯臣：——惟喜葉新開。

簸蕩李：風流自——。

飄蕩張九齡：——復誰知。

擺蕩王涯：春風——禁花枝。

輕蕩吳均：梅性本——。

蕩潏劉后村：黑浪常——。

浩漫李：——將何之。
悠漫宋之問：伊洛何——。
超忽孔紹安：——三川湄。李：東行路——。
飄忽李：——不相待。又，生死殊——。
飆欻李：——騰雙龍。
倏忽駱賓王：——摶風垂羽翼。
糾紛駱賓王：劍壁雙峰自——。
紛糾李義府：蜀山自——。
紛嬌張九齡：坤元何——。
軒騰王平甫：夢回猶覺氣——。
絡繹盧照鄰：金鞭——向侯家。
陸續誠齋：——清談濁酒秋。
擺亂韓：——春風只欲飛。
寥夐李：季蘭奏出轉——。
寥闃杜：人間夜——。
寥索金李之翰：分手山堂更——。

摘索韓偓：殘花——映寒塘。又，——花枝撩峭寒。林逋：——又開三兩朵。誠齋：——風巾些子倦。又，更覺梅枝殊——。
凋落羅隱：高陽酒徒半——。
銷落柳：寒英坐——。
脱落李：——隱簪組。
灑落李：毫墨時——。又，——青雲心。
搖落蘇頲：心緒逢——。
飄零南唐後主：——事已空。
凋零文徵明：華髮——不待年。
冥寂李：——閉玄關。
荒寂放翁：廟壖——新犁地。
凝寂劉禹錫：衆禽喧呼猶——。
空寂王縉：林中——合。
湛寂朱之才：人心——初。
寂寥李百藥：——無與晤。張九齡：揚子——時。放翁：不妨一笑——中。

寂蔑張九齡：美化猶——。
寂寞張九齡：——遊子思。
窅密張九齡：靈居雖——。
妖姸錢起：別有——勝桃花
幽姸王昌齡：——松篠徑
葱欝王元美：佳城——鎖楸梧
勃欝誠齋：豪氣——尚不開
欝葱誠齋：江雲正——
欝盤張九齡：江山此——
屈盤方回：澄練平皋水——。于石：古木蒼藤路——〔一〕
詰盤劉從益：十里羊腸路——
盤紆誠齋：依前涂轍九——
盤折林逋：——上幽雲
盤回釋處然：——出薜蘿

遲回李：白馬小——
幽回王績：山徑本——
縈回王勃：——亘津渡
回縈李：三十六曲水——
回薄駱賓王：歲月春秋屢——。劉允濟：高標復——。
張九齡：寒暑自——
回復杜：——意猶迷
迴邅陸敬：杖策屢——
邅迴駱賓王：十年不調幾——。孟浩然：江路苦——
低垂杜：——氣不蘇
葳蕤宋之問：——含景斜
薈蔚東坡：可憐——中
蔚藍誠齋：喜見山光正——
周惶王勃：——秦遺誨

〔一〕藤：底本訛作「舊」，據《紫巖詩選》卷三改。

悽惶駱賓王：牽迹强——
悠緬張九齡：海縣且——
超緬李：原野曠——
震沓李：——百川滿
蹙沓李：樓臺——波浪驚
赫奕蘇頲：省中何——
郁穆徐彦伯：——絲言重
澄穆吴師道：春晨氣——
肅穆宋若昭：——四門通
摇兀石湖：竹輿——走婆娑
蕩兀樓鑰：中流蓋——
飄兀歐：扁舟任——
流轉韓子蒼：多情好共春——
回轉王惲：——羊腸三百里
春鏗韓：鐵鐘孤——
雕鎸韓：——出小詩

雕鏤李商隱：繡檀回枕玉——
寥泬蘇頲：——秋光起
泬寥上官儀：——空色遠
燀赫李：——因風起
棲遑王勃：——共百年
棲遲孟浩然：——共取閑
淡薄陳文思：——交情老更濃
淡泊鄭谷：——生真趣
恬泊錢起：堯年尚——
扶豎陳后山：——夜燎齊朝光
扶疏王績：花枝何——
扶疎梅堯臣：乃有桂樹獨——
團圓白：骨肉——亦可榮
沸渭蘇頲：沙溪忽——
紛劇陶翰：天道何——
紛拏温公：洛陽園苑尤——

紛詭張九齡：攀躋千仞上，——萬形來

鹵莽杜：世人共——

莽鹵韓：懸知漸——

森羅張九齡：喬木自——

迷離宋唐庚《十五夜詩》：翫覺兔——。石湖：卻憐槐眼正——○——不瞭然也

悃愊貢師奎：要在盡——

蕭閒趙師秀：春來擬約——客。林逋：——水煙寺。又：蕙帳——掩

慘黷李百藥：風塵俄——

彎跧石湖：——避濕挂行纏

綺錯玄宗：郊原紛——

清曠唐求：不信最——

溶豁劉后村：中洞既——

墝确石湖：烈火敗——

澄鮮任希古：秋水正——

輝映張九齡：清華兩——

鏗清張翥：冷涵金氣發——〔一〕

喧啾韓：——百鳥群

喧唧袁桷：候吏語——

詬唧梅堯臣：橫爾遭——

霶霈白：月離于畢合——

滂沱李：臨岐淚——

婉軟白：——蟄龍蘇

琳球東坡：黑質白章聲——

煒煌劉后村：軒蓋何——

恢疎山谷：天網極——

〔一〕翥：底本訛作「煮」，據《元音》卷九改。

泠澹林逋：——門庭樹石中

泠淡丁直卿：——無累到日斜

泠峭白：春風——雪乾殘

漣洳黄晋卿：雪涕空——

漣湎陳子昂：涕泫久——

遼邈放翁：山川——敝衣裘

雙聲

玲瓏岑參：宮觀何——。張祜：水精宮殿月——

瓏玲韓：碧流滴——

恬淡儲光羲：——無人見

峭崪杜：煙氛藹——

巍嵬劉后村：層峰外——

崎嶇方秋崖：世於吾道轉——

嶇崎尹廷高：竹輿伊軋嶺——

嵬峩白：——狂歌教婢拍

嶇嶔張九齡：孟門未——

巍峩劉闢：——百尺樓。顔真卿：——倚修岫

嶢兀李：孤嶼前——

傲兀朱子：竹輿——聆嘔啞。放翁：——胡床酒半醺

參差鄭世翼：——居將相。玄宗：——多異狀。
李：——老謝安

差參韓：應對多——

氤氳盧照鄰：真氣曉——。韋應物：——緑樹多

淙琤朱子：懸泉忽——

璁琤晏殊：重顛歌詠響——

淋浪吳景奎：吐茵空染酒——

淋漓王叔承：濁酒——劍影搖

淙潺放翁：空有野水流——

演漾王維：——緑浦值白芷

淼漫李嶠：——煙波闊。王維：——將何之。裴迪：清
波殊——

渺漫張九齡：——野中草

瀰漫元融：——連野蕪

渺瀰張九齡：江寒尚——。孟浩然：——江樹没
渺茫張九齡：——從此去
杳茫白玉蟾：雲山望——
迷茫白玉蟾：塵埃何——
微茫張九齡：——空裏煙。李群玉：——煙浪向巴丘
茫昧李：——信難測
迢遞張九齡：——終南頂
迢遰孔紹安：——雙峭道。李百藥：——孤煙生
繽紛李：征旆何——
翕忽李：神怪何——
蒼慘李：愁雲——寒氣多
陰映劉憲：朱簾——月華窺
彪炳杜：文章——光陸離
谽谺明徐尊生：絶壑——露舟尾

悠揚張九齡：——思欲絶。張宛丘：——晚寺鐘
彷彿太宗：——分初月。李：靈仙如——
髣髴孟浩然：——映樓臺
接續鮑當：更無聲——
青蒼孟郊：天色寒——
葱蒨張九齡：樹晚猶——
掩映上官儀：樓臺猶——
姽嫿〔一〕誠齋：古來幕中要——
摇艶李：——梓水雲
裊娜白：——多年伴醉翁。又：春深物——
撩亂韋莊：女郎——送千秋
繚亂邵雍：簾外落花——飛
凌亂張九齡：——渚前雲。韋應物：——桂樹下
歷亂盧照鄰：風歸花——

〔一〕姽：《誠齋集》卷三十八作「婉」。

零亂李：我舞影——
清寂李：幽篁——在仙居
真寂韓駒：何由辨——
岑寂張九齡：——罕人至。姜夔：詩客今——。歐：山中苦——。林逋：——衡門題鳳處。又：——園廬何所對
悄寂白：雲林長——
蕭爽元稹：竹風勝人家。元遺山：禪房坐——
蕭騷杜牧：滿江寒雨正——。石湖：花竹——小圃畦
蕭疎張九齡：——松柏陰
蕭索李百藥：——陰雲晚。李：相逢蓋——
蕭摵張九齡：林意日——
蕭森李百藥：——灌木上。張九齡：楸樹亦——。皮日休：清曙——載酒來
蕭散張九齡：從兹果——。韋應物：——在琴言
蕭颯杜：歸路翻——。李：——鳴洞壑。歐：霜毛苦——

蕭疎錢起：——獨沔南
蕭屑韋應物：——松杉聲
蕭瑟張九齡：——鳴高枝。杜：——九原中
蕭颸李嶠：寒光變——。李：獨立自——
瀟灑張九齡：清風寄——。李：涼風日——。杜：——共安禪。誠齋：荻蘿——織來新
瑟縮東坡：淒風——經紘柱
散灑蘇頲：——納涼氣
飄瞥管雄甫：——浮煙迷
飄翩李：——下雲軿。
零落杜：——首陽阿
冷落白：門前——車馬稀。南唐後主：黃花——不成艷
遼落李咸用：——秋雲薄
寥落李：——壺中天。王維：——寒山對虛牖。白：若爲——境，仍值酒初醒
淪落崔署：——居此州。李：道風未——

牢落張九齡：——山川意。又：——誰相顧。杜：古寺僧——。劉長卿：——機心盡。韓：天星——鷄喔咿。譚用之：——煙霞夢不成。元范雲鵬：——壯懷無與語○猶言落莫也

磊落杜審言：偉材何——。劉禹錫：初疑——曙天星

歷落張九齡：——江山望。李妙年：——青雲士

森疎杜：——見牙戟

欝紆魏徵：——登高岫

縈紆蘇頲：河山幾——

紆徐孟浩然：沙岸歷——

紆餘蘇味道：——帶星渚

周旋玄宗：回蹕暫——

蓊欝張九齡：紫氣尚——

躑躅張九齡：歸心亟——。又：夜分起——

慷慨劉孝孫：調高時——

慨慷放翁：披衣增——

惆悵王維：——極浦外。杜牧：——無由見范蠡。南唐後主：凭闌——人誰會

怊悵張九齡：——既懷遠。孟浩然：——野中別。韋應物：——臨芳草

憔悴鄭愔：容顏日——

夷猶徐舫：嵐光蒼翠恣——。李：飲馬空——

愴惻白：——收團扇

悽惻宋之問：周顧何——

惻愴李：——何時平

悽愴李百藥：——起離憂

慘愴杜：不須聞此意——

悄愴揭徯斯：——寒山曉淒迷

蒼慘李：愁雲——寒氣多

慘慽李：——冰雪裏

衰颯張九齡：庭樹日——

眇邈魏求己：風竿一——

緬邈李：對風心——

綿邈李：——青雲姿。又：懷君路——

——

跋

學亦多端，自詩而入，遂作文章，而後長運用之才，則自無拘泥之弊。以脩經藝，以爲史學，以參于家國之政，其於機軸一也。雖經藝之藴不外于文辭，雖治亂之跡不外于文辭，舉人材、出號令亦復不外于文辭也。余之幼，先人授以《圓機活法》，繼之以卓氏《藻林》，於是乎朝夕遊戲于文辭之間。弱而耽讀四子五經，壯而縱觀二十二史，强而與聞國政，悉自文辭遊戲之間而爲運用焉耳。

熊山翁于詩于文于經藝史學，以運用爲先務，職升要籍，政治之績粲然可觀。今兹乙巳，著《詩語群玉》以授學者，其意蓋亦有似余先人乎？余既已愴然感懷，亦復欣然會心，遂書此以應其徵云。弘化二年冬十二月，温山散史川北重憙。

［作者簡介：澤熊山（さわ ゆうざん SAWA YUZAN），江户時代中後期儒者。伊予（今屬愛媛縣伊予市）人，名徽，字子慎、子春，世稱「三郎」，號熊山。仕伊勢神户藩（今屬三重縣鈴鹿市）之江户學問所「進德堂」任教官。生歿年不詳。其著作有：《讀老子》一卷、《讀莊子》三卷、《讀列子》二卷、《家禮詳圖》一卷、《著韻大成》五卷、《韻鏡集成》十卷、《四代史記表》十五卷、《四代史記解》十五卷、《大阪史記》一百七十卷、《室町史記》三百卷、《安土史記》三十卷、《熊山廣誌》十卷、《神户録》一卷、《龜山録》一卷、《廣文語解》五卷、《多藝録》七卷、《詩語

字例苑》二十卷、《赤穗義士論》一卷、《詩語群玉》八卷、《選詩爛》六卷、《陸氏發音例》一卷、《獨喻集》三卷、《鎌倉史記》七十卷、《文慶北伐記》三卷等。」

《詩韻從事》二卷

鎌田環齋

〔文政辛巳(一八二一)刊本。序、目録、舉例、跋〕

序

窮當益堅,老當益壯,矍鑠宿將,固其所也。操觚之士,何獨不然?鎌田翁,浪華人也。近寓京北白川邨中,著書自娱,至老不倦,斯編乃其一也。書肆植邨刻之,請序。余謂世之才髦衒技矜能,極費精神,罔或克壽。爲之慨焉。今翁也處幽僻,樂山水,徜徉自適,其所著亦不厭卑近,務爲訓蒙。宜乎視聽不衰,老而益壯也。斯可以稱矣。因書。辛巳九月,岡崎元軌。

詩韻從事目録

春部

春日訪友人山莊
春日郊行
尋花
春日遊山寺
花下與友人
廢寺看花
春日送友人
三日水亭集
春日陪某侯宴
春日歸家
春日雨集
花下步月
借花

夏部

池亭聞蛙
客舍聞子規
梅雨
五日集友人宅
午睡
江亭避暑
苦熱
夏日喜雨
夏日舟行
夏日過漁家
夏日山居

秋部

立秋
初秋送人還鄉
七夕
秋日訪友人村亭
秋雨懷鄉
中秋宴集
中秋無月
秋日泛舟
客舍聞砧
秋郊聞笛
九日登高
秋日山行
秋夜宿山寺
海樓望月

冬部

初冬夜坐
冬日過田家
雪中遊山寺
喜雪
雪中訪友人
至日集
冬日看梅

詩韻從事目録終

詩韻從事卷上［舉例］

春部

立春某亭集

真

物華真　自天真　歲華新　詩酒新
一番新　舊復新　物皆春　已發春

文采人　酒相親　入芳塵　泰平民
應此辰　詩入神　酒行頻　醉嘉賓
寒
料峭寒　怯曉寒　皆共安　字字安

跋

此集譯注，其言雖似鄙陋，童蒙爲便許多也。蓋於先生之言，婆心深切，大底欲學詩者開此册，則綴句探韻之要，如渡所得舟，如暗所得燭，一簣爲岡山，滴水爲河海者也。豈謂無少補乎？

文政辛巳歲秋日，荻野石恭菴跋。

［作者簡介：鎌田環齋（かまた　かんさい　KAMATA　KANSAI），一七五三—一八二二年，江户時代，大阪人。名禎，字志庸，世稱「禎藏」，號環齋。師事片山北海（かたやま　ほっかい　KATAYAMA　HOKKAI，一七二三—一七九〇年，江户時代中期儒者、漢詩人。名猷，字孝秩，世稱「忠藏」，號北海、孤松館。於大坂興辦「混沌詩社」，賴春水、尾藤二洲、古賀精里、木村蒹葭堂等優秀門弟輩出。與京都江村北海、江户入江北海並稱「三都三北海」），善書。教授弟子，主要爲「程朱學」。寶曆三年生，文政五年五月七日歿，享年七十歲。其著作有：《漢土人物誌》三卷、《詩學貫珠》八卷、《唐明詩語聯錦》三卷、《詩韻擘要》二卷、《詩韻從事》二

卷、《掌中詩韻珠璣》一卷、《掌中詩韻貫珠》一卷、《唐宋詩源》五卷、《唐宋詩韻通覽》三卷、《唐宋詩語類苑》四卷、《四聲字林》一卷、《四書熟字辨》一卷、《玉篇補遺》（一名《新增字林玉篇》）一卷、《廣益正字通》一卷、《慶長以來新刀辨疑》九卷、《漢隸字源》六卷（校）、《隸字彙》十五卷（校）、《隸釋》八卷（校）、《隸續》十卷（校）、《隸辨》十卷（校）、《日記故事大全》七卷（校）等。］

《詩語碎金續編》一卷

〔京攝書林合梓，文久（一八六一——一八六三）新刻。序、目録、舉例、跋。〕

詩語碎金續編序

國枝松宇

詩有連熟語謂之材，雖古之名家必遵用焉。故曰「取材於《選》」，少陵豈欺吾哉？凡欲學詩者，採摘古人經用之熟語而用之則得，經營自家無據之泛語而用之則失，不可不知也。予嘗觀古人所作《群童遊戲圖》，拆字分畫，側勒豎横以爲材，或抱或擔，築成「詩」字，或仰視之者，或旁觀而休者，或就地移材者，或上梯未半者，或安置一架欣欣然者，或比擬豎柱瞰其面勢者，摹寫極妙，各得其貌。因顧旁人曰：「童幼之學詩亦若是。移彼聚材，就此成章而已矣。詩之材，則古人經用之熟語是也。」爾後往往以語人人。國枝成卿採録唐明諸家集中熟語成二小册，名曰《詩語碎金續編》，即是雖云小册，亦唐明諸家經追琢之碎金，不可棄也。學詩童稚就題目下採用熟語，積累成句成章，如《群童遊戲圖》豎柱安架之爲，則其易也有如承蜩矣。文化丁丑暮春，尾張奥田叔達撰。

附言

一、世有泉、石二子所輯校《詩語碎金》者，於初學大爲便捷焉。次之有成、檜二子所輯《幼學詩韻》者，與《碎金》同類。配置以韻語，并行於世。近頃《幼學詩韻續編》者嗣出，林、大二子輯也。其書取《前編》逸漏題補之，使初學富詩材，然未有續《詩語碎金》者。書肆某請余輯録成卷，是爲《詩語碎金續編》。其題目必從《幼學詩韻續編》，以便搜索。凡學詩者相照而用之，必有補益也。

一、《前編・附言》云：「大凡詩中之熟字有限，若用奇字奇語，便敗風體。故取古人熟語平易者。」斯書亦從之，不必求奇語。是以卷中文字不免有重複，或有與《前編》再出者，或有編中前後再出者，但與《前編》題意相近者題中熟語略從省，彼此合取而可也。國枝惟熙識。

詩語碎金續編目録

春日經舊都　送春

夏部

初夏田家　客夜聞鵑
水亭觀螢　梅雨友人至喜賦
五日泛舟　夏日江村
山中消夏　山寺避暑
河橋納涼　池亭觀蓮花
驟雨

秋部

立秋　七夕小集
初秋郊行　秋日訪隱者
秋日懷友人附答友人
中秋　中秋無月
秋夜圍棋　客舍聞雁
秋曉早發　秋夜病漁家
九日宴　秋日經古戰場
山寺觀楓　某氏園賞菊
暮秋村居

冬部

初冬山居　冬曉
冬日問友人卧病　至日遊山亭
雪中作　附山中阻雪雪中探梅
冬夜煎茶　冬夜泊舟
冬暖　歲暮感懷附除夜作

雜部

壽某太翁　壽某太孺人
賀新婚　哭友人
閨怨　宮詞
邊詞　題畫山水
贈僧　贈儒
贈醫　贈善書人
詠松　詠竹

詩語碎金續編目録終

詩語碎金續編卷之上［舉例］

春部

新年作

新歲　早春　新正　正元　春風
殘雪　曉風　春淺　南枝　草嫩
冰輕　冰開　迎年　物候　春寒
新雨　啼鳥　遷鶯　山川　春到
春來　春盤　岸柳　柏酒　柏葉

詩語碎金續編跋

余與國成卿結金蘭之契，游筆硯之間，既十載矣。偶逢風光，必費唱酬。春則連袂而醉於東山之花，秋則方舟而詠於南浦月。各暢所適，共忘於懷。可謂莫逆者也。今此編出于成卿燕間之暇，益欽博洽，不啻便於童蒙，亦埤益吾曹有以興起。余將使同好各藏一部，以備撿究也。因跋。

文久壬戌九月望，源訥書于顧諟堂。

［作者簡介：國枝松宇（くにえだ しょうう KUNIEDA SHOU），一七九六—一八八〇年，江户後期至明治時代儒者。出生於尾張名古屋（今屬愛知縣）蠟燭商之家。名惟熙（これひろ），字成卿，號松宇，别號老足庵。師事名古屋藩校明倫堂教授奥田鶯谷（おくだ おうこく OKUDA OKOKU，一七六〇—一八三一年，江户時代中後期儒者。尾張出身。名永業，字叔建，世稱「與三郎」，號牧齋。從學於岡田新川，善詩。文化元年尾張名古屋藩校明倫堂任教授。寶曆十年五月二十二日生，文政十三年十一月十八日歿，享年七十一歲。其著作有《牧齋隨身卷》、《釋辭》等）。因爲「赤穗義士」所傾倒，故收集遺聞編著《義人録補正》。寬政八年四月七日生，明治十三年十月十五日歿，享年八十五歲。其著作有：《松宇遺稿》、《重訂赤穗義人録補正》二卷、《續詩語碎金》二卷等。］

《幼學詩韻》一卷

成伯敬、檜君益

〔享和二年(一八〇二)壬戌正月,江户書林千鍾房、申椒堂、好文軒刊本。序、目録、舉例、跋。〕

幼學詩韻序

夫詩,情之發於言辭者也。人莫不有辭,修則雅,不修則俚。詩者,君子之辭也,可不修乎?故幼學之務,在於擇材學修辭也。今此詩材之選多行於世者,至於韻礎,或闕其便,是斯編之所由作也。蓋初學之童常在選材,而其書之不便,求之不得,忽生怠倦,輒以爲修辭之業徒費日月,非惜陰下云云也。其下喬入幽,去雅就俚,亦職此之由。則斯編之行,於導蒙士不爲功少也。余向者於桂林之社見北總成、檜、蒼三生,皆好詩,才氣落落可喜。今視斯册,成、檜釋焉,蒼生跋焉。余既喜其才,又善其篤好修辭,有志於導後生也。於是乎序。滕忠成。

目録

目録終

幼學詩韻［舉例］

春部

立春附元日、人日、正月七日

東

大江東　滄海東　入春風　起東風
綻輕風　囀好風　淑氣通　春水通
曉雲通　五雲中　殘雪中　彩霞中
萬國同　故人同　令節同　旭日紅

跋

今之學詩者不嫻於辭，而欲意之巧，譬猶不由正路而求步驟之巧焉，其不陷於大澤者幾希矣。夫詩尚修辭，得而格調可言也。得辭在於擇字而已。詩材之書行於世者甚多，至韻礎則未有便於童蒙者焉。吾友成、檜二子撰韻字之穩帖者，傍施國字，爲童蒙便采用。將上木焉，請諸桂林先生。先生曰：「何不可哉。蒙士因此得嫻於辭，則庶幾不陷於邪路矣。」余遂記卷末，以授剞劂。

辛酉仲秋，北總蒼貞顯書。

［作者簡介：成德鄰（せい とくりん SEI TOKRIN），北總（今屬千葉縣）人，字伯敬。其餘不詳。

檜長裕（ひのき ながひろ HINOKI NAGAHIRO），北總（今屬千葉縣）人，字君益。其餘不詳。

跋文末書有「辛酉（一八〇一）仲秋」，是以成、檜二人應生卒於十八世紀與十九世紀之交。］

《近世詩語玉屑》二卷

渥見竹治郎

〔明治十一年（一八七八）東京書林萬笈閣發兑本。序、目録、舉例〕

近世詩語玉屑序

古人曰：「『空梁落燕泥』，巧則巧矣，何益於事？」是則論詩爲無益之者一語也。又高瓊戰爭之時，謂文官曰：「公等平生誇花鳥風月睥睨人，今日何賦一詩不退敵乎？」是則謂詩爲無益者也。何夫不解詩之妙理之甚哉？余曰：詩者，人間爲消遣之具。譬少年輩互聚必滔酒色財之醜活，滔滔皆是。防此弊，唯詩之一興乎？亦於品行道德上有幾何補益，不可知也。

明治十一年七月，編者謹誌。

目録

上之卷目録

夏部

下之卷目録

秋部

冬部

雜部

目録終

近世詩語玉屑卷之上［舉例］

春部

元旦作

平平正元　冰輕　冰開　新正　春寒　迎年　陽和　辭寒　春生　韶風　留寒　梅梢　新看　迎歡　和風　風光　輕寒　遷鶯　椒花　晴窗　曈曈　青青　開筵

平仄添歲　風暖　梅帶　初暖　黄鳥　風送　春淺　春到　新雨

仄仄淡雪　草嫩　物候　柏酒　酌酒　賀客　臘後　弱柳　淑氣　屋雪　瑞氣　臘雪　半解

仄平柳芽　曙光　早春　曉來　小園　興來　曉煙　一樽　半酣　酒巵　暖回　映杯　暖煙

柳梅　霽光　太平

［作者簡介：渥見竹治郎（一作「渥見竹次郎」，あつみたけじろう ATSUMI TAKEJIRO），生平不詳。其著作有：《近世詩語玉屑》二卷（編集，明治十一年十一月刊）、《近世娼婦傳》（明治十一年八月刊）等。］

後記

二〇一一年，筆者與蔡美花教授主編的《韓國詩話全編校注》書稿寄送人民文學出版社。意猶未盡，遂與大學同窗、日本北九州市立大學葉言材教授籌劃輯校《日本漢詩話集成》。言材兄書香門第，家學淵源，乃詩詞大家葉嘉瑩教授之姪，既熟諳中國古典文學，又於一九八五年負笈日本，精通日語，實爲輯校日本漢詩話之絶佳不二人選。本書所採之日本詩話，絶大多數是言材兄自日本或購買、或百般搜求後照相複印所得。全部詩話作者小傳也都是言材兄所撰。《序》中所言「溝通漢和，善用資源，廣集博採」，洵不爲虛。如今歷時八載，終於刊行，喜何如之。惟此書之完成出版，尚賴諸多師友幫助支持，謹識於下，深致謝意。

天津師範大學王曉平教授是日本文學研究專家，在本書輯校過程中不但給予很多指導，還把自己珍藏的詩話慷慨提供給我們。曾著《日本漢文學史》的上海外國語大學陳福康教授，對本書釋録日本詩話的篆書草書序文不吝指教，提高了本書的質量。洛陽外國語大學劉芳亮先生，在學術會議上一見如故，熱心提供許多日本詩話綫索和文本，並指出日本詩語詩韻類書籍雖多但與詩話詩格有別，啓發我們將其分別，略揀十餘種而作爲附録。初稿完成之後，蒙葉嘉瑩先生賜序鼓勵。又得大學同學和研究生室友劉國輝先生揄揚推薦，中華書局顧青先生和俞國林主任慨然應允出版，責任編輯許慶江先生又精心排版審校，使本書更爲完善。

言材兄在日本蒐輯日本詩話文獻和撰寫詩話作者小傳過程中，亦得到許多朋友幫助，以下是他感謝原文：「《日本漢詩話集成》之編纂，除我輩發奮努力之外，尚且受到多方人員之鼎力協助，方才得以成功。在此應特別提出感謝的有（敬稱略）：中國方面：吉林大學教師陳雲哲；長春理工大學教師周曉靚；中國國際航空公司福岡辦事處銷售經理王莉；中國東方航空公司小松航站站長徐斐然；南開大學校友逄虹。日本方面：西南學院大學教師金縄初美；筑紫女學園大學教師桐島薰子；北九州市立大學中國學科資料室補助員河野步實；北九州市立大學圖書館職員山北繪美、小林春香、丹生規子；竹田市立圖書館館長後藤芳彦；司書麻生裕美、磯部綾佳、兒玉真理子、大木惠美、後藤由佳；福岡「中國書店」職員原篤；大阪天滿宫文化研究所；金澤市立圖書館；日本國立國會圖書館。」

在一校過程中，我們採取了真正的「校讎」方式，即「一人持本，一人讀書，若冤家相對」。具體來説，就是我看校樣，由研究生讀日本詩話原本，逐字校對。參加校讎的主要人員是我的博士劉暢、王瑋、李波、王婧澤、白凱，碩士程舒琪。其他還有南開大學文學院博士郭晨光、劉銀清、齊清仙、崔潔、陳松、高震、黎思文、魏雋、金美玲（韓國），碩士齊鳳楠、趙秀楠、杜文婕、聶旭。其中大多數同學還參加了部分録入工作。

書稿完成後，蒙湖南師範大學張紅教授提供日本内閣文庫所藏《五山堂詩話》七至十卷照片，得以釋録後補入本書。全書又經南開大學劉雨珍教授和浙江大學王連旺博士審閲，提出了寶貴的修改意見。在此一併致謝。

古人云「校書如掃塵，旋掃旋生」。我們雖然已經竭盡全力認真校讎，但謬誤之處仍未能免，敬希廣大讀者和海内外專家不吝指正。

趙　季

二〇一九年七月於

延邊大學科技樓八〇三室比較文學研究所

日本漢詩話作者及相關人物索引

A

B

C

D

F

G

H

J

K

L

M

N

P

Q

R

S

T

W

X

Y

Z